KB164583

가능성은
등가 교환에 있다

김정세 지음

가능성은
등가 교환에 있다

초판인쇄	2021년 9월 7일
초판발행	2021년 9월 10일

지 은 이	김정세
발 행 인	조현수
펴 낸 곳	도서출판 더로드
기　　획	조용재
마 케 팅	최관호
편집교정	강상희
디 자 인	Design one

주　　소	경기도 고양시 일산동구 백석2동 1301-2
	넥스빌오피스텔 704호
전　　화	031-925-5366~7
팩　　스	031-925-5368
이 메 일	provence70@naver.com
등록번호	제2015-000135호
등　　록	2015년 06월 18일
I S B N	979-11-6338-177-8(03810)

정가 16,500원

LIKELIHOOD

가능성은
등가 교환에 있다

김정세 지음

도서
출판 더로드
The Road Books

CONTENTS

프롤로그

피터 드러커는 미래를 예측하는 가장 좋은 방법은 미래를 창조하는 것이라고 말했지만, 나는 현재를 큐레이션화 하는 것이 미래를 예측하는 가장 좋은 방법이라고 말하고 싶다. 왜냐하면 근본을 바꾸는 큐레이션적 사고는 가치 있는 것을 찾는 습관이 생기게 하므로 결국 미래를 창조하는 것이나 다름없기 때문이다.

그랬다. 나는 나 자신을 총정리 하고 싶었다. 지난날 나는, 나의 나이와는 다르게 너무도 한참 비켜나 있었다. 남모르는 아픔과 고통이 있었고, 상식선에서 얘기하기도 곤란한 사춘기를 겪었다. 그 후 35년을 방황하였다. 정신 차리고 일어나 보니 어느새 내 나이 마흔아홉이 되어 있었다. 그때는 큐레이션이 뭔지 전혀 몰랐다. 감당하기 어려웠던 만큼, 미래가 보이질 않았다. 하지만 이렇게 무너질 수는 없었다. 그래서 시작한 것이 독서였다.

지금이야 독서가 어느 정도 바탕이 되어 스스로 위로할 줄 안다. 시대의 트렌드를 조금이나마 읽고 있으니 얼마나 다행인지 모른다. 오랫동안 나는 나에게 상처를 준 한 사람을 미워했다. 어둡고 쓸쓸한 세계에 갇혀 아무도 가지 않는 길을 가야 했다. 그것이 성공의 길이었다면, 나는 수도 없이 성공했을 것이다. 그렇지만 나는 물불을 가릴 줄 모르고 어른이 되었다. 아무리 살아도 원점인 삶을 살며 35년을 헤매고 나서 정신이 들었다. 아마도 나는 나 자신을 잃고 100년을 살았다 해도 매일 똑같은 삶을 살았을 것이다.

원인을 찾아야 했고, 근본적인 변화가 필요했다. 처음에는 할 수 있는 것이 없었기에 나는 책을 읽기 시작한다. 처음 읽은 책이 조 비테일이 쓴 〈돈을 유혹하라〉였다. 그 책에서는 상처를 한 번에 고치는 기법과 이론이 마음에 꽂혔지만, 어느 순간부터 사람의 상처를 무조건 적인 공감과 수용도 없이 다짜고짜로 고칠 수 있다는 신념에 회의를 느꼈다. 해서 읽은 또 한 권의 책이 루이스 L. 헤이의 〈치유〉였다. 〈치유〉라는 책을 처음 접했을 때 정말 강한 인상을 받았다.

하지만 나는 또 멈칫해야 했다. 뭔가가 아쉽고 부족하게 다가왔다. 읽고 또 읽고, 책에 나온 대로 수백 번을 따라 했는데 차도가 별로 없었다. 그래서 시중에 나와 있는 루이스 L. 헤이의 책 〈I Can Do It〉 등 3권을 더 사서 읽었다. 그런데도 별반 치유책을 찾을 수 없었다. 물론 조금씩 신변의 변화를 느끼기는 했으나 그것이 다였다. 나는 거기에서 멈출 수 없었다. 전부터 생각하다 시작한 것이 심리학 책 100권 읽기였다. 읽다 보니 전문서와 일반서가 얽히고 설킨 시장상황이라 서점에서 어떤 책을 고를지 알 수가 없었다. 나는 정말 나 자신을 고치고 싶었다. 마침 15주 심리상담사 자격증 과정을 신문에서 보고 나는 망설이지 않고 접수했다. 그렇게 1년이 넘게 심리학 책과 싸우며 보내게 되었던 어느 날 기적처럼 자격증 과정에서도 얻을 수 없고, 치료할 수 없었던 나를 살려준 책과 조우한다.

그때부터 내가 100번 넘게 읽고 지금도 수시로 읽고 있는 책이 한 권 있다. 나를 근본적으로 치료하게 도와주고, 나를 과거에서 해방시켜준 준엄하고 고매한, 거역할 수 없는 이름 〈힐링 코드〉: 알렉산더 로이드와 벤 존슨이 쓴〈힐링 코드〉라는 책이다. 이 책 한 권이 나의 목숨을 구했다면 독자는 믿겠는가?
힐링 코드는 내가 원하는 것을 손끝 에너지와 나의 말로 반복해서 나의 무의식을 바꿔주었다. 나는 힐링 코드로 나의 과거의 상처를 치유했고, 생리적인 스트레스는 물론 디지털 스트레스까지 모두 날려버렸다. 사실 모든 사람이 스스로 그 비밀을 찾아야 한다. 실제로 '하나'가 모든 것을 바꿀 수 있다. 내 인생에서 가장 놀라운 발견이자 위대한 발견은 〈힐링 코드〉를 만난 것이다.

모든 문제에는 하나의 원인이 있다. 또 모든 문제는 하나에 집중하지 못해서 일어난다. 만병통치약은 없어도 만병치료체계는 있다. 문제의 범위를 좁힐 줄 아는 능력이 훈련되면 모든 것이 심플해진다. 〈힐링 코드〉는 건강문제를 비롯해 인간관계문제, 직업문제, 최대 수행력문제 등 상상할 수 있는 모든 문제를 치유한다. 물리학자들이 말하는 양자물리학의 치유체계인 힐링 코드로 파괴적인 에너지 진동수가 건강한 진동수로 바뀌면서 정서적 · 신체적 문제가 치유된다. 이후에 내가 만난 것이 큐레이션이었고, 큐레이션 독서와 역산식 민지세대 독서법이었다. 이것은 새로운 꿈을 꾸는 모든 사람들에게 적용될 수 있을 것이다. 우리 모두에게는 필수적인 무기가 하나 있어야 한다. 이 책이 그 무기를 만나는 과정으로 안내하는 역할을 해줄 수 있으리라 자부하는 바이다.

1장

안 된다는 것은
거짓말이다

심리적 메커니즘이
먼저다

삼십 대 중반이었다. 같이 근무하던 나보다 두 살 적은 직원이 운전면허가 있느냐고 물었다. 내가 없다고 말하자 직원은 말했다. "대체 그동안 뭐 했어요?" 나는 다소 불쾌했지만 반박할 수 없었다. 그러나 오늘 만약 누군가가 나에게 이제까지 무엇을 했냐고 묻는다면, 나는 단호하고 당당하게 내 미래의 안녕과 평화, 행복을 위해서 책을 쓰고 있다고 말할 것이다. '책을 쓰고 있다'가 심리적 메커니즘이다.

존재가 행복이다

과거는 기억으로 남아 우리를 일깨운다. 기억은 중요하다.

기억은 공부하게 만들고, 용서를 통해 감정의 알고리즘을 재생시켜 주고, 상처를 생각나게 하여 치유한다. 은연중 떠오르는 기억들은 우리를 다시 과거로 데려가 미래를 위해서 현재를 살게 한다. 앞에서 말한 불쾌했지만 반박할 수 없었던 그때, 만약 내게 운전면허증이 있었다면, 지금과 같은 생각을 했을까? 전혀 아닐 것이다. 기억 속 감정은 한층 더 중요하다.

우리의 현재가 과거와 미래를 만든다. 그래서 이렇게 말할 수 있다. 마음속에 억눌려 정리되지 않은 과거가 현재에 감정으로 나타날 때가 있다. 이것은 다시 한번 정리하고 새로운 미래로 나아가라는 신호다. 그때가 기회이다. 아니, 우리에게 일어나는 모든 때와 장소가 기회이다. 존재가 결국 행복이어야 한다.

재생의 의미

감정이 재생된다는 것은 다시 한번 과거를 돌아보라는 뜻이다. 타인의 말을 지나치게 민감하게 받아들일 필요도, 심각하게 받아들일 필요도 없다. 지금은 과거가 아니다. 현재이다. 미래일 수는 더더욱 없다. 그러나 그 지금이 과거일 수 있고 현재

일 수 있고, 미래일 수 있다. 현재의 내가 그 순간을 어떻게 받아들이느냐에 따라 과거와 미래를 아우를 수 있다. 아니 더 엄밀하게 말해서 과거와 현재, 그리고 미래가 지금 우리의 몸 속에서 결정된다고 해도 과언이 아니다. 어려운 이야기는 아니다. 감정이 몸과 마음의 알고리즘이라는 사실이다. 우리 몸은 감정으로 기억한다. 억눌렸던 감정이 '긍정적으로 바뀌는 순간' 놀라운 변화는 시작된다. 감정이 바뀌는 순간, 미래를 그리는 작업이 나로 인해 시작된다. 이제부터 기억은 아름다운 추억으로만 떠오르게 된다. 그리고 미래는 벅차고 힘 있는 창조적 상상력으로 날개를 달게 될 것이다. 그 순간 생각이라는 사고는 우리와 하나가 된다.

중요한 것은 우리가 왜 살고 있는지, 왜 존재하는지를 전제와 목적으로 기억해야 한다는 것이다. 기억해야 한다는 것은 하고자 하는 것이 항상 설정되어 있어야 한다는 의미이다. 무엇이 우리를 행복하게 만드는가? 무엇이 기쁨이고 즐거움이고 삶의 원천인가? 윌리엄 셰익스피어의 〈햄릿〉 대사 중에서 "세상에서 좋거나 나쁜 것은 존재하지 않는다. 생각이 그렇게 만들 뿐이다." 라는 말을 기억한다면, 정말 중요한 것은 현재를 살면서 무슨 생각을 하고 있느냐 하는 것이다. 다른 것은 내려놓든지 지켜보든지 둘 중 하나다. 과거의 기억은 우리 몸과 마음속에 나이테처럼 남아 있다고 볼 수 있는데, 그 감정의 불순한 기억을 지우는 작업을 끊임없이 해야 한다. 조절과 관계 깊은 우리의 감정은 언제나 우리가 하는 행동에 반응한다. 아니, 감정은 옳고 그름에 물불을 가리지 않을 수 있다. 다행히 우리는 주고받는 감정에 휘둘리지 않고, 그 불편한 갈등을 해소할 수 있다.

　모든 사람은 감정에 흔들리며 산다. 여기에서 말하고 싶은 것은, 감정은 우리를 일깨워주고 제 몫을 다하며 사라지는 자연적인 현상이라는 사실이다. 감정에 저항하지 않는 때 우리는 탈선하지 않는다. 자연과 지구에도 지각변동은 일어난다. 우리에게 일어나는 모든 것에 대한 반응과 태도는 우리 영역이다. 다른 것은 이 땅의 흐름에 맡겨야 한다. 다시 말해 가장 깨끗하고 명료한 것에는 고요한 정적이 자리 잡는다. 단절이 문제다. 거리도 거리와 거리 사이의 거리가 문제인 시대다. 개인이 바로 서야 옳고 그름이 제대로 작동한다. 우리가 현재를 항상 긍정적으로 설정하기만 해도, 우리는 걱정할 일도 두려워할 일도 줄어들게 된다. 일어나는 일은 그저 일어날 만하니 일어날 뿐이다. 자신의 존재감을 드러내면서 힘차게 전진할 날이 올 것이라고 확신하라. 그 희망이 새로운 문을 열어 줄 것이다.

자기 선언문을 써라

우리 몸은 자신이 우선시하는 것에 움직이고 작동하게 되어 있다. 자신이 가장 많이 하는 생각대로 하루가 진행된다. "난 내가 참 좋아. 난 운이 좋고, 무슨 일이든 할 수 있어!"라고 생각하기 시작하면 삶이 그렇게 만들어 준다. 행복하고 건강한 삶을 살고 싶은가? 자신이 가장 중요하게 생각하는 것을 바탕으로 자기 선언문을 작성하라. 그리고 몇 가지 실천사항(개인의 균형을 바로잡는 기준과 목표)을 만들어 실행하자. 그다음 우선순위에 따라 그것을 생각하고 그것을 위해 존재한다고 다짐해야 한다. 아침에 눈을 뜨는 순간부터 영감에 벅찬 하루가 시작되고, 그와 더불어 하루의 모든 시간이 그것을 위해서 펼쳐질 것이라 믿으면 그렇게 될 것이다. 단, 열정이 꽃처럼 피어날 때까지 노력하라. 우선시하는 시간의 언어(원하는 것을 할 때의 되네임과 행동)로 세상이 열리는 순간, 이제 하루는 우리와 하나로 존속할 가능성이 높아진다. 기대감과 설렘으로 기다리며 만끽할 수 있다는 말이다.

성장의 의미로
되새겨라

왜 뭇사람들은 썰물인데 밀물이라고 믿고 싶어 하는 걸까? 여러 심리학책을 읽으면서 '확증편향'을 어떻게 받아들일 것인가에 대해 생각하던 중에, 내가 서서히 변하고 있다는 것을 알았다. 우리가 원하는 모든 관계를 자신의 노력으로 자연스럽고 원활하게 소통할 수 있음에도 불구하고 무기력하게 또는 무모하게 보낸다면 그것은 너무나 슬픈 일이다. 원래 적군과 아군이 없음에도 불구하고 어쩔 수 없이 적으로 간주하고 공격하기를 밥 먹듯이 하는 우리는, 서로 다른 목적을 가지고 존재하는 사람들처럼 보이기도 한다. 그 무기력과 무모함, 그리고 공격성은 매한가지로 인지 편향적이다.

세상은 변했다. 참을 수 있는 사람도, 참는 사람도 없다. 무엇이 문제일까? 대체 우리는 어디로 가고 있는가? 자기와 생각이 다른 사람에 대한 무차별 공격이 도를 넘기도 한다. 열린 마음으로 다양한 가능성을 인정하지 않은 채 고정관념과 선입관을 갖는 한 그 누구도 자유로울 수 없는 것이 세상이다. 그럼 어떻게 대처할 것인가? 개인이든 집단이든 국가 차원이든 발생하는 온갖 마찰과 오해의 중요한 부분을 간과하지 말고, 오직 성장의 의미로 받아들이는 개인이 늘어나기를 바란다. 타인이 나의 거울이다. 성장하는 사람은 따로 있다. 그들은 좋은 것을 생각하고, 좋은 사람을 만나고, 좋은 것을 보고, 좋은 것을 듣고, 언제나 좋은 느낌을 유지하고, 좋은 목표에 충실하면서 속도와 시간에 집중한다.

과거의 그림자는 길었다. 눈을 똑바로 뜨고 가까운 사람들을 올려다볼 수 없었다. 참으로 긴 시간들이 짧게 지나갔다. 모든 것들이 낯설게 다가왔다. 하늘에는 구름 한 점 없었지만 나는 고개를 들 수 없었다. 또 한 번 부끄러운 시간들이 꿈틀거린다. 그러나 이젠 괜찮다. 나도 안도의 숨소리를 느낄 수 있으니까! 그리고 나는 위대한 질문을 하기 시작했다.

"나는 지금 어디로 가고 있는가?", "나는 지금 이 순간 나 자신으로 살고 있는가?"

우리는 우리 모두를 일으켜 세울 수 있다. 내가 우리를 위해 존재하기 위해서는 핵심 무기 하나만 있으면 된다. 다른 것은 과감히 덜어내라. 내 감정의 알고리즘의 핵심은 나를 일으켜 세우는 심리적 메커니즘을 만드는 것이다. 비가 오나 눈이 오나 내가 살아 있으려면 말이다.

시간이라는
하루에 주목하라

하루를 주목하는 사람은 많지 않다. 세상에는 오늘만 존재한다. 내일은 없다. 그런데 사람들은 내일이 존재하는 것처럼 살아간다. 그래서 문제가 발생하고 힘들어진다. 때문에, 오늘이라는 절대적인 시간을 관리하지 못하면 허전함과 불만족에 빠지기 십상이다. 결국 문제는 오늘이다. 더 쉽게 말해 단 하나의 시간을 걸고 나를 일으켜 세워야 한다. 누구에게나 주어진 시간은 같다. 그 시간 속에 주저앉아 그저 평범하게 하루를 보낸다는 것은 가히 슬픈 일이다. 그 시간을 타고 올라설 수도, 남다른 성취감을 만끽하며 비범한 사람으로 살 수도 있으며, 시간을 황금처럼 활용할 수도 있는데 말이다.

인간은 철저하게 이기적이지만, 그 철저한 이기성을 타고 올라 자신에게 가치 있는 것을 보탤 수 있을 때 인간은 오히려 성장한다. 여기서 가치는 시간과 나와의 연관성을 말한다. 여기에서 절대적 상대화의 개념이 나온다. 시간을 타고 올라 어중간 하게 끼어있는 시간을 어떻게 의미 있게 보낼 수 있느냐 하는 새로운 문제가 열리는 순간이다.

시간은 또
다른 시간을 부른다

성장은 또 다른 성장을 부른다. 진정으로 원하는 성공과 행복은 시간을 활용할 때 가능하다. 단정할 수는 없지만, 열정 없이 일하는 사람들 대부분은 시간을 관리할 줄 모른다. 생각하지 않는 사람은 하루에 모든 것이 숨어있다는 것을 모른다. 하루를 헌신하지 못하는 사람에게는 미래가 없다. 시간에 대한 개념이 없는 사람은 성장에 대한 개념도 없다. 내가 그랬다. 지난 40년 동안 단 한 순간도 진정한 성장을 맛보지 못했다. 그러나 다행인 것은 나이를 떠나 누구나 시간 활용법을 터득하면, 원하는 모든 것을 실천할 수도, 행복한 삶을 살 수도, 성장할 수도 있다는 사실이다. 시간이 행복의 전부는 아니지만, 시간의 중요성을 아는 사람이 행복했고 시간을 활용하는 사람이 더 진취적이고 열정적으로 살았다. 그래서 내가 '연상 연계 독서법'으로 책을 읽다가 탄생시킨 것이 '기적의 시간활용법'이다. 이것은 무의식을 재프로그램하고 인생을 완전히 바꾸는 방법이다. 이는 뇌를 활성화시켜 과거로 돌아갈 수 없게 만든다. 연상 연계 독서법은 나중에 3장에서 자세히 설명할 것이다.

시간은 기다려주지 않는다. 사람들은 시간 앞에서 무력하게 살아간다. 시간은 그 누구도 기다려줄 줄 모른다. 그래서 찾아야 할 것이 '나의 시간'이라는 절대적 시간이다. 나의 성장을 위해서 사용하는 시간만이 진정한 의미의 시간이다. 그 외의 모든 것은 과부하이고 과용이다. 도약은 이 과정에서 생긴다. 과정은 행동하는 시간을 뜻한다. 시간의 아름다움이 나를 위해 존재하게 만드는 것이 관건이다. 시간 활용능력이 개인의 능력이다. 시간 활용능력으로 살아남을 수 있기를 바란다. 나의 시간이 모든 것을 바꿀 수 있다. 이 사실을 받아들이면 차원이 다른 삶의 궤도에 이를 수 있다.

독자는, 내가 존경하는 작가 중 한 분인 이지성 작가의 〈에이트〉(차이정원, 258쪽)를 읽어 보면 좋겠다. 〈에이트〉는 도래한 인공지능 시대의 대안으로 '개인의 공감능력과 창조적 상상력'을 강조한다. 에필로그에 이런 말이 나온다.

"집필에서 완성까지 정확히 1년 1개월 걸렸다. 나는 그 13개월 동안 어떻게 살았던가? 인간의 삶을 포기하고 살았다. 사람 한 번 맘 편히 만나본 적 없었고, 밥 한 번 맘 편히 먹어본 적 없었고 잠 한 번 맘 편히 자본 적이 없었다."

작가는 내 기억으로 25년 넘게 집필경험이 있는 사람이다. 그럼에도 불구하고 그는 치열함을 넘어 집착에 가깝다는 생각이 들 정도의 집중력을 보여준다. 내가 독자에게 이지성 작가처럼 살라고 당부하는 것도, 충고하고 있는 것도 아니다. 그럴 수도 없고, 그러고 싶지도 않다. 습관을 반복하면 시간을 지배하는 개인으로 성장한다는 말을 하고 싶었을 뿐이다.

〈나를 위한 하루 선물〉(함께북스, 22쪽)에서 서동식 저자는 말한다. "습관은 제2의 천성입니다. 때문에 우리의 다양한 습관들은 사소한 것이든 중요한 것이든 우리 자신이 인식하지 못하는 사이에 많은 영향력을 끼치고 있습니다. 우리는 스스로 좋은 습관은 발전시키고, 나쁜 습관은 우리의 인생에 더 큰 악영향을 끼치기 전에 제거해야 합니다. 반복적인 행동이 습관이 되고 습관이 바로 우리 운명을 만드는 것을 기억하세요."

우리가 의식하기만 하면 습관이라는 디테일을 시간으로 잡을 수 있다. 나쁜 습관에 현혹되지 말고, 지배 당하지 말자. 인생은 우리의 습관이 만들어내는 것이다. 자신의 발전을 가로막는 나쁜 습관보다는, 보다 의미 있고 자발적인 습관이 필요하다. 자신을 위대함으로 이끄는 위대한 습관을 가져야 한다. 좋은 습관의 반복을 통해 인생의 위대한 주인공이 탄생하기 때문이다.

좋은 습관이
좋은 시간을 창조할까?

시간은 무기다. 이제 기적의 시간 활용법에 대해서 말할 때가 왔다. 사실, 시간이 전부다. 시간은 습관이고 우리의 정신이고 영원한 시공간을 열어주는 문이다. 시간은 영혼의 다리이다. 시간의 의미를 모르는 사람은 아무 것도 모르는 사람처럼 그저 존재할 뿐이다. 시간은 우주의 근원과 연결하는 자원이자 잠재력이다. 시간은 모든 것을 허망하게 만들지만, 마치 블랙홀처럼 모든 두려움을 불식시킨다. 시간은 나 자신이다. 시간은 절대적이지만 상대적이기도 하다. 이 세상에 중요하지 않은 것은 없지만, 가장 중요한 것은 시간을 잘 활용하는 것이다. 시간은 존재이다. 시간 활용만이 능사다. 만사는 시간에서 나온다. 세상에는 집착하면 할수록 중독되지 않는 것이 하나 있는데 그것이 바로 시간이다.

시간에 집중하면 할수록 우리는 성장한다. 물론 좋은 습관이 전제되어야 한다. 시간만큼 가장 짧은 시간에 가장 많은 것을 보여주고 가장 많은 것을 성취하게 하는 것도 없다. 시간은 우리 손 안에 있어 쉽게 찾아 활용할 수 있고, 접하기 쉬운 것임에도 불구하고 사람들은 그렇게 하지 않는다. 아이러니 하게도 문제는 각각의 개인에게 있었다.

나는 시간을 활용할 수 있는 '읽기 · 쓰기 습관' 만이 살 길이라고 강력하게 말하고 싶다. '읽기 · 쓰기 습관'은 다른 말로 '독서 · 집필 습관'이라고 한다. 이것은 집중하지 않으면 할 수 없다. 끊임없이 읽으면서 틈날 때마다 쓰는 훈련은 습관을 완전히 바꿔줄 뿐만 아니라 평범한 삶에서 비범한 사람으로 도약할 수 있게 만들어 준다. 철저한 '읽기 · 쓰기 습관' 만이 진정한 삶을 맛볼 수 있게 하는 최선의 길이다. 예비 작가라면 더더욱 '독서 · 집필 습관'에 올인해야 한다.

문제는 시대가 달라졌다는 사실이다. 현재 책 쓰기에 돌입하려고 노력하는 사람들이 엄청나게 늘고 있는 형국이다. 디지털과 글쓰기도 시간을 잡지 않으면 의미 없이 흘러가 버린다. 이 빠르게 흘러가는 시대에 가장 적합한 방법을 찾던 중 나는, 김병완 작가의 〈왜 책을 쓰는가?〉(새로운제안, 41쪽)를 읽다가 이런 문장을 만났다.

"3년 독서가 필수라고 오해하지 말라. 나는 몰라서 3년간 책만 읽었으나, 지금 와서 생각해보면 독서와 책 쓰기를 병행했더라면 최상이었을 것이다. 그러나 두 가지 다 할 만한 여유가 없다면 나는 책 쓰기를 선택할 것이다. 책을 쓰는 행위에는 책을 읽는 행위도 포함된다."

김병완 작가는 병행에는 과거완료형으로 말하고, 결론적으로 책을 쓰는 행위에는 독서도 포함된다고 현재형으로 말한다. 그리고 두 가지 모두를 할 수 없다면 차선책으로 책 쓰기를 선택할 것이라고 귀결시킨다. 다 맞는 말이지만 나는 본능적으로 현타(현실자각 타임)가 왔다. 그냥 읽기와 쓰기를 같이 하면 아무 문제가 없을 텐데 굳이 가정법으로 '여유'를 언급하며, 마치 이 두 가지를 분리시켜 같이 할 수 없다고 말하는 듯하다. 그래서 나는 연상 연계 독서법으로 읽은 앤서니 라빈스(토니 로빈스)의 〈내 안에 잠든 거인을 깨워라〉(씨앗을 뿌리는 사람, 103쪽, 신경연상회로 조율작업)와 톰 콜린 〈습관이 답이다〉(이터, 144~145쪽, 미래의 편지 쓰기)에 착안하여 기적의 시간활용법인 독서ㆍ집필 습관(읽기ㆍ쓰기 습관)을 세상에 내 놓게 된 것이다.

몸과 마음은 내가 아니다. 생각과 감정을 통제하고, 습관을 자각하면, 존재의 행복을 찾을 수 있다. 다행히 뇌는 하루 시간을 인지하는 '읽기ㆍ쓰기 습관'만으로도 존재의 도약이 충분히 가능하다. 우리 모두 한계가 없는 존재라는 것을 알 수 있다. 차원 높은 사고방식이 무엇인지 알게 된다. 구체적인 기적의 시간 활용법은 5장에 나온다. 지금 이 순간, 과거는 지나가고 있고, '지금'이라는 시간은 과거에서 바라보면 미래이다. 결국 문제는 시간이다. 시간은 존재하는 성장으로 채워져야 한다.

기억하지 못하면
슬픈 일이다

사람은 의식과 무의식을 넘나들기 시작할 때 강해진다. 과거의 기억과 현재의 학습이 만나 서로 다른 잠재력으로 변화하는 과정에서 성장한다. 그 과정의 행동에서 기억으로 남아야 그 기억의 열의가 또 다른 열의를 부른다. 만약 20년 전에 D. H. 로렌스의 〈채털리 부인의 연인〉을 읽고, 오랜 세월이 지난 후에 그에 대한 기억이 없다는 것은 정열과 열정이 없었다는 의미다. 어떤 계기가 되어 10년 후에 다시 읽었는데, 정열과 열정은 물론이고 시대의 사상과 조류까지 꿰차는 기억으로 남을 수 있다. 비록 책의 한 구절도 기억하지 못한다 해도 자신의 연인을 세상의 여자들과 다른 시각으로 보게 되었다면, 그 기억만으로도 잊지 못할 순간이 될 것이다.

읽고 싶은 책을 꺼내 다시 한 번 읽어보는 것도 쉽지는 않지만, 자신이 가장 좋아하는 음식을 직접 만들어 보고 성장의 맛을 느껴보는 사람은 많지 않다. 세상의 모든 것이 나를 위해 존재한다고 가정하고, 하루를 오직 나의 성장과 행복, 평화를 위해 집중하는 것을 받아들이고 행동하는 과정을 나는 '자기 분석 실전의 원칙'이라고 한다. 기억은 자기 파괴와 자기 성장의 중추역할을 한다. 나쁜 기억과 좋은 기억을 생각하면 쉽게 이해할 것이다. 지난 2년 동안 책 한 권 제대로 읽지 않다가, 갑자기 독하게 마음먹고 2주 연속 책 7권을 집중적으로 읽었다면 알게 된다. 그 느낌과 변화를 나는 '연결 보존 질량 생성의 원리' 라고 부른다. 과거와 현재와 미래가 연결, 보존, 생성으로 확장되는 것을 느낀다면 잊기 어려운 경험이 될 것이다.

플라톤의 대화편 〈프로타고라스〉에 이런 얘기를 한다.

"올바르게 행동하지 않는 사람들은 처세에 있어서 분별없이 행해지고, 빠른 속도로 일을 하면 빨리 이루어지고 느린 속도로 하면 늦어진다."

이 말은 이렇게 해석하고 싶다. 올바르게 행동하지 않으면 평생 힘들게 살 수 있으나 올바르게 행동하는 자는 빠르게 성장할 수 있다. 이 해석의 바탕이 무엇일까? 행동하기 전에 우리는 이미 알고 있으나 행동하지 않는다는 다는 것이다.

이제 나의 과거의 한 대목을 들춰낼 시간이 되었다. 그러니까 내 인생에서 가장 슬픈 일이었고 지난했던 일이다. 시골 고향에서 사춘기에 이른 어느 봄 날, 아버지가 자전거를 사주셨다. 나는 그 자전거를 산 다음 날 새 자전거를 분실하고 말았다. 그 해 가을 야구를 하다가 코뼈가 부러지는 사고가 있었는데, 자전거 분실 후 관계가 소원해졌던 부모님은 병원에 가자는 말은커녕 나를 쳐다보지도 않았다. 그 후 난 각종 중독과 트라우마에 시달리며 혹독한 시련을 겪는다. 그 후 35년 동안 인생의 미로를 헤맸고 불행했다. 죽음을 넘나드는 고통의 끝에서 나는 살아났다. 현재는 진정한 행복이 무엇인지 감히 말할 수 있게 되었다.

그 35년 동안 나의 마인드는 100년, 300년, 아니, 3천억 년을 살았어도 실패할 수밖에 없었던 마인드였다. 나의 정신세계는 제어도, 통제도 불가능했다. 그렇게 35년을 허망하게 보내고, 그 밑바닥에서 깨달은 것이 있었다.

"연결과 기억은 사람의 실체이다. 그것이 좋으면 모든 것이 좋을 수밖에 없다."

사람이 올바르게 행동하는 바탕은 자기 분석 실전의 원칙을 바탕으로 하는 개인의 습관과 행동에 있다고 본다. 자기 분석은 생동감이며 좋은 생각이다. 그 전제가 좋은 습관과 원칙이다. 매사에 부정적이고 삐딱하고 양극성 장애자처럼 아침 다르고 저녁 다른 사람을 누가 믿고 같이 의지할 수 있겠는가? 자기 분석은 모든 것의 시작이자 생각의 뿌리이다. 마음속에 지금 무엇이 작동하고 있다면 그게 당신의 실체이다. 열정으로 꿈틀거릴 때 우리는 살아 있는 것이다.

열정은 어떤 상황에서든, 누구에게든 올바른 행동으로 공감하고 수용하는 능력이다. 시작은 자기 분석 실전의 원칙이고, 과정은 연결 보존 생성의 원리이다. 나는 개인이다. 당신도 개인이다. 당신은 공동체의 원석이어야 한다. 당신의 공감능력은 오직 자기 분석에서만 나온다. 그것은 공감능력과 지속적인 수용심에서 나온다. 앞에서 말한 내 지난한 35년은 올바른 생각이 부재했던 시간이었다. 그 부재를 기억하고, 그 기억에 붙어 있는 모든 나쁜 감정들을 삭제하는 작업이 있었기에 나는 의식과 무의식을 넘나드는, 행복을 맛볼 수 있게 되었다. 부재의 기억은 자각의 다른 이름이다. 자각이 없는 행동은 무의미하다. 의식과 무의식을 넘나든다는 것은 자기 자신의 삶을 사랑하는 그 무엇인가를 끊임없이 추구하는 행동을 말한다.

시대를 통틀어 역사적으로 위대한 인물들은 '모두가 행복해지기 위해 어떻게 살 것인가? 어떻게 행복해질 것인가?'라는 문제에 매달리고는 했다. 그 전제가 자기 사랑이었고 종국에 가서는, 자기 사랑까지 내려놓는 모든 것을 받아들였던 것이다. 내가 있으면서도 내가 없는 지대가 넓어질 때 우리는 서로 공존의 아름다움을 느낀다. 성장이 없는 삶을 예방하는 첫 단추는 내 생각의 대상을 사랑하고, 자신의 나쁜 버릇이 있으면 개선하는 것이다. 기억은 생활방식이고, 습관에서 생성되는 마법이다. 올바르게 행동한다면, 꾸준함과 시간에 마법이 있다. 어떤 행위를 했을 때, 어떤 음식을 먹었을 때 몸은 반드시 어떤 메시지를 준다. 좋은 느낌에 대한 피드백을 줄 수 있다. 그 느낌이 고요하고 평온하다면 그 느낌을 따르라. 뇌와 몸은 언제나 대화를 한다는 것을 기억하라.

모든 것은 배움이 되고
도움이 된다

모든 것이 배움이 된다. 우선 자신이 긍정적이고 주체적인 존재라는 조건이 충족되었는지부터 파악하자. 여기에서 꼭 지켜야 할 것이 한 가지 있다. 하고자 하는 것이 정해지면 그것을 위해 집중해야 한다는 것이다. 어느 정도의 궤도에 오를 때까지 반드시 성과를 내고자 하는 집념과 끈기가 있어야 한다. 시작은 과정을 통한 결과다. 한 가지에 성공하면 자신감이 붙는다. 그 자신감은 과거와 현재 그리고 미래를 관통하는 돌파구가 될 수 있다. 나만의 역사를 써보겠다는 자세로 끝까지 매달리는 투지가 있어야 한다. 여기에서도 하나의 전제가 더 있다. 나쁜 생각의 패턴이 아직도 자신의 뇌 프로그램에 깔려 있다면, 그것부터 해결하는 작업을 해야 한다. 이것을 철칙이라고 생각하고 꼭 준수해보자.

야마사키 히로시가 쓴 〈습관을 바꾸는 생각의 힘〉(2020, 이터, 37쪽)에 이런 말이 나온다.

"우리가 안 좋은 습관을 고치기 쉽지 않은 이유는 뇌 속 프로그램에 의해 사고, 감정, 신체가 움직이는 꼭두각시가 되어 있기 때문이다."

주체적으로 사는 사람은 TV를 보고 싶을 때만 보지, 시도 때도 없이 TV를 켜 놓고 시간을 낭비하지 않는다. 우리의 잠든 의식을 깨우는 가장 좋은 방법은 주체적으로 행동하는 것이다. 예를 들어 하루 종일 TV를 보며 시간을 낭비하는 사람은, TV를 보려고 하는 자신의 뇌 속 프로그램에 지배당하고 있는 것이다. TV를 보는 것이 나쁘다는 말이 아니라 자신에게 나쁜 습관이 있다면 그것부터 고쳐야 한다는 말이다. 우리는 주체적으로 좋은 것을 선택할 수 있을 때 성장한다.

밑바닥을 너무 오랫동안 겪은 나는 과거에, 만나는 사람들에게 차이고, 세상의 평판에 휘둘리며 갈등과 분노로 하루하루를 속절없이 보냈다. 모든 기회와 행운은 나를 비켜 가는 것 같았다. 생계무책이었다. 노력하면 할수록 나르시시스트가 되어갔다. 그때 끊임없이 나의 존재를 흔들던 것이 있었는데 다음 아닌 바로 중독이었다. 술, 담배, 약물, 섹스 등은 내 나이 마흔 아홉에도 내 생활을 잠식하고 있었다. 공자는 마흔이라는 나이를 유혹에 흔들리지 않는 불혹이라고 했지만, 나는 그 유혹들을 감당할 수 없었다. 자살의 충동이 마음속에서 맴돌았다.

지독한 우울증으로 하루에도 수십 번씩 죽고 싶었을 때가 있었다. 정신적, 감정적, 경제적으로 바닥을 치고 있을 때, 불현듯 마음 한구석에 책을 쓰면서 작가로 살고 싶다는 생각이 들었다. 왜 그런 생각이 들었는지 모르지만, 그때 내 나이가 마흔아홉이었다. 늦었지만 나는 내 본연의 모습을 되찾고 나의 저력을 보여주리라 다짐했다. 아아, 나는 그렇게 세상의 그 누구도 이해하지 못하는 인생의 한 모퉁이에서 무거운 날개를 펴고 도약하기 위해 웅크리고 있었다. 힘들고 부끄러워서 하늘을 올려다볼 여유도 체력도 없었지만, 희망을 마음속에 품고 놓지 않았다. 그 희망은 바로 독서였다. 그렇게 나의 독서 습관이 시작되었다. 그리고 쉰 여섯을 넘기고 있는 지금 이 책을 쓰고 있다.

누구에게나 감정이 있고 생각이 있고 다짐을 한다. 감정적으로 반응할 자유도 있다. 근데 꼰대라는 꼬리표를 달아 서로 다른 차이를 외면하는 경우가 있다. 어찌 보면 당연한 일이다. 진작 그 생각과 다짐이 타자에게 위트 있게 보이려고 노력하면 할수록 누군가에게는 좋게 보일지 모르겠으나, 개인의 성장과 의식, 그 자신감에서는 낙제점이 될 수 있다. 사기꾼의 자신감이 남에게 피해를 주듯이 말이다. 앎과 행동 사이에는 노력이 있다. 자신의 노력을 소중히 여기게 되면 다른 사람의 견해와 노력도 소중히 여기게 된다. 이것은 다름을 인정하는 '대전제의 수용성'이라고 한다. 대부분 사람들은 이 정도까지 생각하지도 않고, 그 외의 사고와 상상력을 받아들이지도 않는다. 서글픈 세상이다.

주체적이라고
다 주체적인 것은 아니다

미국의 심리학자 에이브러햄 매슬로우는 "인류의 역사는 스스로의 능력을 과소평가한 남자와 여자의 이야기다."라고 했다. 여기에서 확실하게 해 두어야할 것은 우리의 의식은 끊임없이 확장한다는 사실이다. 그런데 사람들은 왜 그것을 받아들이지 못하고 변화하지 못하고 있는 것일까? 언젠가부터 이런 생각이 들었다. 저마다 사람들은 자기 세계에 빠져 있다. 다른 세상을 받아들이지 못한다. 협소한 생각에서 벗어나지 못하는 습성을 가지고 있어서 변화하지 못한다. 그들은 자기주장이 뚜렷하다. 자기주장이 무조건 옳다고 생각하는 경향도 있다. 그들은 자기주장을 반박하는 사람을 싫어한다. 그들은 먼저 그틀을 깨야 한다. 부정적인 사고가 자신의 주체가 되어 있기 때문에 그것부터 해소시키는 것이 순서다. 에고는 평화를 이기지못한다. 다른 사람의 의견을 수용하는 자세가 필요함에도 불구하고 그들은 그렇게 하지 않는다.

나는 남과 다르다는 것을 인정할 때 우리는 성장하기 시작한다. 그런 동기 중 가장 쉽게 선택할 수 있는 것이 무엇일까? 나와 너는 근본적으로 다르다는 기준점이다. 우리에게 일어나는모든 것은 도움이 될 것이라는 긍정적인 기준이 있다면, 문제는 다르다. 이것은 자기 합리화와 확증편향과는 좀 다르게, 나에게 가까이 다가온 모든 사람은 정말 도움을 주려고 나타난것이라 해석해야 옳다.

문제와 타인 사이에 내가 있어야 존재의 성립논리가 맞아 돌아간다. 물론 내 의식과 잠 사이의 성장은 또 다른 논의 사항이다. 나는 나의 감정도, 나의 마음도, 나의 몸도 믿지 않는다. 나의 고요한 목소리만 믿는다. 그럼 뇌는 믿는가? 뇌는 우리의의식에 직간접적으로 도움을 주고 있으나 그저 프로그램에 반응한다. 우리는 우리의 뇌를 통해 감정과 마음, 그리고 몸의 상태를 자가조율한다. 나는 세상의 모든 것을 무심하게 거리를 두고 보지 않는다. 가까이 다가오면 오는 대로, 멀어지면 멀어지는 대로 보고 듣고 느낀다. 각종 중독에 시달리다가 독서치료로, 나쁜 습관을 고치고, 책 쓰기를 하며 성장의 기쁨을 경험한 나는 하고자 하는 것을 시작할 때 망설이지 않고 바로 실행한다. 모든 과정을 통해 배우고, 그것이 나에게 도움이 된다는 것을 알기 때문이다. 도약은 빠를수록 좋다. 의미는 내가 만들면 된다. 그것이 내 습관이다.

가능성은
등가교환에 있다

지금은 디지털 시대이다. 디지털 중에서 모바일, 그 중에서 도 사진과 영상을 알면 독보적인 존재가 될 수도 있다. 최신 스마트폰 삼성 S21 울트라 (현재 갤럭시Z폴드/플립 3도 출시 중) 하나만 파고들어 타인의 마음을 울릴 정도만 되어도 원이 없을 것이다. 최근 랜디 게이지 Randy Gage의 〈생각의 힘〉(2005, 파라북스)을 읽었다. 성공적이고 성취하는 삶을 살기 위해서는 어떤 일에 최선을 다해야 할지 깨닫는 것이 무엇보다 중요하다 는 사실을 알았다. 비범한 성공은 다수를 위한 남다른 가치를 정리하고 구조화할 줄 안다. 대부분의 사람은 이런 생각을 아예 하지도 않고, 이러한 희생을 감수할 생각도 없다. 그래서 매번 원점이다. 어제와 다른 오늘을 맞이할 때 우리는 성장하기 시작한다.

스스로 돕지 않는 사람은 다른 사람들을 도울 수 없다. 따라서 자신이 모든 방면에서 성공을 거머쥘 만한 가치 있는 사람임을 믿어야 한다. 그와 더불어 정신적 자각의 길로 걸어가면 더 큰 성공과 마주할 수 있다. 사실 성공은 어려운 것이 아니다. 문제는 성공이 어렵다고 생각한다는 것이다. 뚜렷한 우선순위를 정하고, 그 중에서 한 가지 문제에 꾸준히 매진하는 것이 핵심이다. 안 된다는 생각을 모두 버리고 끈기와 집념을 가지고 정진해야 한다.

무슨 일이라도 망설일 필요가 없다. 지금 어느 위치에 있든, 무슨 일을 하고 있든, 나이가 몇 살이든 중요하지 않다. 사고방식의 문제이고, 우선순위의 문제이고, 잠재의식의 문제이기 때문이다. 인생에는 극에서 극으로 역전되는 묘수가 숨어있다. 그러니 상황과 세상을 탓하지 말고, 문제 속에 들어가 답을 찾아보라. 답을 찾다 보면 뭔가 꿈틀거리며 손에 잡히는 것이 보일 것이다. 그것을 꽉 잡고 놓지 마라. 그리고 끝까지 해내라. 세상은 끝까지 해내는 자의 것이다.

"진정으로 가치 있는 무언가를 세상에 내놓을 때 당신이 바라는 보상을 돌려받게 된다. 이는 세상이 움직이는 이치이며, 어떤 경우에도 예외란 있을 수 없다."

랜디 게이지의 말이다. 자유는 그저 주어지는 것이 아니다. 현실에 만족하는 생활, 어떻게 보면 행복한 것 같기도 하다. 언제나 나와 친구들에게, 오늘도 즐거운 하루, 좋은 하루, 상쾌하고 행복한 하루가 되라고 밑도 끝도 없이 카톡이 울린다. 뭔가 부족한 것 같고 별다른 의미도 없다. 행복해지거나 보람차거나 진취적인 울림도 없다. 용기를 운운하는 것도 어색하다. 그게 뭐가 잘못되었다는 것인가? 지금 나는 그런 말을 하려는 것이 아니다. 외로움을 달래려 덕담을 서로 공유하는 것보다 보다 진취적인 것이 있어야 한다. 열정과 끈기를 가지고 어떤 결과를 창출하는 것이 삶에서 가장 큰 공부이다.

우리 모두는 편안한 현실에 안주하려는 경향이 있다. 현실 만족이라는 유혹의 손길이 우리를 가로막는 사이, 자신이 가진 장점과 위대함으로부터 점점 멀어지게 된다는 사실을 말하는 것이다. 용기나 도전 없는 자기만족은 나이를 떠나 본성을 거스르는 일종의 죄악이다. 당신의 본성, 즉 인간의 본성은 자신이 가진 최고의 장점을 발견하고 계발하여 꽃피우는 것이다. 반대로 자신의 잠재력을 묻어두는 것은 슬프고 안타까운 일인 동시에 지금의 위치와 상관없이 평범함에 무릎을 꿇는 것이다. 나아가 자신의 위대함을 부정하는 것이다. 두려움을 무릅쓰고 한발 앞으로 전진하는 것이 시작이며 과정이고 결과를 만드는 길이다.

위대함의 반열에 오르기 위해서는 자신이 가진 모든 시간을 아낌없이 자기발전과 창조에 바쳐야만 한다. 잡초나 다름없는 환상이나 잘못된 생각들을 가려내어, 바람직한 생각들을 알아차리고 자신에게 미치는 나쁜 습관(영향)을 줄여가야 할 것이다. 그 기대치와 가능성은 등가교환을 우선시하는 생각 및 행동에서 찾아온다. 따라서 희생은 불가피하다.

무언가를 생각하는 사람은 훌륭하다. 무언가를 위해 행동하는 사람은 더 훌륭하다. 그렇지만 결과는 더 중요하다. 열정과 끈기를 가지고 도출한 결과는 또 다른 결과를 부른다. 하고 싶은 일을 하는 사람에게 주어지는 것이 무엇일까? 자유이다. 자유롭게 생각하고, 자유롭게 발상하는 자유. 무릎을 꿇고 굴종의 세월을 보내느니 자유를 위해 도전하는 과정이 차이를 만든다는 것을 기억하라. 자유는 주어진 대로 사는 것이 아니라 자신의 미래와 잠재력을 위해 크게 생각하고, 어떤 여건과 상황에서도 도전하는 것이다.

기적의 공식

:
:
:
:
:
:
:
:
:

　사람은 뭐든지 갖고 싶다면, 가질 수 있고 얻을 수 있으며, 직접 만들 수도 있다. 마음이 우러나서 누군가에게 도움을 줬는데 그 순간이 마냥 기분 좋았던 기억이 있는가? 그 느낌을 확대 재생산할 수 있겠다는 전제면 충분하다. 자신이 그런 자질과 잠재력과 현실성이 있기 때문에 남과 나 사이에 그런 생각을 품게 된다. 작은 생각을 큰 생각으로 전환하는 것이 관건이다. 우리는 모든 것을 할 수 있는 자질은 갖추고 있으나, 무엇을 품고 그것에 전념하는 노력과 끈기가 결정한다. 이것을 '자기 비례 조율의 원리'라고 한다. 이는 내 마음의 역학 메커니즘과 상호 조율의 원칙에 의해 만들어지는 것이다.

　기적은 운의 실체이고 자신의 마음상태와 다르지 않다. 수많은 성공자들이 대답한 '운이 좋았다'는 기적을 그렇게 표현한 것이다. 사람들은 기적과 운이 다른 것처럼 말하지만 사실상

기적이나 운은 같은 역학 관계이다. 왜냐하면 이것은 에너지의 폭과 넓이 및 깊이가 자연 역학으로 에너지의 질에 따라 화학 반응처럼 나타나기 때문이다. 즉, 에너지 순환의 문제이고, 우리 관심 영역의 문제이다.

여기에서 철칙 하나는, 절대 다른 사람을 비방하거나 자신을 정당화하지 않아야 한다는 것이다. 진심 어린 눈으로만 보라. 중국 전한의 회남왕 유안이 쓴 〈회남자淮南子〉에 '인간만사새옹지마人間萬事塞翁之馬'라는 이야기가 있다. 하루는 노인(새옹)이 기르던 말이 도망쳐 오랑캐들이 사는 국경너머로 가버렸다. "이를 어찌 한단 말입니까?" 동네 사람들이 노인을 위로했다. 허나 노인은 태연했다. "이 일이 복이 될지 누가 알겠는가?" 몇 달이 지난 어느 날 뜻밖에도 도망갔던 말이 준마를 데리고 돌아오자, 노인은 "이게 화가 될지 누가 알겠는가?" 며칠 뒤 노인의 아들은 그 말을 타다 떨어져 다리가 부러졌다. 그러나 노인은 "이것이 복이 될지 누가 알겠는가?"라며 낙심하지 않았다. 얼마 지나지 않아 오랑캐들이 쳐들어왔지만, 다리가 부러진 노인의 아들은 군에 징집되지 않아 무사할 수 있었다. 물론 시대에 따라 조금씩은 다르겠지만 어떤 일이 닥쳤을 때, 노력여하를 떠나 쉽고 빠르게 원하는 걸 얻는 방법은, 기적을 일으키는 우리 마음의 지대를 넓히는 것과 판단하지 않고 무심하게 관찰하는 것에서 시작된다.

어떻게 생각하고 받아들이느냐에 따라 전혀 다른 결과가 나올 수 있다. 인간만사 새옹지마塞翁之馬다. 노인의 말馬은 인간의 길흉화복이다. 오늘의 길吉이 내일은 흉凶이 되고, 오늘의 화가 내일의 복이 되는 게 인생이다. 알 수 없는 게 내일이고, 알 수 없는 게 인생이다. 예전에 아인슈타인이 "신은 주사위 놀이를 하지 않는다."라고 한 말을 생각했을 때, 정말 그럴 것 같았다. 사실은 그 생각을 꽉 잡고 놓고 싶지 않았다. 그래서 다시 열심히 공부한 끝에 결론을 도출했다. 그 과정에서 열역학 2법칙을 '변화량이 −1보다 큰 무질서를 질서화 시키는 것'이라고 생각했지만, 지금은 고전역학적 생각과 그 모든 희망을 버리고, 양자역학의 속성과 일치하는 생각에 근접한 마음이다. 언제 어디서 무슨 일이 일어날지 모르는 세상이다. 좋은 일도 일어날 수 있지만 좋지 않은 일도 언제든 어디서든 일어날 수 있기 때문이다.

여기서 철칙 둘, 어떤 일에든 일희일비하지 않는다. 결과에 연연할 이유가 없다. 평소에 건강하고 당당했던 사람이 죽기라고 한다면 몰라도 이미 일어난 일을 어쩌겠는가! 바로 수용하자. 지나고 나면 모든 것이 과거형이다.

우리 모두 고귀한 존재이다. 자신이 고귀한 존재라는 것을 알고 있는 사람은 남도 고귀하게 여길 줄 안다. 하지만 자신이 고귀하다는 것을 모르는 사람은 남들도 고귀하다는 것을 전혀 모른다. 그리하여 타인에 휘둘리는 인생, 또는 남과 어울리지 못하는 삶을 살기도 한다. 인간은 인간의 문제부터 해결해야 한다. 그러려면 자신의 문제부터 해결점을 찾아야 순서가 맞다. 남들이 모르는 나쁜 습관이 있으면 나쁜 습관부터 바꿔야 한다. 감정과 기분은 습관의 결과이다. 나쁜 습관은 나쁜 감정으로 나타나고, 좋은 습관은 좋은 감정으로 나타나기 마련이다.

여기서 철칙 셋, 경멸과 분노 같은 부정적인 감정을 존중, 감사, 배려 등의 긍정적인 감정으로 바꾼다. 이것은 의외로 간단하다. 그저 나와 남은 다르다는 것을 인정하고 받아들이고 웃으며 대하면 된다. 같은 어려움을 겪어도 어떤 사람은 그것에서 교훈을 얻고 오히려 더 철학이 깊어지는 반면, 어떤 사람은 심각한 우울증에 빠지기도 한다. 내공이 깊은 사람은 한 키에 천리를 내다보면서 지금 무엇을 해야 하는지 정확히 알고 있다. 앞에서 말한 자기의 고귀함을 모르는 사람은 내공이 없기 때문에 모래성처럼 한 순간에 허물어 질 수 있다. 그래서 우리는 자신의 문제를 직시하고 해결해야 한다.

잠이 안 오는 사람은 불면증부터 고치고, 남과 툭하면 싸우는 사람은 자신의 성격부터 고쳐야 한다. 술과 담배에 젖어 살고 있다면, 그 중독의 이유부터 깊이 헤아려 고쳐야 한다. 불안과 두려움에 사로잡혀 살고 있으면, 그것부터 해결해야 한다. 어떤 어려움이 와도 우리는 마음을 정리하고 어제가 아닌 오늘에 집중할 수 있다. 가짜를 만나면 가짜를 죽이고, 진짜를 만나면 진짜를 알아보는 안목과 투지로 포기하지 않는 초연한 자세가 필요하다. 자신이 우선시하는 것이 건강에 도움이 안 된다고 생각된다면 그 습관부터 바로 고쳐야 한다는 말이다. 그렇게 하면 우리는 우리가 어떤 사람이고 왜 살아야 하는지 분명하게 알 수 있을 것이다.

철칙 넷, 어떤 일이 있어도 전제가 나를 춤추게 하라. 〈논어論語〉에 이런 말이 나온다.

"기신정 불령이행 기신부정 수령부종 其身正 不令而行 其身不正 雖令不從"
(자신의 몸이 바르면 명령하지 않아도 행해지고, 자신이 바르지 못하면 비록 명령해도 따르지 않는다.)

이 말은 내가 바르면 내 몸과 마음, 내 모든 것이 나를 따른다. 내가 바르지 않으면 그 누구도 따르지 않는다는 말이다. 그러나 여기에 현대인이 조심해야 할 함정이 하나 있다. 가상의 세계인 온라인 상에선, 수많은 사람을 현혹시킬 수 있다는 것이다. 콜버그(Kohlberg, 유대계 미국인 심리학자)의 도덕성 발달 이론, 즉 최종적으로 보편적인 양심과 사회적 윤리에 의하면 도덕성으로 발달할 수 있어야 한다고 말한 것을 실천하지 못한다고 해도, 우리는 성장하기 위해 감춰진 욕망을 직시하고 반드시 제대로 갈무리할 수 있어야 한다. 내공을 키우는 핵심은 건강한 뇌에 있기 때문에 그 뇌력에 집중해야 할 것이다. 메커니즘을 만들어내는 뇌 속 프로그램을 알면 나쁜 습관을 모두 고칠 수 있다. 우리는 이것을 행동이 바뀌는 과정이라고 한다. 과정은 행동을 다르게 만든다. 따라서 우리 뇌는 어떤 메커니즘이 프로그램 되느냐에 따라 그에 걸맞는 에너지의 흐름을 선택하게 된다는 것을 기억하자. 선택의 불가항력성! 내가 명령하지 않으면, 뇌는 틀리든 맞든 학습된 기억에 따른다. 이것이 '자기 명령의 원리', 즉 '자기 비례 조율의 원리'이다.

뇌는 나의 명령을 따른다. 나의 생각은 나를 따른다. 그 에너지의 흐름이 운이라는 것을 잊어서는 안 된다. 내 에너지의 흐름이 화학 반응처럼 운으로 표출되는 것이다. 그래서 작은 생각이 큰 생각을 이기지 못한다. 바뀜으로써 결과가 나타나는 것이 아니라 바뀌는 과정에서 결과가 싹트기 시작하는 것이므로 결과를 먼저 속출할 수 없다. 우리는 이것을 변화라고 한다. 우리가 살아있는 행복이 되어야 하고, 감동을 일으켜야 하는 까닭이다. 전제는 언제나 행복이고 감동이다. 그 전제가 나에게 유익하게 나타날 때 우리는 그것을 기적이라고 한다.

행복과 감동 + 비례 조율의 원리= 행운

LIKELIHOOD

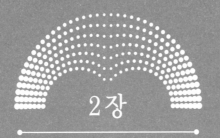

2장

먼저 생각의
실체를 인지하라

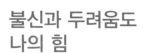

불신과 두려움도
나의 힘

무언가를 시작하기에 늦은 나이란 없다. 싱싱한 젊음이 없어도, 젊음과 현재 사이에 내가 있다. 이런 나에게 늦은 시작이란 없다. 늦은 때도 없다. 그만큼 나는 젊다. 나이를 먹을수록 더 젊어지는 것을 의식의 성장이라고 한다. 내가 믿지 못했던 것과 두려움이 사라지는 경험을 했던 순간을 잊지 못한다. 나는 독서와 사색을 통해 나에게 불신과 두려움이 사라지는 경험을 하였다. 나의 도착지는 어디인가? 그것을 정하고 그 하나를 위해 몸을 던지는 과정과 그에 대한 충분한 이유가 내 마음속에 언제나 현존하게 하라. 일반화된 타자는 불신과 두려움일 뿐이다. 그러니 내가 원하는 행복한 그 일을 함으로써 삶을 채워나가야 한다. 그때그때 가장 하고 싶은 일만 찾아 하도록 하라.

내가 어렸을 적 누렸던 순수한 생명력에 접근하도록 도와준 책이 하나 있다. 마사 베크 〈길을 헤매다 만난 나의 북극성〉(2006, 21세기북스, 329쪽, 397쪽)이다. 우리는 사막 같은, 그 어느 쪽도 아닌 상태를 지나가야 한다. 그 과정에서 주문과 질문을 계속하라.

"지금 일이 어떻게 돌아가는지 알 수 없지만 상관없어."

"생각했던 것보다 훨씬 힘들긴 하지만 그래도 괜찮아."

"나는 어떤 모습이 되고 싶은가?", "나는 어떤 사람이 되고 싶은가?"

어제와 내일 그 경계를 끊고 싶을 때는 주문과 질문이 최고이다. 오늘 할 일은 오늘 한다. 나는 우리 나이로 올해 쉰 일곱이다. 하지만 나는 나이를 의식하며 살지 않는다. 왠지 모르게, 나는 그렇게 하고 싶어 그렇게 하며 살고 있다. 이것이 미래를 위한 나이다. 나는 미래를 위해 오늘을 산다. 미래를 위해 오늘을 살지 않는 사람은 미래가 없다. 나는 미래를 위한 오늘만 산다. 오늘 이 시간에 충실할 뿐이다. 중요한 것은 지금 이 순간을 사는 것이다. 오늘을 사는 사람은 두려워할 일도, 걱정할 일도, 불신할 일도 멀리할 수 있다.

나는 요즈막 선택한 생각들을 유지할 것은 유지하고, 잊고 싶은 생각들은 거부할 수 있어 좋다. 나에게는 한 5년 동안 한 직장에서 같이 보낸 사람이 있다. 그는 여러 사람이 있을 때 갑

자기 나서서 농담하는 좀 남다른 성격이었다. 첫인상에서 보면 전혀 악의가 없었고, 남에게 해를 끼치는 행동은 아니었다. 그런데 한 3년 지내다 보니, 여러 사람이 그의 농담에 화를 내는 것을 목격했다. 나는 '사람은 모두 서로 다르다'는 것을 인정하였기에, 그와 사이좋게 지내고 있었다. 그러던 어느 날, 그에게 화를 냈던 사람들이 모두 퇴사하게 되었다. 우리는 더 가까워지게 되었으며, 나는 좋은 게 좋은 것이라고, 그에게 허물없이 대했다. 하루는 아주 멋들어지게 농담을 주고받고 있는데, 그 농담을 갑자기 나에게 전가시키는 말을 하는 것이 아닌가? 나는 순간 당황했다. 나의 자존심이 작동하기 시작했다. 그 후 또 한 번 나를 불쾌하게 했고, 순간 나의 감정이 자극과 반응 사이에 천당과 지옥을 넘나들었다. 나는 마음을 가다듬고 그에게 몇 가지 질문을 넌지시 해봤고, 그의 내면을 도출하였다. 그는 모든 잘못을 남에게서 찾고 있었다. 그는 자기반성이 전혀 없는 사람이었다. 모든 문제는 밖에 있는 것이고, 자신은 아무 잘못이 없으며, 항상 좋은 게 좋은 것이라고 생각하는 사고방식을 가지고 있었다. 그것이 일상생활을 하는 데 지장은 없었으나 다른 사람의 아픔과 고통을 공감하는 능력이 없었다.

나는 여러 생각 끝에, 그가 나의 인생에 등장한 이유를 불문하고 이제는 그와 가까이해서는 득이 될 것이 없겠다고 잠정적으로 결론을 내렸다. 나는 그가 경계성 성격장애인지 싸이코패스인지 잘 모른다. 알고 싶은 마음도 없다. 한때 그를 무조건적인 수용과 공감으로, 있는 모습 그대로 인정하고 지냈지만 이제는 그와 거리를 둘 수밖에 없다. 그의 반응과 태도를 완전히 무시할 수는 없지만, 거리를 두고 멀리하는 시간을 가져야 했다. 왜냐하면 나에게는 그를 거부할 자유와 그를 불신할 자유도 그를 두려워할 자유도 있기 때문이다. 그날 이후 나는 그와 일체의 농담도 주고받지 않았다. 그는 나에게 투명인간이 되어 갔다. 사랑과 연민을 느끼지 못하는 나의 의도와 반응 사이에 가까이 할 수 없는 관계가 되어 갔다. 그는 결정적일 때 예측불허인 사람이었지만, 다른 각도에서 보면, 일 년 내내 책 한 권 읽지 않는 아주 가벼운 사람이라는 예측이 가능했다. 그랬음에도 불구하고 무조건 그를 수용하고 그를 대했던 때가 가장 좋았다고 기억된다. 추억은 좋은 기억으로 남아 있어야 한다.

사람을 꼭 많이 만나야 하는가? 만나고 싶은 사람만 만날 뿐이다. 만나고 싶지 않은 사람은 만나지 않는다는 게 나의 지론이다. 그래서 사실상 나에게는 여러 사람이라는 개념이 없다. 오해는 없기 바란다. 만나는 한 사람에게서 여러 사람을 보는 좀 독특한 사고력이 있기 때문이라고 변명한다. 나의 정신 상담 멘토 정혜신 선생님이 나와 비슷한 사람이다. 그녀는 어떤 확고부동한 철학이 있어 자신이 끌리지 않으면 어떤 일도 하지 않는다고 한다. 그가 현장치유자로서 실천하는 결정적 무기로 사용하고 있는 것이 충고, 조언, 평가, 판단만 안 할 수 있어도 공감의 절반은 시작된 거라고 한다. 치유의 핵심은 공감이란 말이다. 하지만 우리에게는 진짜와 가짜를 판별할 수 있는 능력도 필요한 세상이다. 혐오와 모멸, 언제 어디서 무슨 일이 일어날지 모른 예측불허의 시대에 진실은 드러날 것이라고 마냥 기다릴 수만은 없다. 중요한 것은 한 눈에 알아보는 통찰력도 겸비하고 있어야 한다. 공감이 전부가 아니라 그것이 기본 자질인 시대다. 현재 이 불안한 순간을 떠나 무슨 일이든 헤쳐 나갈 수 있어야 한다.

선생님의 책 〈당신이 옳다〉 (해냄, 2019)에 나오는 말이다.

"모든 사람과 원만하게 지내는 일은 불가능하다. 모든 사람에게 공감적인 사람도 불가능하다. 그런 사람이 있다면 그는 공감자가 아니라 혹독한 감정 노동으로 웃으며 스러지고 있는 사람일 가능성이 높다."

너는 너고 나는 나다. 착각도 자유이나 착각을 움켜쥐고 있는 사람에게는 그 착각만 풀어주면 된다. 어떤 사람에게든지 한 사람의 속마음으로 들어가려면 그 사람의 마음으로 들어가는 문이 있다고 한다. 그 문부터 찾아야 한다. 분명한 것은 그 첫 관문이 공감능력이라는 사실이다. "지금, 마음이 어떠세요?" 질문을 하고 마음의 문을 열게 하는 능력이 처음이자 마지막이고 전부이다. 원활하다는 것은 서로가 흡족한 상태를 말한다. 필요할 때 필요한 일을 하면 빛이 나는 것이다. 불신과 두려움을 불식시키는 지대를 넓혀 갈 때만이 우리는 성장한다. 누구나 자신의 입장에서는 다 옳다. 내 입장에서는 틀릴 수 있으나 그것은 내 입장일 뿐이다. 가장 여유 있고 합리적인 의사결정은 정확한 공감에서 나오는 까닭이다.

불가능한
문제는 없다

:
:
:
:
:
:

   해결 불가능한 문제는 없다는 걸 이제는 안다. '해결 불가능한 문제는 없다.'는 말은 마리 폴레오의 〈믿음의 마법〉(한국경제신문, 2020, 11쪽)에 나오는 말이다. 나의 짜릿한 감각을 일깨워준 놀라운 책이다. 짜릿한 감각은 두 가지이다. 그 두 가지 감각은 자기인식과 자신만의 목표를 말한다. 세상에는 자신의 잠재력을 발휘하는 사람과 못하는 사람이 있는데, 그 전제조건이 자기인식과 자신만의 진정한 목표이다. 이 책의 키워드는 연상과 연계라고 보면 된다. 그 바탕은 인식과 목표에서 파생된다고 볼 수 있으며, 연상과 연계의 과정에서 우리는 가능성을 본다.

   나는 누구인가? 나는 무엇을 할 수 있는가? 나는 어디로 가고 있는가? 모든 성공의 전제는 자기인식에서 출발한다. 자기

인식을 못하는 사람은 자기인식을 할 때까지 자기 소용성을 인지하지 못한다. 소용은 긍정과 부정이 포함되어 있기 때문에 그 틀을 먼저 깨야 한다는 전제가 숨어있다.

외부의 자극에 의해 극도의 흥분 상태가 잦은 사람은 자기인식이 부족한 것이다. 두뇌에 강력한 동기부여로 신경회로를 자극하여 정신 건강에 한 단계 상승효과를 주는 것이 필요하다. 이때 필요한 것이 질문과 단기속성 작업이다. "나는 어떤 사람이 되고 싶은가?" 반복 질문하는 것이다. 단기속성은 자신의 관심분야의 책을 한 10권 사서 마음먹고 읽어보는 것이다. 단, 질문과 단기속성 작업은 같이 진행한다. 질문하면서 책을 읽고, 책을 읽으면서 질문하면 된다.

자신이 원하는 목표를 반드시 실현시키려면, 자기 자신의 깊은 생각과, 남들에게 절대 발산하지는 않으면서 자기 자신부터 음과 양으로 챙기는 철저한 근성이 타인과 자연스럽게 동화되어야 한다. 타인을 경시하지 않는 배려심을 가지고, 자신과 타인에게 도움이 되려는 마인드가 습관적으로 배어 있어야 한다. 그리고 무엇보다 가장 강력하고 스마트한 습관은 건강을 최우선시하는 행동(운동)에서 나온다. 해서 건강은 타인과 나의 합이라고 할 수 있다. 그 전제가 자기인식과 적절한 음식, 운동, 그리고 만남과 독서다.

건강한 사람의 제 1조건은 남다른 자기사랑, 절대 남을 괄시하지 않는 태도, 그리고 만남이다. 지식생태학자 유연만 교수는 말한다. "사람은 사람을 만나면서 다른 사람으로 다시 태어난다. 스쳐 지나가는 사람은 아무리 만나도 사무치는 깨달음을 줄 수 없다." 다만 옷깃만 스쳐도 인연이라는 말처럼 우리는 만나는 사람과의 사건과 소통 속에 인생의 모든 힌트가 들어있다는 것을 자각해야 한다. 인생의 교훈은 대부분 만남 속에 숨어있다는 말이다. 책과의 조우도 같다.

별걱정 없이 만족하며 사는 것이 행복해 보이고, 생활에 찌들어 방탕하게 사는 것이 불행하게 보이는 것은 사실이다. 하지만 이는 착각에 불과하다. 뻔하고 평범한 생활에는 변함이 없다. 좋으나 싫으나 모두 현실을 살고 있을 뿐이다. 모든 것은 다 때가 있다고 말하던 시대가 있었다. 그러나 질병 치료의 방법 중, 대증요법처럼 표면에 나타난 증상과 같이 우리는 서로 떨어져 하나로 뭉칠 수 없는 관계를 산다. 때가 있는 것도 맞고, 서로 협력해야 하는 것도 맞다. 그렇게 우리는 공존한다. 이제는 '나 때는 말이야.' 하는 세대도, 젊은 세대도 끈끈한 인간관계를 강조하지 않는다. 여유와 재미 또는 친밀감만 강조할 수도 없다. 자신의 커리어를 위해서 존재할 뿐이다. 그만큼 우리는 성숙해졌다. 다만 한 개인이 우리로 돌아가 자기 자신을 보는 시각은 달라져야 한다. 배우고 성장하고 자신의 출신을 극복하는 것은 오로지 개인의 문제이다. 가상화폐에 매달린 MZ세대가 기성세대의 눈에 어떻게 보일까? "참을성이 없어." 할까? "그렇게 실패하면서 배우는 거지 뭐." 할까? 그 끝의 암호가 잘 풀리기를 바랄 뿐이다.

이제는 세상에 만들어 놓은 시스템과 룰 속에 얽매여 자신의 가치를 잃은 채 살아가는 시대는 지났다. 기존의 틀을 깨고 단순하고 명료하게 만들어 나 자신의 두뇌가 원하는 정말 잔잔하고 평화로운 삶의 터전을 창조하고 지금의 문제를 깨부수는 작업이 필요하다. 강자는 강인한 정신을 갈고닦을 때 나온다. 낙원은 해결 불가능한 문제를 해결하는 시점에 주어진다. 우리가 원하는 것은, 우리의 몸과 마음을 만족시켜주고 우리의 뇌가 좋아하는 일을 끊임없이 추구하면서 이루어진다.

살면서 가장 가치가 있고, 가장 의미 있고, 가장 진취적이고, 가장 멋지고 위대한 행동은 자기 자신의 미래를 위해서 이것도 아니고 저것도 아닌 생활을 고치고, 지금 이 순간에 헌신하는 것이다. 여러 방법 중 내가 찾은 정말 좋은 방법은 기억(과거)치료 · 위기(현실)치료 · 미래(상상)치료이다. 기억이 치료되면 뇌의 활성도를 높일 수 있고, 위기는 기회이기 때문에 직면하면 치료되고, 미래는 기억과 위기가 치료되면서 이루어지는 상상력의 결과로 나타난다.

　과거의 나쁜 기억은 회상해서 치유하는 것이고, 위기는 직면하는 것이고, 미래는 상상하는 것이다. 이 세 가지가 치료되면 어느새 자신이 무엇을 해야 할지 알게 된다. 그것에 집중하면 된다. 이 과정에서 나타나는 문제는 해결의 실마리를 안고 잔존한다. 그 행위에서 새로운 미래가 열리고 있으면 미래치료가 된 것이다. 목표는 행동하는 과정과 결과로 미래를 치료해준다. 가끔 꿈이 없다고 말하는 사람을 만나기도 하는데 그 말은 맞지 않는 말이다. 우리 모두는 꿈과 함께 행동하고 꿈을 상상하며 살기 때문이다. 실현하고픈 희망이 없는 사람이 어떻게 미래를 실현시킬 수 있겠는가? 꿈은 한결같은 말과 상상력의 결과물이다. 꿈을 의도적 자각으로 끌어올릴 때 우리는 성장한다. 미래는 상상이기 때문이다. 그래서 해결 불가능한 꿈은 없다는 말이 맞다.

사람이
변하는 순간

사람은 변하지 않는다. 그래서 변해야 한다. 변하지 않는 사람은 항상 그만큼만 살게 된다. 변화의 시작은 본연회귀에 있다. 니체의 영원회귀를 따서 한 말이지만, 자기 자신의 본연의 모습에서 성장과 발전이 시작된다는 말이다. 그리고 변화는 설레는 일로 자신의 마음이 채워지면서 일어난다. 황금을 움켜잡을지 흘러가게 내버려둘지는 인생, 마음먹기에 달려있다. 사람은 변하면서 많은 지각변동을 겪는다. 지각변동이 없는 사람은 변하지 않는 사람이다. 변하지 않는 사람은 죽은 사람이다. 지각변동이 없이 변하지 않고 있는 사람이 정말 변해야 할 그런 사람이다. 변한 사람은 서로를 인정한다. 그리고 언제나 유연한 사고를 가지고 있다. 남을 인정하지 않는 사람은 자신이 누구인지 모른다.

파울로 코엘료가 쓴 〈마법의 순간〉(자음과모음, 2013, 9쪽, 223쪽)에서 분명하게 말한다.

"사랑은 변하지 않습니다. 문제는 사람이 변하는 것입니다.", "이미 내게 익숙해진 것들에 물음표를 던지고 저항할 때 비로소 변화가 시작됩니다." 변하는 나의 모습을 즐기려면 우선 나부터 변하는 법을 배워야 한다. 변화하지 않으면 진정한 자신의 삶을 살 수 없기 때문이다. 변하는 과정에서 우리는 배우고 수많은 교훈도 얻는다. 변하지 않는 사람은 이런 이유에서 아무것도 얻지 못한다. 그래서 변해야 한다는 것이다.

어제 다르고 오늘 다른 사람은 언제나 경쾌한 마음이다. 순수한 마음과 가벼운 마음으로 움직일 때 상쾌하고 역동적일 수 있다. 변하고 있어 자유로운 것이지 변하고 있지 않으면 결코 자유로울 수 없다. 자유는, 변화하며 자신에게 유익하고 의미 있는 행동을 유발시키는 자의 것이다. 변하든 만족하든 단지 선택의 문제일 뿐이다. 변하고 싶으면 질문부터 하면서 변화를 유도하라. 이 질문은 지루한 일상에서 독자의 정신을 흔들어 깨우는 변화에 유용한 실마리를 안겨줄 것이다.

"나는 아침에 어떤 설레는 일로 일어나고 있는가? 나는 지금 깨어 있는가?"

사람이 사람을 만날 때 설레인다면 그것보다 행복한 일은 없다. 나는 왜 변하려고 하는가? 초등학교 어느 소풍 전날 저녁, 일기예보에 비가 온다고 해서 취소될지도 모른다는 생각에 마음 졸이던 추억이 떠오른다. 설렘과 기대감이 마음에 가득 차 있을 때였다. 설렘은 내가 살아있다는 것을 느낄 수 있어 좋다. 아이들이 즐거운 봄소풍을 기다리는 것은 특별한 이유가 있어서 그런 것이 아니다. 그저 호기심과 설렘이 있기 때문이다. 누군가 만날 걸 생각하고 가슴이 두근거리는 사람이 가장 행복한 사람이다. 식상한 관계에 희망과 용기를 주는 사람은 변화가 무엇인 줄 알고 변화를 습관화한 사람이다.

　항상 변화를 추구하고 있는 사람은 변화를 말하고 있는 사람에게, 왜 변하지도 않는 사람에게 변하라고 말하는지 못마땅하게 생각하는 경향이 있다. 왜냐하면 그런 사람은 변화 자체가 생활화되어 있어 변화가 그저 생활일 뿐이다. 이런 사람은 열에 아홉은 '설레는 일'이 무엇인지 잘 알고 있다. 그런데도 그런 사람은 변화라는 말을 아끼며, 그 시간에 자신이 하고자 하는 일에 충실한다. 변화에 좋고 나쁨은 없다. 변화를 자연스럽게 받아들이고 사는 사람은 남들에게 변화를 강요하지 않는다. 변화하든 변화하지 않든 자신의 선택의 문제일 뿐이다. 다만 자유롭게 변화할 수 있는 사람이 있게 마련이고, 중요한 것은 변화에 거리를 두고 있던 사람이 변화에 의지를 가지고 있느냐이다. 그런 사람은 결국 변화할 것이기 때문이다. 변화는 자신이 어제까지 안 했던 말과 행동에서 시작된다.

사이토 에이로가 쓴 〈인생이 변하는 순간〉(경성라인, 2012, 45쪽~59쪽)에 스즈키 유코라는 주부가 나온다. 유코는 33살의 전업주부다. 결혼 7년 차로 대기업에서 토지 개발을 하는 남편 마모루와 5살짜리 딸 시호와 함께 살고 있다. 결혼 초기에는 사이가 좋았지만, 이들의 관계가 왠지 대화도 줄고 서먹서먹하게 된다. 최근에는 매일 늦게 들어오는 남편을 기다리다, 텔레비전 화면에 대고 자신도 모르게 한숨을 크게 내쉬는 유코.

12시 30분이 조금 지났을 무렵, 그제야 마오루가 들어왔다. 지친 몸으로 "다녀왔어." 해도 유코는 말이 없다. 오히려 남편의 등장에 점점 화가 치밀어 오른다.

"왜 이렇게 늦게 들어와? 늦으면 늦는다고 전화라도 하던가. 전화 한 통 하고, 문자 하나 보내는 게 그렇게 힘들어? 언제나 이런 식이라니까, 당신이란 사람은!" 이런 말들이 입에서 튀어나왔다. "미안해, 오늘도 좀 바빴어. 나 피곤하니까 그만 씻고 잘게." 이렇게 어제와 비슷한 하루가 또 지나갔다. 때로는 "저녁은?" 하며 그녀가 화를 누그러트리고 물어도 "됐어, 오늘은 그냥 잘래." 하는 한마디 말만 욕실에서 들려올 뿐이다. 그녀는 점점 더 화가 쌓여만 갔다.

그러던 어느 날 유코는 남편에게 조금 들떠 있는 목소리로 "오늘은 시호 생일이니까 절대로 늦으면 안 돼." 하고 다짐을 받아 놓는다. 그날 저녁 유코는 오랜만에 셋이서 함께 저녁 먹을 수 있겠다는 생각에 실력을 발휘해서 로스트비프를 만들어 시호와 기다리고 있었다. 10시가 되어도 마오루는 돌아오지 않았다. "엄마, 배고파. 엄마, 졸려." 화가 머리끝까지 치밀어 있던 그녀는 그제야 시호가 너무나 가여운 얼굴을 하고 있다는 것을 알아챈다.

결국 남편이 돌아온 시간은 평상시와 다름없었다. 현관문을 열고 들어온 마오루에게 유코는 "당신, 오늘 무슨 날인지 잊었어?" 남편은 고개를 숙인 채 나지막한 목소리로 그저 미안하다고 말할 뿐이었다. 그 모습을 보자 유코는 더욱 화가 치밀어 올랐다. 다음 날도, 그다음 날도 마오루는 저녁 일찍 나타나지 않았다. 유코는 최근 혼잣말을 할 때가 많아졌다. 세탁물을 베란다에 널 때도 무언가 계속 중얼거렸다. "청소하고, 빨래하고, 밥하고, 장보고, 애 보고…… 그렇게 해도 그 사람은 고맙다는 말 한마디 없어." 혼잣말을 하면 할수록 더욱 외로워졌다.

이렇게 부부 사이가 멀어져 가던 어느 화창한 봄날 유코는 같은 아파트에 사는, 시호와 같은 유치원에 다니는 아이 엄마

시미즈에게 상담해 보기로 한다. 남편 때문에 고민이 많던 유코, 아주 밝고 진솔한 시미즈에게 모든 걸 털어놓는다. 시미즈는 친언니처럼 그녀의 이야기를 끝까지 들어주었다. 그러고는 자신의 경험담을 들려준다. 남편이 돌아오면 "수고하셨어요." 라고 말하라는 것이었다. 시미즈가 가르쳐 준 '그 일'은 매우 간단한 것이었다. 그러나 실행에 옮기기까지는 상당한 용기가 필요했다. 용기와 의문 사이에서 저울질하지만 무슨 일이든지 부딪혀 봐야 한다는 생각에 실행에 옮기기로 결심한다.

그날도 마오루는 12시가 넘어서 돌아왔다. 그는 늘 그랬듯이 욕실을 향해 빠른 걸음으로 걸어가고 있다. 그때 유코는 남편의 등 뒤에 대고 모기만 한 목소리로 "수고하셨어요."라고 말한다. 정말 작은 목소리였다. 그런데 그가 그 한마디를 듣더니 잠깐 멈춰 서며 "응." 하고는 그대로 욕실로 들어간다. 다음 날은 전날보다 좀 더 큰 목소리로 "수고하셨어요."라고 말을 했다. 그녀는 불현듯 언제부턴가 남편에 대한 고마움을 잊고 불평만 하며 지내왔다는 것을 깨닫게 된다. 무의식중에 '나는 좋은 아내'라고 생각했을 뿐, 현실은 전혀 그렇지 않았다는 것을 깨닫게 된 것이다. 다음 날, 남편이 돌아왔을 때 그녀는 고마운 마음을 담아 "수고하셨어요. 항상 고마워요."라고 말했다.

그러자 마오루는 이렇게 말하게 된다.

"매일 늦게 들어와서 미안해. 이제부터는 가능한 한 빨리 들어오도록 할께."

두 사람은 마주 보고 방긋 웃는다. 그녀의 불평으로 인해 꽁꽁 얼어붙어 있던 마음이 서서히 녹기 시작했다. 마침내 "매일 늦게 들어와서 미안해."라는 한마디가 마음속에서 우러나오게 된 것이다. 유코가 용기를 내서 '수고하셨어요'라고 남편에게 했던 말이 바로 인생을 변화시키는 순간이었던 것이다. 지금 이 순간 우리는 어둠 속에서 걸어 나와야 한다. 기지개를 켜면서 용기를 내는 순간, 세상은 서서히 다가올 것이다. 기쁨은 우연히 일어나지 않는다.

시간과 관심이
필요하다

독서와 집중력은 국가의 운명은 물론 개인의 운명을 바꾸기도 한다. 독서는 관심에서 시작되고 집중력은 시간 관리의 한 형태이다. 경험적으로, 읽고 싶은 책은 관심에서 주어진다. 어느 정도 책을 읽다 보면 알게 되겠지만, 독서는 건강 등 인생 전체에 지대한 영향을 준다. 나는 책을 읽기 전에는 독서가 오히려 건강에 해로운 줄 알고 있었다. 이 얼마나 어리석은 생각인가? 독서를 하지 않으면, 자신의 운명은 물론 생활 패턴과 믿음체계가 전혀 바뀌지 않는다.

모바일 디지털 세상에서 독서는 더더욱 필수다. 한쪽에서는 스마트폰 학원이 필요하다고 말하고 밀레니엄 세대는 책을 거의 읽지 않는다고 말하지만, 그들도 전차책이나 종이책을 가리지 않고 잘 읽는다는 사실을 배제하고 있다. 이는 MZ세대와 다른 세대와의 모바일을 다루는 소셜 미디어의 차이가 부른 데서 기인했을 것이다. 결국 책을 읽고 알려고 노력하는 사람만이 세상이 돌아가는 축의 양상을 예측할 수 있다. 다시 말해, 독서를 열심히 하는 것은 나 자신과 국가를 위해 공헌하는 것이며, 더 나아가 세계 평화에 기여하고 개인의 운명을 바꾸는 일이다.

"모든 새로운 믿음이 번성하기 위해서는 시간과 관심이 필요하다."〈마인드 파워〉(존 키오, 김영사, 2003, 104쪽)에 나오는 말이다. 언제나 믿음도 가변적이어야 한다. 그래야 성장 속도가 빨라진다는 것을 쉽게 터득할 수 있다. 내가 관심을 줄 때, 책도 말을 한다. 책도 생물이다. 양자역학을 따지기 전에 현대인의 성장을 '가장 신속하고 충분하게' 강화시키는 최고의 방법은 독서이다. 독서는 우리의 모든 건강한 세포와 성장 마인드, 그리고 미래까지 영향을 주는, 인간이 발견한 창조적 상상력을 일으키는, 그 모든 것을 가능하게 해주는 신이다. 그렇다. 독서는 신이다.

다만 아무리 여유가 있어도 우리가 갈고 닦지 않으면 발전은 요원하므로, 책도 읽지 않으면 성장은 없다. 아니 그것도 틀린 말이다. 이제 치열하게 읽어서 결과를 만들어야 하는 시대이다. 자칫 잘못하면 각종 만용과 우울증 및 중독에 시달릴 수 있는 환경이 도처에서 도사리고 우리를 유혹한다. 그런 것에서 벗어나 자의식을 순화하는 습관은 독서가 으뜸이다. 스마트폰은 전쟁터의 총 같은 것이 되었지만, 공유경제에 필요한 것이 스마트폰뿐일까? 그렇지 않다. 시대는 또 한 번 뒤집힐 것이다. 그때가 올 때까지 우리는 플랫폼의 네이버 카페든 뭐든 필요하다면 반드시 깊게 파고들어야 한다. 독서와 같이 지독하게 강구하라! 스스로 잘못된 믿음에 반기를 들고 오직 독서에 몰입할 때 우리는 성장할 수 있다. 성장은 도약의 다른 이름이다. 나는 이것을 신념강화, 또는 인생도약이라고 부른다. 인간 생명보험의 최고는 역시 독서이다.

인류 역사를 생각해보면, 위기가 찾아왔을 때 망하든지 흥하든지 했으나, 흥하여 살아남은 나라는 어김없이 위대한 독서를 한 거인이 있었거나 서로 하나가 되는 저력을 보여준 국민이 있었다. 그런 나라를 하나 뽑아 말하라면, 나는 서슴없이 우리 대한민국이 그런 나라라고 말할 것이다. 오늘도 굴곡 많은 역사의 수레바퀴 위에서 한국사를 생각하면, 대한민국은 축복의 땅이라는 것을 체감하게 된다. 대한민국은 민주공화국이다. 나는 축복받은 대한민국 사람이다. 그래서 나는 "나의 대한민국에서 저력을 보여주리라!" 끊임없이 되뇌는 것이다. 그것의 시작은 시간과 관심에서 주어지게 된다고 앞에서도 말했다.

시간과 관심은 개인을 바꾸는 계기로 향한다. 〈안중근 불멸의 기억〉(이수광, 추수밭, 2009, 22쪽)에 나오는 안중근의 말이다. "내가 어릴 때부터 사격술을 익힌 것이 장차 이토 히로부미를 사살할 운명이었기 때문인지 모른다. 나는 오랜 세월이 흐른 뒤에야 그와 같은 사실을 생각하고 하늘의 오묘한 섭리에 탄복했다."라는 말이 나의 묵직한 통증을 훑고 지나간다. 나는 또 하나의 상처가 치료되었다고 믿는다. 나는 치료되었다. 상처로 가려진 영혼이 치료될 때 우리는, 다시 한번 아침 이슬처럼 빛나는 것이다.

위대한 역사를 쓴 그의 정신에서 나온 말이 또 하나 있다. "하루라도 책을 읽지 않으면 입에 가시가 돋는다." 독서는 욕설을 정화시키는 힘이 있다. 아니, 독서는 우리 몸의 나쁜 세포를 모두 좋은 세포로 바꾸는 명약과 같다고 말해야 할 것이다. 독서를 계속하면 나약한 마음이 그 무엇에도 흔들리지 않는, 지금의 나와는 다른 강인한 정신으로 살아갈 용기를 준다.

그 모든 것이 시간과 관심, 지대한 열의가 바탕이 되어 창의적인 사고가 나오기 때문에 나와 다른 사람도 그의 말과 행동에 어떤 까닭이 있음을 인정해야 한다. 우리 모두는 저마다 다른 인격체이다. 힘들지만 나와 다른 남을 시간과 관심으로 기꺼이 감싸 주는 여유와 사랑을 가지고 불편함도 행복으로 느낄 수 있는 삶을 살아야 한다. 문화심리학자 김정운도 말했지 않은가.

"불편하더라도 자주 다른 이야기, 낯선 이야기를 들어야 메타인지가 활성화된다. 그래야 세상 돌아가는 양상이 제대로 이해된다."

시간은 우리를 기다려주지 않는다. 사실이다. 세계적인 비즈니스 전략 전문가 마우로 기옌의 책, 〈축의 전환〉(리더북스, 2021)은 의표처럼 나를 찌르며 다가왔다. 10년 후 지금의 세상은 없다. 지금의 세상은 2030년이 되면 사라지고, 사람들은 지난날을 돌아보며 "세상이 그렇게 급박하게 돌아갈 때 나는 뭘 하고 있었지?"라고 탄식할 것이라고 말한다. 나는 의지할 것도, 관심의 대상도 없이 독거노인처럼 쓸쓸하게 죽어가고 있는 노인의 모습을 상상하면, 그것은 자살보다 더 비참하다는 생각이 들었다.

"현재의 불안을 해소하고 미래를 낙관할 수만 있으면 얼마나 좋을까?"

"앞으로 펼쳐질 새로운 세상에 대비하기 위해 나는 지금부터 앞으로의 10년을 어떻게 대처할 것인가?"

나는 앞으로 10년 동안 한 가지에 전념하기로 작정하며, 〈축의전환〉 12쪽에 나오는 핵심 사항을 옮긴다.

"끝은 새로운 종류의 시작을 의미하며, 그 새로운 시작에는 수많은 기회가 함께한다. 눈에 보이지 않는 곳까지 파고들어 새로운 트렌드를 예측하고, 단절보다 소통을 택하며, 자신과 자녀들, 배우자, 미래의 가족, 직장 등을 위해 올바른 결정을 내릴 줄 안다면 말이다. 변화의 충격은 모든 사람에게 영향을 미칠 것이다. 모든 것이 한꺼번에 뒤바뀌는 시대적 변화는 사소하고 작은 여러 변화들이 모여 서서히 진행된다. 우리는 종종 간과하지만, 지금은 이런 작은 변화들이 하나둘씩 축적되고 있다. 천천히 떨어지는 물방울이 결국 그릇을 가득 채우는 법이다. 똑, 똑, 똑 떨어지는 물방울 소리가 시계 소리처럼 들리지 않는가? 그러다가 어느 순간 물이 갑자기 넘쳐흐르면 깜짝 놀란다. 하지만 그때가 되면 이미 늦은 것이다."

오랫동안 나는 새로운 미래를 받아들이는 것이 어려웠다. 새로운 돌파구를 찾는 것도 없이 집착과 본능에 충실했어야만 했다. 올바른 결정을 내리지 못하고 새로운 현실과 싸우고 있는 것만 같았다. 내가 바로 서야 세상의 흐름에 올라설 수 있는 것도 알았지만, 모든 것이 나의 장애물처럼 보였다. 힘들었다. 달라지지도, 천천히 가지도 못했다. 한마디로 가장 느린 것이 가장 빠르다는 철학이 없었다. 문제가 무엇이지 어떻게 하면 되는지 도대체 알 수가 없다는 걸 알았다. 그렇게 35년을 살았다. 이미 때는 늦은 것이다. 모두가 그렇게 봤고, 저마다 만나는 사람들이 색안경을 쓰고 봤다. 어느 날 그 바닥에서 제정신이 들었다. 그때가 되어 나는 관심의 대상을 바꾸고 작은 변화들을 인지하기 시작했고, 시간의 소중함을 알았다. 그 후 많은 시간이 지나갔다. 2021년 4월 현재, 나는 지금 책을 쓰고 있다. 나는 이제 이렇게 질문한다.

"앞으로 펼쳐질 새로운 세상에 대비하기 위해 나는 지금부터 앞으로의 10년을 어떻게 준비할 것인가?"

경계 대상 1호

"책 쓰기는 영혼을 치유하는 행위가 아니다. 그 이상이다. 영혼을 새롭게 창조하는 행위다."

대한민국 독서 대부 〈한번에 10권 플랫폼 독서법〉의 저자 김병완 작가가 한 말이다. 김병완 작가는 실제로 도서관에서 3년 동안 1만 권의 책을 읽었다. 그러고 나서 3년 동안 한 달에 한 권 이상의 책을 집필했고, 그 결과 60여 권의 책을 출간하였다. 상식을 초월하는 경지이다. 가히 독서의 신만이 이룰 수 있는 쾌거다.

아무리 나이를 먹어도, 늙지 않는 사람이 있다. 책을 많이 읽는 사람이 그렇다. 김병완 작가가 그런 사람이다. 그는 보통 사람이 30년을 해도 못하는 일을 3년에 해치우는 경지에 이르렀다. 그의 다독, 다작, 다재, 다능, 다사 같은 것을 어떻게 명쾌하게 설명할 것인가? 그는 뇌 과학, 경영, 경제, 인문학 등 천재의 사고로 인생 혁명을 두루 넘나든다. 그것은 독서에서 시작해서 쓰기로 이어졌다. 독서가 모든 것을 말해준다. 그도 말했듯이 독서를 하지 않았다면 그런 일은 일어나지 않았을 것이다. 따라서 독서와 책 쓰기는 우리를 신들린 사람처럼 바꿔주고 빅뱅을 일으켜주는, 이 세상 유일한 도구이다. 독서와 책 쓰기로 인생을 송두리째 바꿀 수 있다는 말이다.

그렇다. 다 맞는 말이라고 치자. 그렇다면 우리는 어디에 인생을 걸 수 있는가? 김병완 작가처럼 3년 동안, 도서관에 앉아 책만 읽을 배포와 배짱이 있는가? 그런 독자가 있으면, 무슨 일을 해도 성공할 것이다. 그러나 아마 없을 것이다. 있다고 해도, 자기 영혼의 목소리가 없으면 한낱 공허한 장밋빛 꿈에 불과할 수 있다. 우리는 그 이상의 투자와 헌신이 있어야 살아남을 수 있는 세상에 살고 있다. 최소한, 한 3년 동안 목숨을 걸고, 남다른 경험 속으로 들어가 자기 자신에게 올인하는 사람에게 하늘도 문을 열어준다는 사실이다.

독서로 모든 것을 바꿀 수 있다. 자기 자신을 위해 3년이 아니라 1년이라도 독서에 투자할 수 있는 것이 진정한 용기이다. 진정으로 용기가 있는 사람은 자기 자신에 투자할 수 있는 사람이다. 예술은 남을 행복하게 해준다. 그러나 독서를 하는 것은 자신의 행복을 위한 예술이다. 그런 사람이 많아질수록 우리의 미래는 더욱 밝아질 것이 분명하다. 그래서 나는 아무리 출중한 사람이라 해도 '책을 아무리 읽어도 변하지 않는다.'고 말하는 사람과 해보지도 않고 "별거 있겠어!" 하며 일단 부정하는 사람을 경계한다.

나의 경계 대상 1호는, 나르시시스트적 사고로 남을 혼란스럽게 만드는 사람이다. 아무리 우리에게 도움이 되고 피가 되고 살이 되는 것도 하룻밤에 자기 것으로 만들 수는 없는 데도 그것이 가능하다고 허풍을 떠는 사람이다. 이런 사람 말에는 옳고 그른 생각이 섞여 있기 때문에 종잡을 수 없다. 그들은 하루밤에 만리장성을 쌓겠다고 하는 거나 다름없는 사람들이다. 이런 부류의 사람은 로마는 하루아침에 만들어지지 않았지만, 하루아침에 망했다고 대책 없이 말하는 사람이다. 매사에 극단적이고 정신병적 장애의 성격을 가지고 있다고 봐야 한다. 우리 이웃에 있을 수도 있으니 경계하라. 이런 사람은 황지우의 시 〈나의 누드〉에 나오는 시구절의 양상과 같은 사람이다.

"거짓이 나를 만들어 놨을 뿐, 두뇌의 격한 질투심. 열등감. 뭐 드러내기 좋아하는 허영으로 적재된 서른 몇 해. 헐떡거리며 나는 하프 라인을 넘어왔다."

나의 경계 대상 2호는, 그것을 가능하다고 생각하고 노력했지만 되지 않았다고, 그럴싸하게 말하는 사람이다. 그러나 과연 얼마나 열심히, 제대로 노력했는지 의문이 든다. 이들의 실수는 먼저 어떤 아이템을 정하고 뛰어드는 우를 범한다는 사실이다. 메타인지의 개념이 없이 메타버스에 올라탄다고 승자가 될 수는 없다. 이런 사람은 자기의 얄팍한 결과만 가지고 그저 아니라고 말할 뿐이다. 사실은 자기가 한 일에 책임질 수 없는 말을 떠벌이는 것이다. 정말 피가 되고 살이 되는, 나의 것으로 만들기 위해서는 최소한 6개월에서 1년 정도의 기간이 필요한 법인데, 그런 노력도 없이 안 되었다고 말할 뿐이다. 희망은 있으나 경계해야 할 대상이다.

나의 경계 대상 3호는, 필요할 때만 찾는 사람이다. 이런 사람은 〈이런 사람 만나지 마세요〉(유영만, 나무생각, 2019, 28~30쪽)에 나오는 사람이다. 이는 모든 인간관계를 거래로 본다. 미국 대통령 도널드 트럼프와 비슷한 유형인데, 자국 이익의 측면에서는 같으나 근본적으로는 다르다고 볼 수 있겠다. 자, 이제 본격적으로 말해보자. 이런 사람은, 사람 자체를 필요한 것을 얻기 위한 자원으로 바라본다. 그래서 언제나 필요할 때만 나타난다. 정작 내가 필요할 때는 나의 시선에서는 보이지 않는 쪽으로 가 있어 나와 거래할 관계 밖에 있기 때문에 그저 남이다.

이런 사람은 나와 친할 수도 가까이 지낼 수 없는 사람이라는 것을, 그는 모를 수 있으나 나는 너무도 잘 알고 있다. 며칠 전에 이런 사람에게서 메일을 받았다. 내 도움이 필요하다는 것이다. 나는 냉정하게 처신하고 싶었지만, 정중하게 답장 메일을 썼다. "필요할 때만 연락하면 필요한 걸 얻을 수 없답니다." 그에게 사과를 받았지만 유쾌하지 않았다.

이런 사람은 자신의 이익이 충족되면 언제 그랬냐는 듯이 떠난다. 자신의 목적을 위해 필요한 순간에만 잠시 나타나는 사람이다. 필요한 걸 얻으면 그만이다. 그에게는 인간관계도 늘 거래의 연속이다. 자신이 필요한 것을 충족시키면 이내 사라지는 태도에 나는 왠지 언짢다. 다시 나타나질 않기를 바랄 뿐이다. 끊어진 인간관계는 필요할 때 기계처럼 회복되는 관계가 아니다. 물론 나는 경계 대상 1호든, 2호든, 3호든, 나 자신과 세상을 위해서 그들을 존중하려는 노력은 한다. 나의 감정이 그냥 두지 못해서 그렇지, 나의 감정은 그런 사람을 허용하지 않는 것이다.

마지막으로 경계대상 4호가 있다. 자신의 안위와 필요를 위해서 거짓된 위선으로 가득 찬 사람이다. 이들은 자신감이 넘치고 아는 것도 많고 다른 사람의 감성까지도 흔들 줄 안다. 이들의 특징은 자신의 목적을 위해서는 간 쓸개도 빼 줄 것 같이 말한다는 것이다. "나에게 당신밖에 없어!" 하며 온갖 감성을 자극하는 모든 것을 출현시킨다. 마치 목숨도 내줄 것처럼 말한다. 상대의 입장에서 헤아리고 상대방을 정확히 볼 줄 알기 때문에 때론 마냥 기다릴 줄도 안다. 하지만 그들의 본질은 오직 돈에 있다. 돈만 충족된다면 그들은 아무 말도 없이 떠날 것이다. 지금까지 살펴본 유형 중에 나는 경계대상 1호 나르시시스트가 사기꾼적 사고가 짙은 4호보다 경계하는 편이다.

독서는
레벨업에 있다

한 권의 책 전체를 10분간 훑는다. 이어서 30분간 통독하는 동시에 60분간 정독하고, 10분간 읽은 소감을 적어보고 끝으로 10여 분 요약해본다. 이렇게 읽으면, 다시 읽고 싶은 생각이 굴뚝같은 책이 나온다. 그러면 소감과 요약을 나중으로 미루고, 30분과 60분 중 하나를 선택해서 다시 반복하여 읽게 된다. 다시 말해서, 60분간 다시 읽고, 정말 한 번 더 읽고 싶으면 다시 한 시간 더 읽어야 하는, 몰입의 극치를 맛볼 수 있는 독서법이다. 이 독서법으로 읽으면, 예민한 촉수가 살아나 보다 섬세한 통찰에 다독과 속독 및 읽기의 범위와 경계를 넓히는 경험을 깊고 빠르게 실감한다. 나는 이것을 '돌연한 자극의 섬세성 1'이라고 말하고 싶다. 이는 책마다 읽게 되는 횟수가 다 다르게 적용된다고 볼 수 있는데, 나는 이 독서법을 '역산식 민지세대 독서법'이라고 부른다. 초보도 하루 책 한 권을 읽을 수 있고, 결국 누구나 2시간에 책 한 권을 읽게 된다. 독서는 자기계발을 따로 하지 않아도, 그 이상의 효과를 주고, 무엇이든 가능하게 만들어주는 견고한 힘이고, 우리에게 최고의 레벨업을 안겨주는 확실한 방법이다.

독서는 과거의 기억에 변화를 주고, 우리의 생각에 달라질 수 있다는 자신감을 준다. 새로운 힘과 용기가 생기게 한다. 또한 여러 가지 현상을 발생시키는 독서는 이중의 변화를 가져오게 만든다. 독서의 가장 큰 비밀은 내가 원하는 책을, 원하는 시점에, 원하는 시각에 읽었을 때의 기쁨이다. 독서를 통해 습관이 바뀌고 사고력이 달라질 수 있으며, 무엇보다 우리의 집중력과 상상력을 향상시키고, 통찰력과 이해력을 증가시킨다. 또한 사물이 극점에 달하면 반드시 반전이 오듯이 어느 시점에 이르면 독서 최고의 경지라고 말할 수 있는 빅뱅의 도화선이 되어준다. 독서는 불안할 때 불안을 불식시켜주고, 가난한 사람들에게도 놀라운 경제적 자유를 누릴 수 있다는 희망과 사고 방식의 변화를 준다.

한 권의 책을
꿰뚫는 법

"우선 가벼운 마음으로 문맥을 짚고 뼈대를 읽어 나가는 데에 중점을 둔다."

인생을 변화시키고 싶은데 어떻게 해야 할지 알 수 없는 난처한 경우가 있다. 성장은 서서히 멈추고, 일상이 막막할 때가 반드시 온다. 더 이상 발전이 없는 것처럼 보이고, 자신의 미래를 위해서 무엇을 해야 할지 모르는 경우도 있다. 이런 고민이 시작될 때 독자는 서점에 가야 한다. 베스트셀러보다 진짜 자신이 읽어야 할 것 같은 관심 분야의 책 두세 권을 사서 자신의 문제를 직시하며책 읽기를 반복해 나가야 한다. 그중 한 권의 책을 골라 중요한 문장을 보물 다루듯 노트에 적어가며, 혼신의 힘을 다해 씹어 삼키듯 읽어보라. 내 문제가 무엇이고 어떻게 살아야 할지 보이기 시작할 것이다. 그것이 인생을 완전히 바꿔줄 수 있는 시발점이 될 수 있다. 그래서 인생은 재미있는 것이다. 누구도 알 수 없지만, 누구나 변화할 수 있는 것이 인생이다. 깊은 독서는 자신의 혼재한 문제를 해결하면서 책을 읽는 활동과 책을 쓰는 활동을 가져오는 혁신 같은 것이다. 독서로 탄탄한 명상을 거듭한 사람은 캄캄한 어둠 속에서도 희망을 잃지 않으며, 눈앞의 유혹과 이익에 흔들리지 않고, 바이러스 같은 인간에 대한 자연의 복수에도 흔들림 없이 대처하는 강인한 마인드를 가지게 된다. 그리고 무엇보다 하늘이 내리는 고난과 역경 앞에 좌절하지 않고 당당하며 두려워하지 않는 마음이 중요하다는 것을 깨닫는다.

오늘 책을 읽으면 내일 건강해진다. 독서의 첫걸음은 오늘 한 권의 책을 가슴에 새기는 것이다. 독서는 나를 인정하는 목적도 있지만 남을 인정하는 목적도 있다. 누구에게도 저마다의 각별한 독서가 필요하다. 지금 우리에게 정말 필요한 것은 독서다. 독서는 인생을 설레게 하고, 내일을 기다리게 하는 강력한 콘텐츠 마인드이다. 기쁨과 행복은 언제나 우리 마음 안에 존재한다. 그 기쁨을 활성화시키고 행복을 발화할 때, 우리의 존재가 아름답게 펼쳐진다. 중요한 것은 지금 이 순간 내 인생을 꽃피울 수 있느냐가 문제지 다른 것은 문제가 아니다. 우리가 우리네 인생을 꽃피울 수 있을 때 우리는 드디어 제대로 하루를 느끼게 된다. 이제 그 대안을 제시하고자 한다.

우선 자기 자신의 무한 신뢰는 기본이다. 오늘 기쁨과 즐거움을 느낄 수 있어야 한다. 현재의 콘텐츠에 충실하고 미래의 콘텐츠에 전력을 다하려는 노력이 필요하다. 단 하나의 목표에 목숨을 걸 때 우리는 달라진다는 것을 믿자. 그 전에, 성공할 수 있다는 확신과 일정한 시간, 그리고 참고 견디는 노력이 필요하다. 독자는 '언제나 답은 내 안에서 똬리를 틀고 있다'는 말을 들어봤는가? 우리의 뇌가 좋아하는 일을 많이 하면 할수록 순간순간 전두엽이 작동하고, 용광로처럼 달아올라 우리들의 열정이 타오른다는 것이다. 뇌가 활성화되면서 의식이 확장된다. 뇌를 춤추게 하는 방법은 하루 동안 많은 단기적 목표를 달성하게 만드는 것이다. 고미숙 고전평론가가 말한다. "지금도 좋고 나중에도 좋은 일을 찾아라." 습관처럼 행동할 시간을 알아차리는 사람은 언제나 건강하다. 때로는 시간적 압박감이 필요하다. 미래는 자신을 자각하는 자의 것이다. 우선 '오래 하는 힘'이 중요하다는 것을 강조한 뇌의 활성도를 재미있게 서술하고 있는 고학준 작가의 〈오래 하는 힘〉의 일부를 살펴보자.

"운동선수의 집중력은 종교의 믿음만큼이나 강력하다. 야구선수의 눈에는 야구공이 수박만 하게 보이고, 농구선수의 눈에는 농구 골대가 태평양처럼 넓게 보인다. 그들 눈이 이상해서 이런 현상이 일어나는 것일까? 결코 그렇지 않다. 운동선수와 일반인의 차이는 무엇일까? 그것은 전두엽의 건강 상태다. 일반인의 행동은 전두엽의 건강과 거리가 멀다. 반면 운동선수는 쉬지 않고 훈련하여 전두엽을 강화한다. 강화한 전두엽은 집중력을 키운다. 일반인에게 문제라고 여겨지지 않는 일이 운동선수에게는 극복의 대상이 된다. (중략) 전두엽은 뭔가에 집중하려는 의지를 가지고 노력할 때 의지를 굳힐 수 있도록 도와준다. 책을 읽을 때 영화 광고의 유혹을 떨쳐 내게 하고, 피트니스 클럽으로 향하는 길에 친구와의 술자리, 애인의 사랑스러운 향수 냄새 등 각양각색의 자극을 차단케 하며 운동에 전념하도록 해준다. 의지만 있다면 전두엽은 언제나 당신 편이다."(고학준, 〈오래 하는 힘〉(고학준, 글라이더, 2019, 65~66쪽) 자신이 하고자 하는 것이 운동이라면 그것에 집중해야 하고, 독서라면 초서 같은 뇌 활성도를 높이는 것이 좋다.

이제 온·오프라인은 따로 존재하지 않는다. 자칫 잘못하면 황천길로 빠질 수 있는 세상이다. 리뉴얼을 토대로 초혁신이 시급하다. 활용할 것은 활용해야 한다. 역동성을 가지고 디지털 세계와 현실 세계는 따로 존재하지 않는다는 현실을 인식해야 한다. 이 이원론적 세상에서는 보다 신중하고 과감한 온라인 사업 집행력이 필요하다. 이런 때는 두 가지를 하나로 선정禪定하여 갈무리할 필요가 있다. 무슨 일이 일어나든 받아들이고, 끊임없이 하루하루의 실천과 보상 속에서 역동적으로 사는 것이 마땅하다. 그 어떤 것에도 흔들리지 않는 '자신의 고유함에 생각을 편입시켜' 평정심을 유지하는 것이 무엇보다 중요하다. 이것이 목적에 입각하여 오늘을 사는 현명한 행동방식이다.

이것을 단 번에 해결할 방법을 나는 오늘에 와서야 겨우 알아냈다. 이를 나는 '역산식 책 읽기'라고 부른다. 개인의 행동 반경을 바꾸고, 생각의 행동패턴도 바꾸는 비밀의 열쇠는 사고력을 높이고, 크고 넓고 깊게, 때론 섬세하게 접근하는 '하루의 기쁨과 보상 독서'에 있다는 것을 알았다. 먼저 그 실마리를 알려준 〈생각의 빅뱅〉(에릭 헤즐타인, 유영만 감수, 갈매나무, 2011, 97쪽)을 한번 보자.

"위대한 혜안가들은 어려운 도전을 극복하기 위해 두뇌의 단기 지향성을 관리하는 방법을 찾아냈다. 작고 신속한 성취를 여러 차례 반복하여 미래의 빅뱅을 향한 길고 고단한 여정을 이어가는 것이다. 지옥으로 가는 길은 선한 의지로 포장되어 있다는 속담에 빗대어 보자면, 이 지도자들은 성공으로 가는 길이 즉각적 보상으로 포장될 수 있음을 보여주었다."

자, 이제 그 근거를 말할 때가 되었다.

2시간 무조건 책 1권 읽기
(역산식 민지세대 독서법)

독서는 무엇보다 레벨업이다. 사람의 본질(근본)은 레벨업에 있다. 경험치의 레벨업이 일상이 되면 누구나 재미와 만족감을 느낀다. 그래야 반복할 수 있으며, 졸리지 않고 뇌가 받아들인다. 일 년 열두 달 책 한 권 읽지 않던 사람이, 하루에 책 두 권을 읽을 수 있다면 대체 무슨 일이 일어날 것 같은가? 그것은 실로 엄청난 변화이다. 위에서 인용한 같은 책, 〈생각의 빅뱅〉(96쪽)에 이런 말이 나온다.

"오늘 나는 무엇을 달리할 것인가? (…) 미래를 향해 움직여야 할 '지금 여기'의 동기가 없는 한 우리는 절대로 '장차 거기'에 도달할 수 없다."

그러니 시계를 의도적으로 이용하라. 단 1초도 낭비할 생각을 마라. 세상과 나 사이를 연결하는 지금 여기에 존재하게 하는 시계(타이머)는, 기억의 극대화에 도움을 주는 정말 강력한 도구이다. 시계는 하루 조율의 척도다.

하루 여덟 시간에 책 네 권을 해치울 수 있는 사람이 된다면, '장차 거기'에 도달할 수 있는 것은 시간문제다. 그렇다면 하루 10시간을 적용한다면, 이론상 하루에 책 5권을 읽을 수 있다는 말이 된다. 이론은 그저 이론에 불과하다. 그렇다. 우리네 인생은 이론대로 절대 흘러가질 않는다. 아이러니하게, 그래서 재미있는 것이 독서이다. 고단한 하루가 기쁨과 열정으로 바뀌는 감동의 순간이 될 때, 우리는 도약하는 것이다.

처음에는 가장 관심 있고 만만한 책부터 읽는 것이 좋다. 무작정 읽는 것이 아니라 아주 쉬우면서도 꼭 읽어야 할 것 같은, 자기 수준에 맞는 무난한 책을 선택한다. 일단 어떤 책이든 읽으면 알게 된다. 시간을 어떻게 할애해서 읽어야 할 책인지. 자기 수준에 맞고, 갑자기 끌리는 책이 있다면 금상첨화다. 처음 10분간 표지와 서문 및 목차를 눈과 손으로 훑어보고, 본문을 훑는다. 독서는 첫 초입이 중요하기 때문에 어떤 부담감을 덜어내는 것이 관건이다. 우선 10분간 전체를 가벼운 마음으로 읽는다. 그다음 집중적으로 30분간 본문 전체를 훑어 읽는다. 마음에 와닿고, 기억해야 할 것 같은 문장에 밑줄을 긋든지 표시를 한다. 30분간 그저 이해하고 완독하겠다는 마음으로 초집중해서 통독한다. 다음으로 60분간 앞에서 30분간 표시한 것을 토대로 궁금한 것을 모두 캐내서 읽고, 중요한 문장과 주요 부분을 뽑아서 쓰는 독서의 효과를 극대화하는 작업을 한다. 쓰기와 읽기로 뇌 회로를 바꾸는 일이다. 기억에 오래 남기는 것이 독서의 핵심이다. 이제 10분간 이 책을 읽고 내가 달라진 점(나의 변화)을 적는다. 마지막으로 읽은 책을 10분간 한마디로 요약하면, 이다음 3장에서 말하고 있는 '연상 연계 독서법'— 그 기억의 장을 열어준다.

이렇게 아래와 같이 읽으면 하루 두 권은 껌이다. 다만 읽고 나서 이해한 듯한 기분에 속지 말아야 하며, 더 읽어야 할 것 같은 아쉬움이 남는 책이 있다. 그런 책이 바로 씹어 삼킬 유익하고 진귀한 책이다. 그러면 다시 한 번 완전히 씹어 먹겠다는 마음으로 한 번 더 정독으로 읽으며, 떠오르는 생각 등, 노트에 적을 것이 있으면 모두 적고 끝을 내야 한다. 그래야 기억에 오래 남기 때문이다. (물론 이때도 다시 반복할 수 있으나 60분 이내에 읽어야 한다.)

비동시성의
동시성

모르면 인식이 전혀 다르다. 감도 오지 않는다. 비동시성의 동시성/가난한 사람도 부자가 될 수 있다는 말이다. 어려운 말인가? 머릿속 구조와 사고방식이 천양지차라는 새로운 텍스트 세대의 탄생과 서로 공존하는 우리들. 그리고 암울할 수도, 우아할 수도 없는 청년 세대는 다른 세대가 염려하는 것처럼 포기할 수 없는 그 무엇인가를 수용하면서 삶의 주관적 안정감을 찾으려 노력 중이다. 기성세대와는 좀 다른 방식으로 살아가고 있는 것이다. MZ세대도 양극단에 서서 눈물을 머금고 있는 사람이 많다. 이제 우리는 누구랄 것도 없이 자기 생의 판세를 뒤집어엎어야 한다. 그것도 180도가 아니라 360도 완전히 뒤집어야 된다. 여기에서 중요한 것은 '우리' 속의 개인이다. 우리는 도전할 수 없어도 개인은 도전이 가능하다. 그것도 언제나 가능성 위에 있다. 가능한 것은 가능한 것이다.

개인의 인자는 시대 상황이 어떠하든 개인이 흡수한 DNA라는 평판에 불과하다. 하루가 어제 같지 않은 세상에서 어떻게 하면 온전히 나로 살 수 있는가? 내 생각만큼 결과가 좋지 않으면 달리 생각해도 모자랄 판이다. 선명하고 생기가 넘치려면, 내가 인플루언서를 자처해야 하고, 온라인 사업을 배워야 하고, 퍼스널 브랜딩을 갖추기 위해 노력하고 있는 비즈니스맨이자 친구이자 아줌마라는 것을 인정해야 한다. 우리는 이제 1년 전의 나처럼 살고 있다면 잘못 살고 있는 것이다.

그럼 변화는 어디에서 언제쯤 어떻게 오는 것일까? 변화는 한순간에, 단 한 권의 책으로 오지 않는다. 끝없이 읽고 쓰는 사고력을 키우는 책 읽는 방법, 즉 생각하면서 캐치해내는 뼈대 읽기에서 찾을 수 있다. 젊음은 순발력과 지구력이 서로 폭발할 때 강력한 힘을 발휘한다. 독서도 마찬가지이다. 책을 읽는 방법을 터득한 이후에 수도 없이 반복하는 과정에서 빅뱅(Bing Bang)이 일어나는데, 빅뱅은 수많은 난관에도 굴복하지 않고 결국 독서의 즐거움을 알게 된 사람에게 주어지는 선물이라고 할 수 있다. 이 과정은 가장 실용적이고 가장 현실적인 독서의 방법이기 때문에 해보지도 않고 의심하지 말아야 한다. 다만 이 과정을 제대로 실천한다면 가장 짧은 시간에 독서의 기쁨을 맛볼 수 있게 된다는 것을 믿어야 한다. 수많은 난관이라고 했지만, 결코 어려운 과정은 아니다.

뜻을 생각하지 않고 모든 부담감을 거두고, 우선 눈에 편하게 들어올 때까지 문맥을 잡는다는 마음으로 뼈대를 읽어 나가는 데에 중점을 둔다. 가볍게 들어가서 깊게 읽고 나와야 한다. 독서는 노력하는 과정도, 노력도 아니다. 독서는 오히려 사색에 가깝다. 책을 읽는 행위는 결코 막막한 것도 부담이 가는 것도 아니라는 것을 받아들이자. 책을 읽는다는 것은 연상·연계 작용에 의해 기억으로 받아들이고 정보를 포착하는 행위이다. 시크릿 책에 관심이 없는데도 시크릿 책을 읽는 사람은 많지 않다. 관심의 대상과 내 마음이 매치되는 것이 없을 때 우리는 아무리 가까운 사람이라도 멀리 있는 친구보다 가까운 사이라고 하기는 어렵다.

책도 친구와 같아서 서로 정보의 교감이 활발할 때는 서로 기쁘고 즐겁기도 한데, 생소하고 처음 접하는 내용의 책을 읽을 때는 다르다. 그저 가볍고 자연스럽게 접근하는 자세로 읽어야 반복할 수 있도록 자신을 설득할 수 있다. 사람은 참으로 불가사의해서 자신이 안 된다고 생각하면 안 되는 일들이 일어나고, 된다고 생각하고 되는 일에 도전하면 대부분 된다. 비동시성과 동시성이 교묘하게 혼잡해 있는 것이 아니라 같은 사람이라도 어떤 생각과 어떤 마음으로 책을 읽느냐에 따라 얻는 것도 천차만별이다. 한 권의 책을 읽고 아무런 변화도 동요도 없었다는 사람도 있다. 또한 한 권의 책을 읽고 과거에 자신이 부모님께 받은 사랑이 떠올라 눈물을 머금고 그 큰 사랑에 감복했다는 경우도 있다. 그리고 그 후부터 어른들을 공경하고 손아랫사람을 존중하게 되었다는 사람도 있다.

시대는 너무 빠르게 변화한다. 이제 강과 산이 변하는 것을 인지하는 것보다, 사는 방식이 빠르게 달라지고 있다는 것을 인지해야 하는 시대이다. 남들을 상관하지 않고 자신이 느낄 수 있는 감각, 경험 같은 것을 충분히 즐기고 있다고 하는 사람도 있지만, 그것도 먼저 뭔가를 해보고 선점한 결과물이다. 예나 지금이나 그런 즐기는 차이는 언제나 있었다. 그런데도 우리는 너무 차이가 난다고 말한다. 과연 무엇이 그렇게 차이가 나는 것일까? 연대와 시각의 차이는 아닐까? 차이가 굴절된 관계에서 소통으로 가는 관문일지도 모른다. 나의 시각에 거슬린다고 꼰대 취급하는 것도 '마음의 협소증'이라는 증후군에 속한다는 것을 알고 있는가? 개인 이미지가 바뀌면 세상도 바뀐다. 남과 내가 다르다는 것을 인정할 사람은 바로 나 자신이다. 이 사실을 그저 그대로 받아들이며 사는 사람은 건강할 수밖에 없다.

모두가 나에게 별 관심이 없다는 것을 안다. 그렇지만 여기에서 마냥 멈춰 있어야 할까? 아니다. 나에게도 다른 사람에게 나눠주고 공유할 것이 하나는 있지 않을까? 사람들 머릿속에 각인되게 브랜드 하나쯤은 만들 수 있지 않을까? 우리는 모두 성숙한 한 사람으로 존재하고 싶어 하는 자존심이 있다. 약간의 인식이 필요할 뿐이다. 모두가 모두를 위해 존재한다. 사람들은 모두 자신을 위해 존재한다. 나는 순전히 나를 위해 존재하지만, 나도 모두를 위해 존재한다. 그러나 이제 나는, 오랜 옛날부터 수많은 선각자들이 '우리는 하나다.'라고 했던 그 말을 더는 곱씹고 싶지는 않다. 과연 여섯 살 먹은 이웃집 아이에게 "너와 나는 하나야. 그러니 우리 친하게 지내자."라고 한다면 그가 얼마나 알아들을 수 있을까? 알아듣기는 커녕 아무 관심도 없을지 모른다. 여섯 살의 아이는 타인과 소통하기 위해 존재하지는 않는다.

오스트리아의 정신 의학자 알프레트 w. 아들러가 말했듯이, 개인이라는 전체가 마음과 신체, 의식과 무의식, 감정과 사고 등을 사용하여 목적을 향해 있어서 자동차의 액셀과 브레이크가 서로 모순되는 것이 아니라 목적을 위해 협력하고 있는 것처럼, 우리는 모두 그렇게 얽히고설켜 서로 공존한다. 이처럼 개인과 전체는 나이와 연대를 떠나 서로 치열하게 공존하는 것이다. 한 살부터 백 살 먹은 노인까지, 서로 톱니바퀴로 얽혀 돌아가는 수레바퀴처럼 우리는 뭇 사람과 맞물려 있다는 사실이다. 오늘의 우리는 더 이상 어제의 우리가 아니다. 선진화된 시스템을 통해 철저히 개인의 자유를 우선시하는 우리는 모두가 나 자신이다. 거리에 존재하는 것만으로 이미 우리는 충분하다. 이 세상에 존재한다는 사실이 행복이다. 온라인 플랫폼을 이용하고, 인터넷 등 모바일을 이용한다면, 우리는 한 번쯤 일어나 새로운 사람으로 다시 태어날 수 있을 것이다. 나만의 고유성, 그것이 브랜드가 아닐까?

"모든 사람이 변화를 원하지만, 변화를 선택하는 사람은 극소수다."

〈부의 추월차선〉의 저자 엠제이 드마코가 한 말이다. 사람들은 어느 선만 넘으면, 가난에서 부자의 반열로 올라탈 수 있다는 걸 이론적으로 아는데, 새로운 경험 속으로 뛰어드는 도전은 실질적으로 하지 못한다. 원인은 잘 모르겠으나 절실함이 없어서, 혹은 자기만족에서 빠져나오지 못해서 그럴 확률이 높다. 허나 그 길을 가는 사람이 있다. 인생은 그런 사람에게 주어지는 선물 같은 것이다. 우주의 선물은 그렇게 주어지는 것이다. 가난한 습관을 비동시성(추락)이라고 하고, 부자는 동시성(점프)의 원리에 맞게 습관을 가진 사람이라는 사실이다. 부자는 자신의 정체와 목표가 명확하다. 가난은 말끔히 치료해야 할 바이러스 같은 것이다. 원래 화살표는 계단식으로 그려야 한다. 하지만 직선으로 그려 놓는다. 하나는 위로 향하고 있다. 그것을 선택해야 한다. 차이는 분명하다. 아래는 그 그림이다.

3장

집중지수를
높이는 것이
우선이다

초서의
극대화 작업

앞 장 역피라미드 그림 안에 '뼈대 읽기'를 기억할 것이다. 그게 뇌 회로를 바꾸는 '초서의 극대화 작업'이다. 독서는 자신의 콘텐츠를 만드는 작업이다. 이것이 역산식 MZ세대 독서법이다. 해보면 알겠지만, 개중에는 쉽게 통독으로 끝낼 수 있는 책도 있다. 묵독과 정독 등으로 60분 이내에 끝내지 못하는 책도 나온다. 처음에는 왠지 모르게 거부감이 와서 읽고 싶지 않은 책도 만난다. 한입에 감칠맛 나는 음식처럼 초장에 현혹시키는 책도 있다. 나는 이 두 가지 책을 모두 양서로 보지만 거부반응이 있던 책이 뭔가 읽고 싶은 책으로 재발견되는 경우가 있었다. 그러면 이때 다시 한번 초서의 극대화 작업을 해야 했는데, 나는 이것을 '재발견 독서' 또는 '2차 독서'라고 한다. 2차 독서는 반드시 깊이 읽기로 몰입도를 높여야 한다. 그렇게 하면 2

장 '독서는 레벨업에 있다'에서 주석처럼 '1'을 달아 놓았던 '돌연한 자극의 섬세성'과 '돌연한 직감의 통찰력'을 경험하게 될 것이기 때문이다.

제이슨 워맥이 자신의 책 〈의욕의 기술〉(다산북스, 2018)에서 말한 핵심 내용이 있다. '부담을 내려놓는 순간 의욕이 불타오르기 시작했고, 결정적 내적 동기가 바뀌는 순간 행동을 부르는 동기가 움텄다.' 사람들은 모르는 것이 있다. 내 안의 나에게 끊임없이 질문해야 얻을 수 있는 자신의 콘텐츠 조합에 의해 본인이 결정된다는 사실이다. 내가 왜 이 세상에 존재하는지, 나에게 중요한 것이 무엇인지를 알게 될 때 실질적으로 행동하게 된다. 그래서 우리도 한 가지 질문에 대한 답을 얻기 위해 집요하고 끈질기게 집중해야 한다. 어쩌면 하루 종일, 혹은 한 달, 아니 1년 이상 집중해야 할 수도 있다. 자신의 이름을 걸고 남기고 싶은 성취에 삶의 초점을 맞추라는 이야기다.

"세상이 나를 어떤 사람으로 알길 원하는가?"(나는 세상이 나를 어떻게 바라보길 바라는가? 나는 세상에 어떤 사람이라고 알려지고 싶은가?)

우리 모두가 자신에게 내재된 더 높은 목적을 스스로 발견하길 바란다. 내가 진짜로 잘할 수 있는 것, 내가 정말로 알려지길 원하는 분야를 명확하게 알고 있어야 한다. 지금 내가 쏟는 시간과 돈, 집중력이 나의 미래를 창조하기 때문이다. 진심으로 나의 인생을 개선하고, 창조하는 경험을 하길 원하는 단 하나의 이유가 있는가?

"도대체 나는 내가 하고 있는 그 무언가를 왜 하고 있는가?"

같은 주제의 책으로 초서의 극대화 작업을 하다 보면 알게 된다. 여러 가지 새로운 국면에 맞서게 되면서 자신감이 충만해지는 경험과 함께 이건 반드시 될 것이라는 확신이 든다. 누구나 이렇게 책을 읽는다면 보다 효율적이고 효과가 있는 읽기가 될 수 있으리라 생각이 되지만, 여러 가지 원인에 의해 어느 순간 읽기 능력 퇴화 현상, 즉 슬럼프를 감지하는 날도 있기 마련이다. 그런 일이 있기 때문에 주저앉으면 이도 저도 안 된다. 우리는 계속 초서 극대화 작업을 해야 한다. 자신이 왜 부족한지 몸소 깨우쳐야 성장할 수 있는 이치와 같다. 문화적으로 밋밋한 건 좋은 게 아니다. 독서가 습관이 되려면 무수하게 반복되는 과정이 있어야 완성된다.

이것도 성과지만, 보다 큰 놀라움은 '돌연한 자극'과 '돌연한 직감'이라는 특별한 재능을 발견하고 그것을 행동으로 연결하는 힘이 생긴다는 사실이다. 가장 기억하기 좋은 독서는 감동하는 것이고, 발견하는 좋은 방법은 집중하는 것이다. 〈책은 도끼다〉(박웅현, 북하우스, 2016, 28쪽)에 이철수 판화집, '길에서'의 전문이 나온다.

"성이 난 채 길을 가다가, 작은 풀잎들이 추위 속에서 기꺼이 바람맞고 흔들리는 것을 보았습니다. 그만두고 마음 풀었습니다."와 〈왜 읽었는데 기억나지 않을까〉(남낙현, 씽크스마트, 2019, 172쪽)에 버트런드 러셀의 〈행복의 정복〉에 나오는 문장, "청혼하고 있는 중요한 순간에 성가신 이웃이 찾아와 훼방을 놓더라도, 그는 이 정도의 재난은 아담 말고는 모든 인류가 겪어온 것이니 자신이라고 문제가 없겠느냐고 생각한다."를 해석해본다.

변화하는 삶이란 해보지 않은 일도 서슴없이 하면서 사는 삶이다. 때로는 불편함도 감수해야 한다. 순발력과 호기심, 그리고 지구력과 유연함이 한 덩어리로 동할 때 가능한 현상이다. 무엇보다, 건전하고 건강한 사람은 변화를 자연스럽게 받아들이며 산다는 특징이 있다. 놓아줄 건 놓아주고 받아들일 건 받아들이는 것이 우선이다. 자신이 우선시하는 것을 위해 자신의 시간과 에너지를 쏟아붓는 부단한 노력이 있을 때 우리는 엄청난 잠재력도 깨닫는다. 더욱더 놀라운 사실은, 전방위적 성장의 시작이 일어나는 과정에서 이철수의 '길에서'와 같이 이미지가 반전되는 시적 감수성이 풍부한 시인처럼 거리의 상상력(풀잎들의 견딤)에 자극을 받아 자기반성에 이르게 되는 '돌연한 자극의 섬세성 1'에 이르게 된다는 것이다. 이것은 철학자 버트런드 러셀이 말하는 의식의 도약이 있는 시점에서부터 '돌연한 자극의 섬세성'을 일으키게 한다. 이런 경험이 많을수록 우리는 감성과 통찰을 겸비한 '돌연한 직감의 통찰력'도 자주 경험하게 된다. 변화는 외부와의 갈등을 자연스럽게 받아들이고 조율하면서 변동한다.

"책을 읽는다는 것은 많은 경우 자신의 미래를 만든다는 것과 같은 뜻이다."라고 미국 시인 랠프왈도 에머슨은 말했다. 개인에게 주어진 무한한 자원을 활용할 수 있게 되는 역동적이고 창조적 기회를 포착할 수 있는 멋진 삶이 열린다는 말이다. 하루하루 영감으로 분출되는 독창적이고 창의적인 아이디어가 샘물처럼 솟구쳐 오르는 신선하고 생기가 넘치는 날들이 온다. 저마다 개인의 황금시대는 그렇게 열려야 한다. 나의 황금시대는 지금이다. 이 책을 읽고 있는 독자도 곧 자신의 시대를 맞이할 것이라 믿어라. 믿는 자신이 세상을 돕는다.

성경에도 나와 있지 않은가. "내게 능력 주시는 자 안에서 내가 모든 것을 할 수 있느니라."(빌립보서 4장 13절) 내가 나의 콘텐츠와 정보를 만들고 다른 사람들에게 흥밋거리를 제공해야 그들도 반응하고 다가온다는 말이다. 세상의 모든 것은 나로 시작해서 나로 분출된다는 말이다. 내가 빛이 날 때만이 사람들이 나에게 관심을 주기 시작한다.

좋은 생각을 많이 하게 만드는 것이 사고력이고, 읽고 있는 책에 온 마음을 집중하게 만드는 것이 초서 극대화 작업이다. 그 첫 단계가 10분간 눈과 손으로 훑는 것이다. 초서의 극대화 작업은 이해와 사색이고 습관이며 또한 기쁨이다. 두뇌가 작동하도록 반복해야 하는 기쁨이다. 휴식 상태에 있을 때나 걷기 명상을 하면 수많은 연상으로 영감을 주기도 한다. 어떤 책은 재독 하는 과정에서 주체할 수 없는 아이디어가 떠올라 황홀경에서 몰입 효과가 나타나는 즐거움을 경험한다. 60분간 집중 읽기도 책에 따라 적절하게 읽는 속도와 밀도의 차이는 있게 마련이다. 그래서 나는 한 권의 책을 여러 번 읽어보고, 열 권의 책을 하루 종일 읽어본 끝에 연간 1,000권의 책을 읽는 것이 가장 이상적이라는 생각을 굳히게 되었다.

공부란 무엇인가? 우리 마음의 싹을 튼튼하게 가꾸는 일이다. 그 노력의 과정에서 얻어지는 것이 창조적 상상력이고, 더 나은 미래를 만들 수 있는 길이다. 그래서 공부는 재미있는 것이라고 말할 수 있다. 정신과 전문의 이시형은 〈공부하는 독종이 살아남는다〉(중앙북스, 2009, 15쪽)에서 말한다.

"지금 공부를 시작하면 10년 후 당신은 전문가가 될 겁니다. 전문가란 게 별건가요! 남이 안 하는 걸 내가 먼저 하면 됩니다. 그렇다면 어떤 걸 하시겠습니까? 가장 잘하는 것, 진짜 쓸 수 있는 것을 공부해야 합니다. 해도 독하게 해야 합니다."

이 불확실한 세계사적 전환기에는 강한 자만이 살아남는 약육강식의 논리가 오월동주로 나타나 협력하게 만든다. 독자는 지금 무엇을 공부하고 있는가? 독하게 해야 할 공부가 있어야 한다. 그래야 끊임없이 변화하고 통찰할 수 있는 사람으로 태어날 수 있는 까닭이다. 이것이 가능한 공부의 극대화 과정이 '초서의 극대화 작업'이다. 대오각성은 금방 오지 않는다. 이 작업이 어느 궤도에 이르면 개인 핵심역량의 지도가 우리 온몸의 세포와 뇌 회로에 형성되었다고 말할 수 있다. 이때가 되어야 우리는 일어나는 모든 것을 겸허하게 받아들이고 새로운 모험의 경지를 넘어섰다고 할 수 있다.

이제 세상은 자신의 콘텐츠 결과에 의해 결정된다는 것을 인정하자. 거리상으로 가까운 것과 먼 것의 관념이 명료할 때 내 자의식을 강화시킬 수 있다. 즉시 존재를 누그러트리는 자율적 성장이 답이다. 따라서 덕분에 분리되어 있던 나 자신과 세상을 하나로 보는 범우주적 통합의 원리, 즉 조화와 균형의 원리를 배우게 되는 것이다. 이렇게 되면, 망설임 없이 독서는 우리에게 언제나 감동이었다는 말을 하게 된다. 결국 나부터 변화의 집단지성을 발휘하면서 지식전달체계를 통째로 수용하고 성장하고 통찰하는 것이 진정한 공부이고 목적이어야 한다.

오스트리아의 개인 심리학자 알프레드 아들러가 인간에게 가장 힘든 일은 자신을 알고 자신을 변화시키는 일이라고 말했다. 19세기나 21세기의 같은 화두는 단 하나 '자신을 알고 자신을 변화시키는 일. 10년이면 모든 것이 바뀌는 지금, 자신의 행복만 있으면 결코 그것이 불가능한 일이 아니다. 오히려 모든 것이 쉬워졌다. 빨리 바뀐다는 것은 나도 빨리 변화할 수 있다는 뜻이다. 하고자 하면 하게 되는 것이 인간이다.

이제는 디지털, 트랜드, 마케팅을 넘어서 콘텐츠, 비즈니스, 사고능력, 빅데이터, 독서 능력, 디지털 큐레이션의 역량을 갖추고 보다 자극적이고 심플하게 접근해야 하는 시대이다. 나는 가끔 책을 읽으며 이렇게 생각한다. "나는 참 친구가 많습니다. 하루에도 많은 친구를 만날 수 있고, 그들과 소통할 수 있어서 좋습니다. 친구들과 재미있게 놀다가 내가 모르는 것을 깨달을 수 있어 행복합니다." 책은 나를 배반하지 않는 친구이다. 나는 책을 읽을 때가 가장 좋고 가장 행복하다. 나에게 책은 언제나 감동을 준다. 그래서 이 책을 읽고 있는 독자도, 뇌의 활성도를 높이고 삶을 변화시킬 수 있는 자기 성장의 1차 과제가 '초서의 극대화 작업'이 될 수 있기를 진심으로 바라는 마음 간절하다.

집중지수를
높인다는 것

결론부터 말하자면, 모든 것을 가능하게 만드는 것은 관심의 대상에 있다. 오직 한 가지에 관심을 두고 끝까지 전념하는 것이다. "진정한 평화는 상황에 영향받지 않는다."〈힐링코드〉(알렉산더 로이드·벤 존슨 지음)에 나오는 말이다. 한 가지가 모든 것을 잊게 하는 현상이다. 그 끝에서 모든 것이 달라진다. 관심을 받아들이는 순간 삶의 방식까지 바꿀 수 있다. 누구나 평생 아무 걱정 없이 살고 싶어 한다. 불안과 두려움이 없기를 바란다. 보다 진취적이고 행복한 삶을 살기를 원한다. 하지만 우리 뇌는 우리가 반복하는 것을 따른다. 좋은 것과 나쁜 것을 가리지 못하는 우리 뇌의 정체이다. 그래서 우리는 가끔 일관성이 없는 행동과 실수에 대가를 지불하는 실수를 범하기도 한다. 우리 모두는 반복된 시간의 결과로 나타나는 존재라는 걸 기억해야 한다. 뇌도 반복하는 것을 따를 뿐이다. 뇌는 우리가 어떤 한 가지에 집중하면 필요한 모든 것을 끌어들일 줄 안다.

우리 몸은 좋은 것과 나쁜 것을 같이 할 수 없는 구조로 되어 있다. 이것 했다 저것 했다 하는 행동은 일관성의 원칙에 어긋나고, 목적도 없는 일이며, 길게 보면 건강에도 해롭다. 세상은 용기 있게 먼저 해보고 선점하는 사람의 것이다. '먼저 하는 사람의 것'이라고 강력하게 말을 해도 사람들은 그 말에 반기를 든다. 나도 가끔 두려움에 직면할 때가 있다. 그것은 내 속에서 일어나는 일이지만 나만의 문제는 아니라는 생각이 떠올랐다. 이럴 때 집중지수를 높이면 두려움은 점차 사라지는 경험을 하게 된다. 절호의 찬스이자 아주 적절한 타이밍은 그때이다. 수많은 자기계발서에서 행동할 때는 '지금 당장'이라고 말한다. 그러나 바로 행동하지 못하는 구조로 되어있는 우리는 각성의 찬스를 맞이해야 자신감이 붙는다. 그 찬스는 한 가지에 몸을 던지는 것이다. 그것이 '의도적 행동'이다.

더 쉽게 말하자면, 〈끌려갈 것인가 끌어당길 것인가!〉(소피, 세그루, 2019, 124쪽~128쪽)에 반드시 감사하는 마음, 행복한 마음, 기분 좋은 감정이 들게 만드는 뇌의 신경회로를 바꾸는 훈련이 나온다. 사람은 매일 그저 그런 생활을 습관처럼 반복하고 있으면 습관처럼 자기도 모르게 부족한 부분에 빠져드는 경향이 있다. 왠지 모르게 컨디션이 좋지 않을 때, 우리는 습관적인 생각의 패턴을 바꿀 필요가 절실하다는 것을 알아차리는 훈련이 필요하다. 이때 루틴 기법을 활용하기도 한다. 의도적인 행동은 그렇게 시작된다. 그러나 우리는 하고자 하는 그 일, 단 하나에 집중하기만 하면 된다. 이것은 자신의 습관적인 부정적 생각까지 바꿀 수 있는 아주 강력한 훈련 방법 중 하나이며 인생을 바꾸는 비밀 중 하나이다.

매일 아침 눈을 뜨면, 어제 하루 있었던 일 중에서 기분이 좋았던 일이나 행복했던 일, 감사했던 일을 떠올리면서 행복한 감정으로 하루를 시작하는 것이다. 과거에 행복했던 그 어떤 사건을 떠올려도 무방하다. 하지만 한 가지 문제나 영감이 떠오를 때가 반드시 온다. 매일 아침 눈을 뜨면 잠자리에 누운 채 약 5분 정도 훈련하면 된다. 매일 끊임없이 반복하는 것이 관건이다. 이것은 너무 강력해서 자신의 인생을 자유자재로 컨트롤할 수 있는 체질이 되고 높은 에너지 레벨로 올라갈 수 있게 만들어 준다.

사실 이보다 비약적으로 우리의 상황을 개선해주는 것이 있는지 잘 모르겠다. 인생의 모든 나쁜 습관을 바꾸는 방법인 집중지수를 높인다는 것은 우리가 장애물에 저항하는 것도, 열심히 노력하고 참고 견디는 것도 아니다. 수학적 의미를 담고 있

는, 결정적 변화의 도화선, 즉 아무리 큰 비선형 난제도 풀어내는 해결점이 될 것이다. 공식부터 말하면,

'집중지수=존재의 행복(본연회귀) & 절제와 용기의 자각+의도적 행동(주체적 행동)'이라고 할 수 있다. 먼저 관심의 대상을 정하고, 주체적으로 남다른 경험을 무한 반복하다 보면 창조적 상상력을 발휘하여 기적과도 같은 결과를 끌어당기는 행운의 주인공으로 변화한다.

집중지수=존재의 행복(본연회귀) &

절제와 용기의 자각 + 의도적 행동(주체적 행동)

→ 주체적 행동=남다른 경험+무한 반복

이 공식 하나가 독자의 가슴에 영원한 자신감을 심어 줄 것이다. 그러니 힘내는 하루를 보내기 바란다. 아무리 노력하고 애를 써도 다른 사람을 내가 통제할 수는 없다. 나를 지키면서 남과 잘 지내는 방법은 남과 나의 관계를 마법처럼 풀리게 만드는 나의 태도를 바꾸는 일이다. 나의 자각과 각성이 전부다. '나의 판단과 평가가 그를 감정적으로 대했구나.' 하는 자각이 나를 일순간 행복하게 만들 수 있는 것이다. 모르면 모른다, 할 수 없으면 할 수 없다는 솔직한 표현이, 그날의 행복과 설렘,

기대를 가름하는 척도이다. 이제 나만의 일이 존재하는 것에 대한 기쁨과 열정으로 수익구조를 구축하고 브랜딩을 일구는 모든 것이 가능한 것이라 생각도 들 것이다.

집중지수는 이것이다. 중독성 있는 음란물에 노출되는 경우와 공부에 몰입할 수 있는 것은 자연스런 현상이다. 그럼 관심의 대상이 없다면 어떻게 될까? 이것은 많은 차이를 보이는 것처럼 보이지만 결국 뇌가 받아들이는 것을 우리가 통제하면 즉시 해결된다. 나는 한 개인사의 함수는 선택과 본질의 모습에 기인한다고 강조해 왔다. 부정적인 관심에서 벗어나 긍정적인 관심에 전념하는 순간, 우리는 미쳐야 미친다는 부정적인 경계의 장에서 긍정적인 에너지의 장으로 진입했다고 볼 수 있다. 지치지 않는다는 것은 단 하나에 몰입하면 할수록 여러 각도의 행복을 다초월 다경험(빅뱅이 일어나는 현상)으로 펼쳐진다는 것을 의미한다.

문제는 자기 의심도, 고통의 신호도 아니다. 그것은 언덕을 오르는 육체적 파열음에 불과하다. 불행했던 나의 과거는 애매한 나의 선택에서 기인했고, 나의 행복은 신선한 나의 선택에서 시작했다. 행동이 없는 생각은 집중지수를 높일 수 없는 꼴의 조합에 생산적이지 못하다는 사실을 인식하자. 다시는 자신을 힘들 정도로 자책하는 실수를 저지르지 말아야 한다. 그 대안이 자신의 집중지수를 높이는 일을 찾아 끊임없이 반복하는 자신의 몸값을 높이는 일이다. 당신이 할 수 있는 일은 먼저 자신이 할 수 있는 것을 찾는 것이다.

정신적으로
좋은 자세

나는 지난 10년 동안 심리학만 팠다. 심리학을 공부하면서 나의 상처가 치유되는 경험을 했다. 세상은 내가 안 하면 흘러갈 뿐이다. 매일 원점이던 인생을 바꾼 것이다. 그 과정에서 ITT(invisible time treatment 무의식적 시간 치료법)를 터득하였다. 무의식적 시간 치료법의 핵심사항은 "모든 것이 좋은 징조이고 징후이다."라는 사실이다. 몸이 아프거나 타인과 다툼이 있는 것도 이유가 있다. 그 원인을 찾아서 어루만져주고 달래주면 그것으로 끝이다. 재발하면 다시 한번 그렇게 하면 된다. 지금에 와서 알았지만, 이것은 뇌 치료와 비슷하고, 근본적인 치료에 가깝다. 내 몸과 마음의 이상 현상을 자각하고 각성시키면 된다. 치료되면, 자신의 모든 잠재력을 복원한 것이나 마찬가지다. 이때부터 사업을 하면 정말 좋다. 반드시 성공할 것이다. 하나만 잘 지켜주면 된다. 절제와 용기! 인간의 모든 행운과 진취적인 행동은 이 절제와 용기에서 나오기 때문이다. 존재의 행복(자신의 순수성)은 여기에서 시작된다.

나에게는 고등학교 때부터 절친한 친구가 있다. 절친과 나는 다른 점이 하나 있다. 나는 꿈이 있고 꿈을 이루기를 바란다. 친구는 늘 별다른 메시지가 없다. 오직 직장에 매달려 있다. 그와 나도 여느 사람과 같이 돈을 많이 벌기를 바란다는 점은 같다. 같든 다르든 그와 나는 아직 별다른 사업을 하지 않고 있다. 이 점에서 우리는 각성이 필요하다. 지금의 삶이 시간과 자유가 없는 돈에 종속된 삶이라는 사실이다. 우리는 이 문제를 무조건 풀어야 한다. 비싼 수업료를 내도 좋다. 아니면 '0'에서 시작해도 좋다. 해독제를 사용해도 좋고 극약처방을 해도 괜찮다. 다만 결과를 만들어 보여주면 된다. 관건은 사업이다. 개인 성장의 관건은 사업에 있다. 반전, 사업이 그 반전을 부른다. 반전은 사업에 있다는 것을 우리는 이미 너무도 잘 알고 있다. 이 지루하고 지긋지긋 생활을 벗어 던지고 새로운 경험 속으로 들어가야 한다. 그래서 자신의 존재를 세상에 알려야 한다.

나도 레전드가 될 수 있고 잠재력이 있다는 걸 보여줘야 한다. 유튜브 크리에이터인 신사임당이 그랬던가? "성공의 제 1

조건은 스스로 자신의 콘텐츠에 투자하는 것이다." 그게 사업이다. 왜 사람들은 누구나 할 수 있는데, 누구나 하지 않는 것일까? 자신감이 없기 때문이다. 자신감은 자신의 순수성(대전제)에서 나온다. 순수한 자아로 자신의 본연의 모습이 회복되어야 세상이 제공하는 플랫폼이나 콘텐츠, 브랜딩에 접근할 수 있는 것이다.

노력하면 안 될 것이 없다는 생각이면 충분하다. 그런데도 집착하지 않고 욕심이 없는 상태를 추구하는 사람은 많지 않다. 대부분의 사람은 아직도 서로에게 좋은 것이 가장 무난하다고 생각한다. 관계의 측면과 욕심의 유무를 드러낸 측면에서는 괜찮아 보인다. 그러나 이것은 이상적이지도 않고 현실적이지도 않으며 풍요로운 삶을 살기에 적합하다고 볼 수도 없다. 인간은 집착하지 않고 욕심도 없는 상태로 행동할 때 창의적인 경우가 많다. 서로의 관계가 전부가 아니라는 것이다. 그런 마인드로 서로 공유하기를 자연스럽게 주고받아야 경쾌한 생활을 유지하기 좋다.

그 어떤 일에도 일희일비하지 않는 개인이 많은 사회가 좋다. 속마음을 드러내고 말하는 것이 가장 정직한 것처럼 보인다. 맞다. 누군가 자신의 마음을 숨기지 않는 것은 서로를 위해서 괜찮다고 봐줄 수 있겠다. 하나 그 사람의 마음을 짐작할 수 있고, 헤아릴 수 있으나 그 사람의 실체를 보지 못하는 경우가 있다. 경험상 우리는 안다. 일희일비하지 않는 사람은 뭔가 다르고 중심이 잡혀 있다. 그리고 목표가 있는 사람은 그렇지 않은 사람보다 말수가 적다는 것을 안다. 거짓말하는 사람은 실체가 없는 사람이다. 왜냐하면 진정한 우주의 원리와 자유, 진리를 모르는 사람이기 때문이다. 또한 가까운 사이 일수록 거리를 두는 것이 이상적이고, 모르는 사람은 알아가는 거리가 있어야 좋다. 나를 지키면서 남과 잘 지내는 것이 질서 있고 앞서는 시대이다.

세상의 모든 것은 마음먹기 나름이다. 정체불명의 바이러스가 우리의 생명을 호시탐탐 노려도 정신을 바짝 차리고 선택, 설계하며 살아남는 것이 인간이다. 우리는 지금 위대한 공부를 하고 있으며, 위대한 역사의 기로에 서 있다. 역사와 소통하지 않으면 개인은 많은 것을 잃을 수 있다. 개인 이성의 시대가 왔다. 더없이 완벽한 개인은 외부의 압력에 초탈한 때에 탄생한다. 언제나 우리의 화두는 살아남는 것이어야 한다. 살아남는다는 말은 건강하게 자신의 인생을 꽃피우는 것을 의미한다. 지금 서 있는 곳에서 새로운 돌파구를 찾지 못하면 또 다른 바이러스 세상이 될 것이다. 앞으로 다가오는 시대는 확고부동하게 자기중심을 잡지 못하는 사람은 살아남을 가능성이 낮다. 애정이 가는 것에 신경을 쓰면 뇌는 작동하게 되어 있다.

누차 말하지만 나 자신을 사랑하는 것, 이것이 먼저다. 나를 사랑하면서 다른 사람도 사랑으로 바라봐야 한다. 이 시대만큼 세상의 중심을 개인에게 전가시키는 시대는 역사에 없었다. 위대한 성장은 나에게 있을 뿐이다. 개인의 자가능력으로 세상의 모든 것을 아우르는 연결점을 만드는 과정에서 세상을 보는 안목이 생기기 때문이다. 내가 없으면 세상은 없다. 내가 바로 서지 않으면 세상은 반사경으로 보인다는 사실, 우리는 무조건 존재의 행복(본연회귀)이 되어 있어야 살아남을 수 있는 시대가 되었다.

100세 시대의 현실은 건강만으로 부족하다. 건강은 기본적으로 챙길 수 있는 마인드를 가져야 한다. 질병 없이 오래 살 수 있음에도 불구하고 우리는 자신을 사랑하는 데서 멀어져 잘못된 길로 접어들 수 있다. 늦은 나이란 것도, 늦은 때라는 것도 없다. 무엇이든 할 수 있고, 원하는 모든 것을 바라는 만큼 의도적으로 창조할 수 있다는 자신감이면 된다. 거기에 끈기 하나만 추가하면 된다. 처음부터 성공하는 사람은 없다. 끈기가 말해준다.

세상을 인지하면서부터 내가 나에게 해줄 수 있는 인생 최고의 배려는 뭐니 뭐니 해도 나 자신을 '있는 모습 그대로(생긴 대로)' 받아들이고 사랑하는 것이다. 자신을 배려할 줄 모르는 것이 이기적인 행동이지, 그 반대의 경우가 이기적인 것이 아니다. 촛불의 심지가 있을 때 불이 붙기 시작하는 것처럼, 마음에 심지가 없는데 어떻게 평화롭기를 바란다는 말인가? 그 의도적인 인정과 사랑이 내 가슴으로 움직이기 시작할 때 뇌는 작동하기 시작한다. 내 의도가 있을 때 내 잠재의식도 움직이기 시작하고, 그로 인해 세상에 도움을 줄 수 있게 된다. 개인이 살아 있고 역동적일 때만이 세상과 우리는 함께 공존할 수 있는 행복과 자유가 넘쳐나게 될 것이다. 결국 자신의 콘텐츠에 집중하는 것이 살길이다.

우선순위를
정하라

"왜 나는 항상 절제와 용기로 가득 차 있지?" 절제가 습관처럼 몸에 배어 있는 사람의 말이다. 이런 사람을 본받으면 될 것이다. 나이를 떠나 그런 사람은 우선순위가 정확하다는 장점이 있다. 경험상 그런 사람은 본받을 것이 많다는 걸 안다. 100퍼센트 믿을 만한 사람이다. 그만큼 나는 절제하는 사람을 신뢰한다. 그래서 나는 이런 질문의 절실함을 느낀다. "나는 오늘도 무엇을 절제하고 있는가?" 절제는 모든 실천하는 것에 핵심 에너지를 심어준다. 절제는 최대한 참고 견디며 오직 한 가지를 위해서 전부를 걸게 하는 힘을 실어 준다. 절제할 용기만 있으면 못할 일이 없다.

우선순위를 정한다는 건 오늘 무엇을 먼저 할 것인가를 정하는 것이다. 세상에서 가장 중요한 행동은 무엇인가? 내가 하고

자 하는 일을 오늘 하는 것이다. 그것이 무엇이든 용기 있게 실천하면 된다. 세상에서 가장 중요한 일은 내 꿈을 이루는 것이다. 작은 꿈이든 큰 꿈이든 그중 하나를 이루는 것이다. 그보다 중요한 것은 없다. 무엇인가를 끝까지 해내기 위해서는 어떤 마음의 장치(그릿이나 넛지 또는 100일 동안 100번 목표 쓰기 등)가 반드시 필요하다. 나에게는 그것이 '절제와 용기'를 각인하는 방법이다. 그 절제와 용기를 여러 번 되뇌고 때에 따라서는 한 30분간 노트에 적기도 한다. 매일 매시간 내 몸에 새긴다. 내 몸속에 들어와 나와 하나가 될 때가 오면 나쁜 습관과 좋은 습관이 자동 분리되어 떠오르고, 전에는 뉘우침이 없던 행동에 잘못을 깨닫기도 한다.

하루하루 무엇을 했는지 모르게 보람없이 훌쩍 지나가는 것 같아 씁쓸한 생각이 드는가? 우선순위가 명확해지면 모든 행동이 바뀐다. 돈이 먼저인가? 마음이 먼저인가? 마음이 먼저다. 풍요로움이 먼저인가? 결핍이 먼저인가? 풍요로움이 먼저다. 사실상 이런 것에 순서는 없다고 봐야 한다. 돈이 부족한 생각이 들면 돈과 가까이할 수 있는 마인드로 고치면 되고, 여러 가지 결핍에 시달린다면 풍족한 사고방식으로 바꾸면 된다. 반대로 여러 가지 물건과 불필요한 것이 차고 넘치면 다른 사람을 돕든지 기부하면 된다. 매사 이런 식으로 자신의 부족하고 모자란 점을 바꿔가면 된다. 이것이 우선순위의 힘이다. 같은 예로 이런 질문이 필요하다. '어떻게 하면 돈을 절약할 것인가?'라는 생각으로 질문하는 것보다 '어떻게 하면 실컷 투자하여 많은 돈으로 일을 처리할 수 있을까?'와 같은 사고가 훨씬 대범하다. 왜냐하면, 매력 있는 성공자의 특징은 전체를 훑고 통찰한 오밀조밀한 디테일에서 나오기 때문이다.

하루 종일 하는 것이 그 사람을 만든다. 말하자면 종일 하는 일과 영혼의 일치라는 전제는 중요하다. 한 개인의 몸과 마음은 우선시하는 것에 따라 결정되기 때문이다. 우리가 가장 많이 생각하고, 에너지를 쏟는 것이 우릴 감동하게 하고 감탄과 탄성을 지르게 한다.

전에는 생각만 했지 실천하지 못한 것이 지금 떠올라 하고 싶은 생각이 들면 이제는 내 마음대로 그것을 우선시하여 할 수 있다. 우선시하는 것이 원래 있는 것이 아니라 나의 현재가 하고자 하는 그것과 공명하여 그동안 여러 가지 이유로 인해 할 수 없었던 상황이 정리되어 자유의 시간이 온 것이다. 그렇기 때문에 이번에 할 수 있는 절호의 기회가 주어진 것이라고 확신할 수 있어야 한다. 목표를 위한 매 달과 매 주의 우선순위를 정하지 못했다 해도 매일의 우선순위는 정할 수 있다. 왜냐하면, 떠오르고 공명하는 것이 대부분 자신이 하고자 하는 것에서 벗어나지 않기 때문이다.

이렇듯 하고자 하는 것에서 우리는 영감을 떠올리고 힌트를 얻을 수 있다. 오늘 할 수 있는 것이 존재할 때 한 주와 한 달이 특별함으로 주어지는 것이지 오늘 아무것도 하지 않는 하루라면 미래는 없다고 봐야 한다. 특별한 것도 없이 하루 종일 맛있는 것만 먹고 그저 그렇게 지루한 하루를 보내고 있다면 아무리 돈이 많은 부자라도 의미 없는 생활이라고 할 수밖에 없다. 반면에 언제나 풍요로움 속에서 자유와 행복을 만끽하며 하루를 의미 있고 특별하고 신나게 보내고, 때론 새로운 모험도 즐기며 지낸다면 같은 부자라도 서로 너무나 다른 세상을 살고 있는 모습일 것이다. 여유가 말하는 것도, 풍족함이 말하는 것도 아니다. 우선순위에서 따라 삶의 질이 결정된다는 것을 말하고 싶을 뿐이다.

인생은 참으로 아이러니해서 50년을 잘못 살았다 해도, 그 50년 속에서 자신만의 성찰과 뉘우침이 있다면 과거를 전부 잊고 새로운 삶을 살 수 있다. 과거는 그저 지나간 시간일 뿐 상상 속에서 힘과 용기를 얻으면 그만이다. 단, 앞에서 말했듯이 우리네 인생은 어떤 때는 참으로 알 수 없어서 아무것도 하지 않고 가만히 앉아 있어야 하는 시간이 주어지는 경우가 온다. 이때는 그 흐름에 몸과 마음을 완벽하게 떠맡기고 있어야 한다. 지나간 과거가 떠오르면, 그때로 돌아가 그 상황에 직면하고, 그때를 생각하다가 하루를 특별하게 살아보는 것이다. 이것도 자신의 우선순위를 결정하기 위한 과정일지 모르기 때문이다. 과정은 과정이다. 과정은 언제나 과거를 정리하고 미래를 위해서 준비하는 현재의 시간이다. 언제나 아름다운 것이 자연이고, 언제나 행복한 것이 삶이다. 때론 어떤 일이 일어날 만하니 일어나는 과정일 뿐이다. 그 과정을 역행하는 것이 욕심이고 집착이라고 볼 수 있다. 이런 자각이 있을 때 우리는 마음에서 할 일이 정해지고, 세상의 모든 것을 내려놓고 우선순위에 따라 행동하게 된다. 우선순위에 따라 일하고 행동하다가 미래를 꿈꾸고 상상하는 힘이 생긴다. 젊은 사람의 열등감도, 나이 먹은 사람의 열등감도 자기중심과 우선순위가 없어서 생긴 결과이니, 지금 현재의 가치를 망설임 없이 규정하라. 그러면 과거와 미래를 움직이는 나의 존재감과 가치는 살아날 것이다.

LIKELIHOOD

연상 연계 독서법으로
경쟁력을 키워라

연상 연계 독서법은 정말 좋은 독서법이다. 이 방법은 전에 읽었던 책에서 연상, 혹은 연계된다는 특징이 있다. 이것은 기억으로 작동된다. 집중력과 신경 회로가 다시 이어지는 기분이 들면서 자신감까지 붙는다. 시냅스가 활성화되고 지루하다는 생각이 들 틈이 없다. 오직 읽기에 전념하기만 하면 된다. 이는 쓰기 위한 전투적 사고이며 기적의 시간 활용법과 개인의 성장과도 떼려야 뗄 수 없는 연관성을 가지고 있다.

"읽기라는 행동은 인간이 자신으로부터 풀려나 타인에게로 옮겨가는 일이 일어나는 특별한 공간이었다."와 "과학적 방법의 특징들이 우리 뇌가 깊이 읽는 동안 작동하는 가장 정교한 인지 과정에서도 발견된다."는 〈다시, 책으로〉(매리언 울프, 어크로스, 2019, 80쪽, 99쪽)에 나오는 말이다. 세상의 모든 개인은 자신이 아는 것에서부터 시작되고 아는 것으로 끝이 난다. 위 두 문장에는 한 개인의 냉혹한 함의가 담겨 있다. 인간은 이기적이다. 그 철저한 이기성으로 결과를 창출하면서 여유와 안목이 넓어지고 한 번뿐인 소중한 삶을 어떻게 살아야 하는지 생각하게 만든다. 연상 연계 독서는 전제와 과정 사이에 경험적 인과관계가 성립된다. 뇌의 신경회로는 무엇인가와 연결되기를 원한다. 내가 물이라면, 100℃까지 가열하면 나는 끓는다. 끓는 물이 되기 전에 나를 드러내는 것이 타인과의 균형과 질서를 이루기 위한 것이지만, 이제 기체가 되어 나비처럼 탈피한 나는 자유로울 뿐이다.

개인의 이기성은 주체성에 우선한다. 이기성을 가지고 주체적으로 행동하기 전 단계는 주체적인 행동을 부른다. 지금 내가 존재하는 이 지점에서 향방을 점쳐야 한다. 이기성의 담을 넘어야 진정한 주체성이 생성된다. 세상은 나로 시작해서 나로 끝난다. 내가 있기 때문에 가족이 존재하는 것이지, 가족이 있기 때문에 내가 존재하는 것이 아니다. 원론적으로 가족이 먼저이나 현실적으로 내가 먼저다. 내가 있기에, 집단에 나를 끼워 맞추는 것이지, 집단에 나를 끼워 맞추는 전체주의 사고를 경계하라. 내가 존재하기 때문에 세상이 존재하는 것이지, 세상이 존재하기 때문에 내가 존재하는 것이 아니다. 내가 있기 때문에 어머니가 있는 것이지, 어머니가 있기 때문에 내가 있는 것이 아니다. 왜냐하면 '나'라는 '개인'이 없으면 나는 존재하지 않기 때문이다. 그 나라는 개인이 바로 서면, 살면서 걱정할 일도 두려워할 일도 점점 없어져 가는 조정국면에 접어들게 된다.

나는 타인에 의해 규정되는 것이 아니다. 내가 나를 만드는 것이다. 모든 것이 나를 위해 존재하게 만들자. 오직 나 자신을 위해 성장하고 가꾸고, 나라와 조국, 나아가 초우주적으로 생각하는 '나'만이 나이다. 내 생각이 짧으면 짧은 대로 반응하고 돌려주는 까닭이다. 착각하지 말기 바란다. 누가 무슨 말을 하더라도 그의 생각은 그의 생각이지 나의 생각은 아니다. 나의 생각이 아닌 모든 것은 전략이자 변명에 불과하다. 그래서 조율의 법칙과 냉정한 통찰력이 필요하다. 그 모든 것은 나의 철저한 이기성을 가지고 돌진하는 과정에서 인프라(콘텐츠)가 만들어진다. 영화〈기생충〉, 봉준호 감독은 마틴 스코세이지 감독의 말을 인용해 '가장 개인적인 것이 가장 창의적'이라는 말을 꺼냈다. 나는 이렇게 말하고 싶다. '가장 이기적인 것이 가장 창조적'인 것이다. 개인은 철저한 이기성과 상상력으로 만들어진다. 이제 생각을 폭발적으로 넓히는 작업을 할 시기가 왔다.

우리는 밖에서 찾으면 아무것도 찾을 수 없는 시대에 살아간다. 내 눈으로 판단하면 절대 안 된다. 자신의 진짜 문제를 모른다는 것이 문제다. 보이는 것은 그저 받아들이고 사랑하라. 누구나 주인공으로 사는 세상의 생존 비결은 머릿속에 더 많은 정보를 담는 데서 오지 않는다. 세상은 흐름에 올라타 행동하는 자의 것이다. 근본(전제) 없이 스마트폰을 하루 종일 쳐다보는 당신은 미래가 없다. 디지털 치매를 들어봤을 것이다. 스마트폰을 활용하여 나만의 콘텐츠를 위해 뭐든 즉시 실행, 바로 적용하는 시간을 만들어라. 된다! 우리는, 세상이 만들어 놓은 기준에 자신을 맞추는 어리석은 개인에게는 그 누구를 막론하고 처절한 고통이 따를지도 모른다. 기준은 언제나 자기 자신이다. 개인의 원칙에 입각해서 판단하는 것만이 살길이다. 과거는 완전히 끝났다. 어제의 방식은 끝났다. 미래의 방식을 찾아라. 이제 진실을 위해서 사실을 버려야 하는 세상이 되었다. 그리고 별빛 반딧불이 하나, 세상의 모든 경쟁도 나에게서 끝내라. 가장 중요했던 것들이 가장 쓸모없는 것으로 치닫고 있다. 우선은 그 조율선상에서 말해보고자 한다.

코로나로 지금은 쏙 들어갔지만, 많은 사람들이 '각자도생'에 대해 지적한다. 1997년 노벨경제학상 수상자인 미국 매사추세츠공과대학(MIT) 슬론 경영대학원 로버트 머튼(Robert C. Merton) 교수는 "앞으로 20~30년 뒤에는 더 많은 한국인이 스스로 노후를 책임지는 각자도생(各自圖生)의 길로 빠질 것이다. 또한 무작정 대단한 부자가 되겠다는 허황한 생각을 버리고 현실적으로 계획을 촘촘하게 세워야 한다."라고 했다. 나는 이런 견해에 대한 생각으로 이렇게 말하고 싶다. 일단 나부터 남다른 콘텐츠를 만들고 내 안과 밖을 바꿔야 한다. 나를 바꾸는 것은 나의 의지도 나의 마음도 아니다. 나의 행동만이 나를 바꾼다.

이런 일련의 예견을 잠재울 혁신적 대안은 있는가? 시대가 달라져도 너무 달라지고 있다. 이제는 일차적으로 '개인'에서 찾아야 한다. 고구려 을지문덕, 고려의 강감찬, 조선의 세종 대왕, 이순신처럼 위대한 거인이 나와야 한다. 그래야 유관순, 윤봉길, 안중근 같은 열사와 실학을 집대성한 다산 정약용 같은 위대한 어른이 나올 수 있다. 역사이래 개인의 문이 완전히 열린 시대는 찾아보기 어려웠다. 지금이 적기이고 기회이다. 사람도 이원적이다. 소모품이 될 것이냐, 창조자가 될 것이냐? 성장과 몫은 오롯이 개인의 선택에 달려 있다.

실행하지 않는 것은, 의미 없는 정보에 불과하다. 과거에는 개인에게 창조력이 불필요했다. 어느 집단에 들어가 성실하게 협조만 하면 그만이었다. 그러나 이제 정보와 물질적인 만족을 떠나서 각종 위험요소를 뛰어넘을 만한 또 다른 개인의 모습이 필요한 시대가 되었다. 그 무엇에도 흔들리지 않고 '내가 하는 모든 일이 보람 있고 가치 있는 일이다.'고 말하는 지대를 넓혀 가야 한다. 그 시작은 역시 독서와 콘텐츠에서 출발한다.

정의는 나부터 바로 세우는 것이 정의다. 사람이 우주다. 세상의 모든 것을 떠안고 통찰할 수 있는 잠재력이 우리 존재의 행복 속에 있다. 이것을 통감(痛感)해야 한다. 우주와 만물이 스스로 창조하고 있다. 개인도 그러해야 한다. 하늘은 스스로 돕는 자를 돕는다. 스스로 창조하지 못하면 도태되는 것이 자연의 법칙이다. 그 실체를 전부 경험하자. 자신을 바꾸자. 방법은 연상 연계 독서법에서 찾을 수 있다. 언제나 현재진행형으로 힘차게 살아야 한다. 미래는 나의 것이다.

토끼몰이식 연상 연계

토끼를 잡는 일은 그다지 어렵지 않다. 근사한 저녁 성찬을 상상한다. 친구들과 토끼가 살고 있는 산비탈로 들어간다. 토끼가 다니는 길목에 그물을 친다. 이제는 몰이꾼이 되어 토끼가 걸려들 때까지 몰이에 집중하기만 하면 된다. 몰이꾼들은 토끼를 잡을 때까지 오직 토끼몰이에만 집중한다. 친구들 중 누구도 토끼몰이를 하면서 여자 친구를 생각하지 않았을 것이다. 그만큼 토끼몰이는 나에게 가장 재미있는 추억의 하나로 기억된다.

토끼몰이를 생각하면, 쉰이 넘은 지금도 내 몸의 세포들까지 그때를 기억하고 재미와 호기심으로 충만해지는 느낌이다. 해마와 대뇌피질이 동시에 기억하고 있기 때문에 기쁨이 고조되고 계속 생각하게 되고, 나도 모르게 그 생각 속에 빠져버린다.

봉준호식 연상 연계

'기생충'은 인간의 이기성을 가장 잘 보여준 최고의 영화다. 그에게는 현학적인 냄새가 없다. '기생충'은 모든 장르를 넘나드는 창조적 상상력의 결과이다. 그의 어릴 적 돋보기론은 음지에서 양지로 빠져나와 종이가 탈 때의 쾌감으로 부활한다. 그의 인문학적 사고와 외줄 타기는 불안과 공포의 현장에서 벗어나려는 양극단의 조율선상에서 나온다. 마침내 봉준호는 다른 작품을 바탕으로 자신의 작품을 상상력과 디테일로 연상하여 기억으로 작동되는 쾌거를 맛본다. 그의 창의적 디테일은 자기 목소리를 내려는 이기적 유전자가 폭발한 결과이다.

‘기생충’은 가장 개인적인 것과 가장 한국적인 것을 드러냈다. ‘기생충’은 전통이 전통을 말하지 않는 것처럼, 광기가 없는 것처럼 광기를 말한다. 결국 ‘기생충’은 확대경으로 바라보지 않으면 볼 수 없는 하나의 장르가 됐다.

책 한 권을 읽었는데도 기억나는 것이 없다면 읽은 것이 아니다. 단 하나의 기억이라도 내 마음을 움직이게 했다면 성공한 것이다. 그것으로 충분하다. 딥 워크 같은 깊은 몰입상태의 초입에 들어선 것이다. 본격적으로 연상 연계 독서에 대해 말해보자. 절대적으로 뛰어난 결과를 내려면 몰입은 필수다. 〈오리지널스〉와 〈기브앤테이크〉로 유명한 미국 와튼스쿨 조직심리학 교수 애덤 그랜트는 강의는 한 학기에 몰아넣고, 나머지 한 학기는 연구 학기로, 연구실을 개방하는 기간과 누구의 방문도 받지 않고 연구에 몰입하는 기간을 번갈아 둔다고 한다. 1년을 3등분한 것이다. 큰 2분의 1(강의)과 작은 2분의 1(연구와 몰입)로 나눈다. 그 이유는 좀 더 집중력을 높이기 위해서다. 세상이 변해도 변하지 않는 것이 하나 있다. 시간은 시간을 파는 사람의 것이다. 그의 시간 활용능력은 놀라울 따름이다. 그 시작은 내 마음을 움직이게 하는 기억에서 출발한다.

나는 책 두 권을 연상 연계 독서법으로 읽었다. 먼저 〈1년 만에 기억력 천재가 된 남자〉(조슈아 포어, 갤리온, 2016)를 읽었다. 이 책의 키워드는 두 단어로 '기억의 궁전'과 '오케이 플래토'라고 할 수 있다. 전자는 고대 그리스에서 시작된 기억법이다. 후자는 어느 순간 자유자재로 할 수 있게 되면서 만족하는 수준을 말한다.

기억의 궁전은 기억해야 할 것들을 생생한 이미지로 바꿔서 내게 친숙한 공간 구석구석에 보관하고, 필요할 때마다 떠올리는 방법이다. 이미지를 다양한 감각을 활용해서 기억하는 것이 중요하다. 이미지가 생생할수록 기억의 궁전에 확고하게 자리 잡을 가능성이 커진다. 즉 기억을 하고 싶으면 기억의 궁전을 따라 걷기만 하면 된다. 나도 따라 해보니 신기할 정도로 기억이 잘 되었다. 기억한 이미지를 내 기억에서 지우고 싶지 않다면, 다음 책 〈나는 한 번 읽은 책은 절대 잊어버리지 않는다〉(나라원, 2016)에서 저자 카바사와 시온이 강조한 인풋과 아웃풋으로 평생 잊을 수 없는 기억으로 남게 만들 수 있다. 그저 잊을 만하면 시간을 내서 인풋과 아웃풋으로 한 번 해보는 것으로 끝이다. 친숙한 공간으로 들어가는 인풋과 기억의 궁전을 따라 걷는 아웃풋은 한 번 기억한 것은 영원히 잊을 수 없게 만든다.

오케이 플래토에 이른 사람은 40년 동안 골프를 쳤는데도 전혀 진전이 없다고 한다. 오케이 플래토는 매너리즘과는 다르다. 별생각 없이 살고 있다고 보는 것이 옳다. 많은 사람들이 책을 읽고 노력하지만 독서를 한 후 성장했다는 사람은 많지 않다. 그 원인이 다른 것에 있는 것이 아니라 결국 독서법에 있다는 것을 알게 되었다. 오직 읽는 책에 목숨을 걸고 빠져 들어가는 깊은 집중력을 발휘했다. 즉 주도면밀한 행동으로 하루 24시간 전력을 다해 전념하겠다는 마음으로 연상 연계 독서법으로 책을 읽으면서, 어떤 경계선을 넘고 있는 나의 가치와 질량 및 무게가 커지는 현상을 경험했다. 그 후 나는 남다른 자신감이 생겼다. 다시는 과거로 돌아갈 수 없다는 것을 알았다.

어느 현자는 말했다. "시간을 사용하라. 그렇지 않으면 잃는다." 뇌의 가소성을 어느 환경에 노출시킬 것인가? 이 디지털 환경 속에서 어떻게 동반 성장할 것인가? 연상 연계 독서법을 하면서 크게 깨달은 것이 자기 성장의 문제였다. 성장하지 못한다면 죽어가고 있는 것이다. 미국 신경과학자 다니엘 G. 에이멘은 그의 저서 〈그것은 뇌다〉(브레인월드, 2012, 8쪽)에서 놀라운 연구 결과를 소개했다. "뇌는 영혼의 하드웨어다. 뇌가 올바로 작동하지 않으면, 우리는 진정으로 되고 싶어 하는 사람이 될 수 없다. 뇌가 어떻게 작동하느냐에 따라서 행복의 정도, 효율적인 업무 능력, 그리고 대인 관계의 수위가 결정된다." 뇌의 생리적인 측면에 대해 당신은 얼마나 알고 있나?

우리는 심리학자 매슬로우의 욕구 5단계 이론: 생리적 욕구,

안전의 욕구, 애정의 욕구, 존중의 욕구, 자아실현의 욕구를 들어봤을 것이다. 그 중 첫 단계인 '생리적 욕구'를 우리는 뇌와 연관시켜 말하지 않는다. 개인의 주체성은 이기성을 전제로 한다. 매슬로우의 욕구 5단계도 하위욕구가 충족되어야만 비로소 상위욕구로 올라탈 수 있다는 것을 전제로 한다. 매슬로우의 이론은 생리적 욕구가 충족되어야 다음 단계로 올라간다. 하지만 사실상 상위차원도 동시에 활성화될 수 있다. 이 과정에서 뇌도 적응하려는 지각 범주화(고등한 뇌에서 발생하는 가장 기초적인 감각체계와 운동체계간의 상호작용) 과정을 겪는다. 무엇이 나의 정체성을 결정하는가? 의식이란 무엇인가? 나는 정말 나의 뇌를 진화시킬 수 있는 건가? 기억, 과거는 상징적으로 재현되어야 한다.

내가 나의 이기성을 변화시키면 주체성으로 올라탈 수 있다. 생리, 안전, 애정, 존중, 자아실현이 동시에 일어난다. 뇌의 생리적인 측면도 나의 습관에 따라 달라진다. 만약 내가 불행하다면 그것은 뇌의 문제가 아니라 내 나쁜 습관의 문제이다. 습관을 바꾸면 뇌는 나의 습관을 따른다. 우리들의 무의식 차원인 뇌는 생리적 욕구를 해결하는 즉시 상위차원까지 치고 올라간다. 이때가 되면 내가 뇌고 뇌가 나이다. 뇌와 나는 서로 원하는 것을 충족시키는 단계에 이른다. 뇌는 원래 우리가 재미 있고 즐겁고 행복한 것을 선택하여 실천하기를 바란다. 내가 절망하고 좌절하면 뇌는 절망과 좌절을 받아들이는 것이 아니라 나의 행동에 따를 뿐이다. 하지만 내가 끝없이 깊이 읽는 연상 연계 독서를 하면, 뇌는 기억이라는 수많은 연결성을 갖고 작동한다. 예를 들면 현재 내가 읽고 있는 디지털 책에서 '전에 읽은 어떤 연상되는 것'이 떠오르면, 먼저 읽은 책으로 돌아가 그 연상되는 용어나 근거를 찾는다. 처음에는 번거롭지만, 그에 상응하는 이해와 판단으로 사색하는 재독의 과정을 겪어야 한다. 그리고 자연스럽게 적고 싶은 것을 적는다. 이 과정을 무시하지 말아야 한다. 연상 연계 독서법의 핵심은 이 과정의 반복에 있기 때문이다. 반복하다 보면 절대 잊어버리지 않는다. 어느 순간 독서가 즐거워지는 경험에 이른다. 뇌는 나의 습관에 부응하기 때문이다.

자, 이제 결론을 도출할 때가 왔다. 핵심은 생리적 욕구를 뛰어넘는 우리의 습관에 있었고, 아웃풋을 전제로 인풋하는 것이다. 우리의 뇌는 습관에 따라 쾌락중추도 작동시킬 수 있고, 신경회로를 완전히 바꾸는 영역에 도달할 수도 있다. 우리가 할 일은 뇌의 기억을 기쁨으로 바꾸는 일이다. 뇌는 기억하여 나를 행동하게 만든다. 뇌는 우리가 집중하는 대상에 반응하고, 그 대상에 따라 존재의 의식이 달라지게 한다. 이 세상에서 가장 신비롭고, 불가사의한 감각 수용체들과 연결해 지고의 발화점에서 희열을 맛보게도 한다. 그 사다리를 타고 올라 습관을 변화시키고 뇌를 작동하게 만드는 연상 연계 독서법을 통해, 당신도 인생의 수많은 것을 이뤄낼 수 있을 것이다.

자연스러운 현상

힘들게 돈을 버는 시대는 끝났다. 이런 말에 속지 말기 바란다. 실시간으로 돈을 10만 원 내지는 20만 원을 버는 사람의 그 생각·정도에 따라 우리가 받아들이는 강도는 다르다. 나름 자연스러운 현상이다. 자연스러운 현상이란? 받아들이는 정도의 감정이다. 죄책감을 느끼지 않으며, 누구나 정해진 것은 없다는 것을 전제로 누군가를 설득하는 일이 비즈니스라는 것을 인정한 마음의 상태 정도이다. 상대적인 것도 절대적인 것도 아니다. 사실상 누군가를 설득하는 일은 불가능에 가깝다. 저마다 가치는 모두 다르기 때문에 장치와 전략이 필요한 것이다. 역으로 우리는 자연스러운 상황에서는 언제든지 설득당할 수 있다. 한 시스템을 파악하고 알아내고 수익을 창출하기까지 노력은 기본이다. 이런 생각을 자연스럽게 받아들여라. 돈과 시간에서 자유로운 사람이 따로 있는 것이 아니라 그런 일과 사업을 자연스럽게 받아들이면 되는 것이다.

우리에게 일어나는 모든 것은 그저 자연스러운 자연 현상이어야 한다. 외국어는 연습이고 배우는 것이고 습득이지 공부가 아니다. 공부는 배움보다 자연스럽지 못하다. 공부는 배움만큼 경험적이지 못하기 때문이다. 일례로 영어를 공부라고 생각하면 미국인과 소통하며 말하기는 힘들어질 수 있다. 영어는 연습이자 배움이고 습득이다. 공부와 언어는 다르다.

이 같은 원리로 돈은 경험적 자유이고 감내할 배움이고 영혼의 잠재력이다. 돈은 집착할 대상물이 아니다. 돈은 만날 때 반갑게 맞이하고 헤어질 때 다시 만날 수 있기를 바라는 심정으로 그저 자연스럽게 놓아주면 된다. 돈은 생물학적 특성을 가지고 있는 감정과 인격체로 접근하고 친밀감까지 교감할 수 있는 아주 자연스럽고 풍족한 미래 지향적 사람을 따른다. 이것이 돈과 우리들의 실상이다.

대부분의 사람들은 행복보다 돈을 원한다. 나는 결핍의 마인드를 가지고 있는 사람은 행복보다 먼저 돈을 원하고 있다는 사실을 강조해 왔다. 그것은 집착에 가깝다. 이것은 돈에 대한 어두운 생각에 기인한다. 어느 궤도에 오르기 전까지는 행복 조절 조건에 문제가 있는 사람이 많다. 하지만 우리는 돈과 행복 모두를 원해야 한다. 그것이 오히려 자연스럽다.

돈은 또 하나의
자연스러움이다

돈은 걱정할 대상도 잠재력을 방해하는 대상도 아니다. 돈으로 인해 행복해지고 돈으로 인해 사고력의 폭이 깊어지면 이보다 좋을 수 없다. 우리는 돈을 가지고 얼마든지 풍족한 생활을 할 수 있지만, 우리의 진정한 행복을 위해 돈을 쓰고 벌 수 있음을 간과한다. 우리는 우리의 충족을 위해 돈을 쓴다. 돈은 우리를 움직이게 하는 계기가 될 수는 있으나 그 본질은 돈과 우리가 하나가 될 때, 그 지점에서 인생이 달라지는 경험을 하게 된다. 돈과 우리는 자연스러워야 한다.

무엇보다도 돈으로부터, 돈의 스트레스에서 벗어나는 것이 중요하다. 스트레스를 받을 때 나에게 문제가 있는 것이지 돈에는 문제가 없다. 돈에 인격을 부여하자. 우리가 돈이다. 돈보다는 당연히 우리가 우선이어야 한다는 신념이 있다면 경계하라. 그저 돈은 우리의 행복을 위해서 존재하는 또 하나의 자연스러움이다. 어떤 사람은 돈, 돈, 돈 하며 돈을 자신의 지각에서 최우선으로 둔다. 그런 사람이 돈의 생리를 알고 그런 우선주의의 말을 한다면 옳다고 볼 수 있으나, 그렇지 않은 경우는 대부분 개뿔 모르는 허세에 불과하다. 그 허세가 다행히 돈을 부르는 습관의 소유자라면 봐줄 만하기는 하나 2퍼센트 부족함을 독자도 깨닫기를 바란다.

"매달 수입과 지출을 가까스로 맞추는데도 행복하게 사는 사람들을 만났다. 진짜다. 그들은 무엇이 다른가? 그들은 돈과 행복한 관계를 맺었다. 돈이 그들을 규정하지 않는다. 이웃의 수준에 맞출 필요는 없다. 미래 또는 통제할 수 없는 것들에 스트레스 받지 않는다. 결핍의 착각도 느끼지 않는다. 필요할 때 항상 필요한 만큼 가지리라는 것을 안다. (…) 자신이 행복하다고 자신 있게 말할 수 있음도 안다. 그들은 돈에 휘둘리지 않는다. '그들'이 '돈'에 힘을 발휘한다."

언제나 변화무쌍한
돈의 흐름을 기록하라

근래에 읽은 〈운을 부르는 부자의 본능〉(혼다 켄, 더난출판, 2019, 70쪽)에 나오는 말이다. 이 정도의 마인드는 기본적인 아웃트라인이 되어 있어서 보다 더 성장할 수 있는 바탕이 되어 있다고 볼 수 있다. 자신의 생각과 마음을 토대로 현실을 직시한 상태에서 자신의 방향을 알면, 어디로 갈지 어느 대목에서 잠시 쉬어야 할지 알 수 있지만, 의욕과 에너지 수준이 낮아지는 경우 그에 상회하는 방향을 상실하게 되어 현실적 혼돈상태가 될 수 있다. 그러니 돈과의 관계에서도 우리는 동등하다는 것을 인정해야 한다. 돈은 우리의 마음을 안정시켜주는 힘이고 우리가 잠시 방심했을 때 우리의 영혼을 일깨워 주는 힘이다. 저축과 돈의 귀중함을 알아야 한다는 말이다.

우리의 하루는 언제나 변화무쌍한 하루이어야 한다. 변화는 다른 것이 아니다. 자신의 원동력을 알고, 그 어떤 두려움이 있어도 그 두려움을 뚫고 나가는 것이고, 성장을 위해서 끊임없이 행동하는 것을 자연스럽게 받아들이는 것이다. 자유를 위해 미래를 상상하며 자신의 잠재력을 위해서 비장한 각오를 가지고 배워야 한다. 이 또한 지나가리라는 생각으로 자발적 고통마저 긍정적으로 받아들이고 행동하는 자세가 필요하다.

진정한 목적이 있는 사람에게는 일어나는 모든 현상은 그저 자연스러운 현상일 뿐 감내해야 할 배움의 장에 불과하다. 돈은 경험하면 할수록 돈의 경험적 자유가 우리들의 마음에 확장되기 때문에 돈도 우리를 배반하지 않는 것처럼 우리도 디테일에 최선을 다해야 한다.

돈의 디테일을 기록하는 습관이 최선이다. 아무런 감정도 없이 자연스럽게. 돈에 대한 기록이 우리를 돈과 더 가깝게 만들어 준다. 때문에 돈의 흐름을 자각하는 과정이 필요하다. 돈에 끌리는 에너지를 선택하고 관심을 주면 돈은 저절로 다가온다. 자본주의의 본질은 돈을 끌어당기는 행위에 있다. 그것을 가능하게 만들어주는 일이 돈과 관계된 모든 일을 기록하는 것이다. 우리들의 성장은 변화와 행동, 그 자연스러운 행동에서 잠재력의 문이 열린다는 것을 기억해야 한다.

4장

심미안을 거르고
용기에 주목하라

조율 집중의 원칙

세계적으로 존경받는 심리학자이자 행복한 이기주의자로 알려진 웨인 다이어는 나의 이름과 직업, 나의 재산, 내가 맺은 관계, 그 어떤 꼬리표도 내가 아니며 다만, 내가 하루 종일 한 선택과 결정들이 내가 된다고 말한다. 이것이 바로 자기조율의 원칙이다. 니체가 말한 최후의 인간(적당히 타협하며 사는 인간)에서 최상의 인간(자신의 목표에 준하여 사는 인간)으로의 전환이 필요하다. 세상에 정답은 없다. 나 자신의 번영과 행복, 평화를 위해서 자신의 콘텐츠를 위해서 올인하는 것이 답이라면 답일 수 있다.

중국 전자상거래 업체인 알리바바의 창업자 마윈은 처음부터 변화의 원인과 시작은 '나'라고 말하고 있다. 상황과 외부가 삶을 결정한다는 말은 절대 하지 않는다. 이것은 먼저 스스로를 도와 자신부터 더 나은 사람이 되어야 한다는 것을 증명해주는 것이다. 이것이 자기조율의 원리이다. 이 세계의 질서를 위해서 자신의 몸과 마음에 집중하는 것이 '자기조율 집중의 원칙'이다.

끊임없이 자신을 클릭하라

하루 24시간 철저히 외면했던 시간(TV를 보고, 수다를 떨고, 놀기만 하고 남의 일만 도왔던 시간 등)을 이제는 반대로 철저히 자신의 안녕과 미래를 위해서 집중할 대상을 찾는데 투자해야 한다. 종일 오직 나의 마음과 감정, 나의 몸에 집중하는 것부터 시작해보자. 내 안의 마음과 내 몸의 메시지에서 시공간을 초월하는 잠재력이 숨어있다. 정해진 것은 없다. 그 어떤 메시지가 좁은 문으로 들어가라는 신호를 보낼 때, 그 신호를 무시하지 말고 반드시 심사숙고하라. 빈약한 생각으로는 이해할 수 없을 것이다. 그 문으로 들어가기를 힘쓰라. 그리고 그 과정을 견디고 실천하라. 끝까지 책임지고 해내라. 때론 힘들고 포기하고 싶을 것이다. 그래도 해내라. 그 끝에 생각지도 못한 보상이 반드시 주어질 것이다.

무언가를 아는 것이 중요한 것이 아니라 그것을 실행하는 삶을 사는 것이 중요하다. 지금은 모르는 것이 당연하다. 경험만이 살길이다. 그러한 내적 목소리를 따를 때 우리는 달라진다. 이것이 만성적 무기력증 내지는 불안, 신경증과 도덕적 질문까지 한 방에 날려버릴 수 있는 방법이다. 모든 패배감과 무력감은 나의 책임감과 끈기로 시나브로 탈출하는 것이 궁극의 변화이다. 영화 〈쇼생크 탈출〉에서 그 모든 위험을 감수하고 탈출한 주인공 앤디의 자유. 그것이 바로 변화이다. 그러니 앤디처럼 문제에 맞서고 책임을 지며 변화를 만들어내라.

"당신은 이 변화무쌍한 시대를 어떻게 살아가고 있는가? 그 좌표가 있는가?"

행복은 우리가 알고 있는 것인가, 알아가는 것인가? 결론부터 말해서 알고 있는 것도 맞고, 알아가는 것도 맞다. 뇌의 연관성에 걸맞게 몸과 마음이 조율된다. 뇌의 기억에 따라, 좌충우돌하느냐 아니냐가 결정된다. 이는, 그 충돌에서 교훈을 얻는 사람은 성장하는 것이고 아닌 사람은 언제나 원점을 걸을 수도 있다는 말이다. 우리에게 필요한 것은 언제나 뇌를 통제하고 작동시키는 선택과 결정이다. 나는 이것을 탈선의 조율이라고 부른다. 그 사소한 한 끗 차이가 우리를 만들어간다. 뇌와 우리와의 사고적 연관성, 즉 우리의 뇌의 활성도에 도움을 주는 행동인가 아닌가가 차후에 엄청난 차이를 낳는다. 예를 들면 존재의 기쁨을 주는 독서와 운동 등 기분이 좋아지는 행위를 해야지, 부정적인 생각이 들고 기분이 나빠지는 행동과 디테일에서 벗어난 행위는 대충한다는 문제가 발생한다. 일단 인류를 위해 행복해지는 행동을 시작하는 것이 우선이다.

작가의 길을 가겠다고 작정한 사람은 책부터 써서 출간해야 한다. 의사가 되려는 사람은 인턴과정을 밟는 것이 수순이듯이 각자에겐 반드시 해야 할 일이다. 그리고 생태학적 인류의 평화를 생각한다면, 말로만 말하지 말고 인류를 위해 사랑을 실천해야 한다. 완전히 새로운 관점은 '조율 집중'에 있다. 한 개인이 어디에 집중하느냐가 전부다. 우리는 알고 있든 모르고 있든 이제는 인생의 조율에 눈을 떠야 한다.

한의사 염용하 선생은 자신의 책 〈내 몸을 살리는 생각 수업〉(동아일보사, 2019, 98쪽)에서 이런 말을 한다. "사마천은 〈사기〉에서 지혜가 부족하고 생각이 얕은 사람은 사적인 감정과 눈앞의 이익에 끄달려 고통을 맛보고, 욕심이 가득 찬 사람은 재물에 눈이 어두워 자신을 망친다."

현대인은 무엇보다 생각이 얕은 것이 문제가 된다. 우선 두 유형만 짚고 넘어가려 한다. 자신은 남에게 친절하지 못하면서 남이 언제나 자신에게는 친절하기를 바라는 사람과 불만을 내색하지 않다가 어느 순간 그 불만에 휘둘려 돌변하는 사람을 지적하려 한다. 이런 사람의 유형은 모든 불만의 원인이 자신에게 있다는 것을 모른다는 것이 문제이다. 모든 원인이 외부에 있다고 생각하며 자신의 기분이 나쁜 것을 다른 사람 탓으로 돌린다. 이런 사람은 성장이 멈춰 있어 관계 조율이 부족한 사람이라고 할 수 있다. 이런 사람에게 진작 필요한 것이 '조율 집중'이다.

조율 집중은 한 인간으로서 자신의 뇌를 통제할 수 있고 이 사회와 자연에 도움을 줄 수 있는 기본적인 자격이자 원칙이다. 세상은, 어제와 다른 오늘을 살려는 사람의 것이다. 낙천적이고 긍정적인 조율사고가 있는 사람은 어떤 상황에서도 자기 조율을 통해 부정적인 감정으로 빠지는 상태를 차단하여 다른 사람과 차별화하고 자신의 길을 간다. 진짜 나를 살아야 한다. 가짜는 100년 살아도 의미가 없다. 인생을 어떤 의미들로 채울 것인가는 중요한 문제이다. 조율선상에서 합의가 없다면 누군가의 기대와 요구에서 자신을 독립시켜라. 그것도 완벽하게 분리 독립시켜라.

흙수저로 태어났으나 자신의 황금기를 만들 수 있는 데도 자기만족에 빠져 가짜의 길로 가는 사람이 있다. 이기심에서 벗어나 이타적이지 않은 사람이 있다. 삶과 죽음에 대한 철학이 없는 사람도 있다. 이 모두에게 조율 집중이 필요한 것은 아닐까? 가만히있는 사람에게 "네가 뭔데 그런 말을 하느냐?"고 해도 할 말은 없으나, 영역과 경계가 없어야 할 호모 사피엔스는 기본적으로 자연계에서 서로가 공존에 역행하는 오만과 불손이 문제였다. 다만 이런 예측불허를 만든 우리에게 절실한 것은 뉴노멀New normal이 가능한 조율 집중에서 찾아야 한다. 이것은 그 무엇에도 무심하게 접근하지 않는다. 그 혁명과 조율자의 주도권은 언제나 개인에게 있어야 한다. 지금까지 개인이란 전체, 즉 인류의 평화와 안녕 그리고 자기건설과 문명을 기반으로 하였다. 이중의 쌍곡선 상에서 어리석은 자들에게 갇혀 서로 진실을 보지 못했기 때문에 우리는 불행한 역사를 만들고 있는 것이다. 이제 우리는 한 사람 한 사람 분리하여 완벽한 거리를 둬야 한다. 그리고 완벽한 자연과의 공존을 모색해야 한다. 서로 공존을 실천할 때 조율의 원칙은 성립되기 때문이다. 무엇에 집중할 것인가? 그것이 문제이다. 우리는 필연적으로 디지털 문명 속에서 자연과 조율해야 하는 적응력을 높여야 한다. 왜냐하면 우리의 기준은 자연이 바라는 것에서 파생되기 때문이다.

아무런 문제가 없는 것은 없다. 모두가 문제라는 것이다. 우리는 이제 깨어나야 한다. 깨어나기 위한 첫 단추를 끼워야 한다. 우리가 진정 원하는 삶은 무엇인가? 그럴 수도, 저럴 수도,

이럴 수도 있지만, 우리가 좋아하는 것은 모두가 다를 수 없다. 우리가 좋아하기 때문에 한 호흡으로 다가오는 미래를 통일할 수 있을 것이다. 드러난 사상누각은 허물고 다시 한번 더 신인류를 위해 기준과 원칙을 세우고, 자연과 인간을 위해 지켜야 할 법칙과 표준에 올인하는 기회를 만들어야 한다. 자연을 보존하는 것이 이로운 것이라면 보존하는 것이 원칙이어야 한다. 조용히 자신의 길을 가는 사람을 건드리지 못하듯이 자연도 건드리지 않으면 우리에게 삶의 새로운 기준을 넌지시 보여줄 것이다.

빛과 어둠의 시간

피터드러커의 말처럼 21세기는 상상조차 할 수 없을 만큼 많은 '개인'이 부상할 것이다. 지금까지는 그저 작은 용트림에 불과했다. 새로운 코로나 이후의 사회는 개인이 온라인의 황제로 등극할 것이고, 개인이 부상하는 것은 거부할 수 없는 시대의 현상이 된다는 의미이다. 그러려면 좋은 습관을 가지고 개인 스스로에 대한 확실한 믿음을 가져야 한다. 그리고 앞으로 4차 산업혁명은 개인이 주도하는, 개인 혁명 시대로 발전할 것이다. 그런 맥락에서 필자도 과거의 위기극복 경험과 은성수 금융위원장의 '2020 한국경제포럼' 기조연설에서 힌트를 얻어 재구성한 우리의 생존력을 높이는 '3탈 3P 마인드'를 말한다. 미래에 발생할 수 있는 위기 상황에 대처하기 위해 미리 내공을 키우는 컨틴전시마인드(Contingency Mind)에 따라 선제적이고(프리엠프티브 Preemptive), 신속하며(프람프트

Prompt), 정확하게(프리사이스 Precise) 적응 가능한 개인이 절실하다. 그 전제로 익히고 공부하는 습관을 통해서 디지털 나이를 탈출하고, 인문학의 실체를 관통함과 동시에 금융문맹에서도 자연스럽게 탈출할 수 있는 '3탈 3P 마인드'로 재탄생하기를 바란다.

이 말이 틀리든 맞든 이미 시대의 여걸(heroine)은 혹독한 빛과 어둠의 시간을 통과하고 있다. 이제 남녀를 떠나, 이 땅의 개인에게 주어진 하루는 언제나 신선하고 생기가 넘치는 빛이고 행복한 놀이어야 한다. 현재만이 미래를 만든다. 현재에 집중할 때만 생기가 넘치는 삶을 살 수 있기 때문이다. 자연은 우리를 강하게 만들 뿐이다. 이 글을 쓰고 있는 현재, 산업은 지각 변동이 일어나고 있으며, 그동안 가만히 있던 대표님들이 유튜브 영상을 찍고 있다. 유튜브를 할 때는 유튜브만이, 독서를 할 때는 오직 읽는 책만이 존재한다고 생각해야 한다.

2030의 MZ세대가 현재 40대 중반 이전의 세대와 시대적으로 만나 합류하는 날, 서로가 서로를 존중해야 할 것이다. BX+MZ= R 값이 연출된다고 할 수 있다. 세대를 떠나서 우리 모두는 R값(세대 존중)으로 만나야 한다. MZ세대가 다분히 취향과 의견의 존중이라면 Z세대는 보다 개인적이고 독립적이며, 경제적 가치를 우선시하는 등 이전 세대와는 다른 소비패턴을 보이기 때문이다. 이 시대는 Z세대에게 약간 부족하지만 거의 완벽한 선물을 줬다. 디지털 세대의 심장에는 모바일이 있다.

개인의 정체성도, 역사적인 전통도, 시대의 디지털도, 인간이 살아남기 위해서는 경제적 가치가 가장 중요한데, Z세대는 그것의 가치를 알고 있다. Z세대 삶의 문법은 디지털이다. 그러면 영혼의 문법은? 그들도 자유다. 인문학적 관점에서 기회를 재해석하는 철학적 마인드를 구축한다면, 우리가 희망한 것이 현실이 될 것이다. 자유도 능력이다. 기회를 포착하는 능력은 말할 것도 없다. 이제 필요한 것이 인문학적 자유라는 것을 깨닫기 바란다. 이것은 중요하다. 역사적으로 이렇게 교집합이 선명하게 보였던 세대는 없었다. 설사 있었다고 해도 그것은 중요한 것이 아니다. 그 누구도 보지 못하는 것을 자신만이 보고 있다는 것이 무엇보다 중요하다. 하루 종일 깨닫고 생각하는 것이 자신이라는 것을 알고 있을 것이다.

현재와 미래의 교집합은 개인에게 필연적으로 '디지털'이어야 한다고 하면 틀린 말일까? 그런데 Z세대는 뼛속 깊이 디지털과 교감하여 디지털화되어 있고, 탈금융 할 수 없는 경제적 가치를 아는 세대라는 것이다. 지금까지 이런 청년 세대가 있었던가? 없었다. 그들이 천하무적이 될 길이 활짝 열려 있다.

개인의 탄생은 앞에서 말한 유튜브를 하는 사장님들처럼 스스로 망가지면서까지 디지털을 기반으로 다양한 가치와 모습을 수용하는 자세로 소통의 프로토콜을 바꿔 나갈 때 열리는 것이다. 이제 Z세대처럼 디지털 나이를 서슴없이 조율하여, 기성세대도 "내가 진정 좋아하는 삶을 살 수 있을지도 몰라."하는 생각과 말을 먼저 꺼내야 하지 않을까? 그리고 모 트로트 가사처럼 '내가 사는 날까지' 끊임없이 전진하는 것이다. 비록 훗날 어디선가 한여름 밤의 꿈처럼 모든 것이 꿈이었다고 고백한다 해도, 우리 존재 이유는 끊임없는 행동일 뿐 후퇴는 아니어야 한다. 이것이 급변하는 시대에 디지털 공부를 손에서 놓지 말아야 할 이유이다. 승부를 걸고 성실함으로 계속하지 않으면 팬덤은 절대 일어나지 않는다.

전체를 위해서 개인이 희생당해서는 안 된다. 전체를 위해서 개인이 존재하는 것이 아니라 전체와 개인은 원래 하나였기에, 전체와 모두를 위해 개인은 더욱 강해져야 한다. 니체도 그랬다. "나를 죽이지 못한 것은 나를 더욱 강하게 만들 것이다." 그렇다. 코로나19는 우리를 더욱 강하게 만들어 줬다. 개인을 일깨워 줬다. 이런 시대에 걸맞게 우리가 라이프 스타일을 완전히 바꿀 수 있는 퍼스널 브랜드를 구축할 때까지 부단히 노력해야 한다.

혼돈이란? 열리고 있는 질서이다. 사람이 성장하려 할 때, 어김없이 혼돈이라는 무질서가 가슴을 짓누르고 혼란스럽게 하는 상황에 직면하게 된다. 독자는 아는가? 이때가 가장 강렬한 아픔의 시간이고, 고통이며 빅뱅의 분자구조가 질서를 잡혀가고 있는 반증이라는 것을. 우리는 자신을 완전히 뒤집고 다시 태어나든지 아주 강력하게 무엇인가에 꽂혀야 한다. 아주 강력한 동기부여가 필요한 시대이다. 아는 것만으로 부족하고, 행동이 습관일 때만이 살아남는다. 생각만 해도 행복한 날들이어야 된다. 빛이 있으면 어둠은 교차되는 법, 하나의 길이 닫히고 다른 길이 열리는 시간이 되기를 소망한다.

최근에 김미경 대표의 색다른 책 〈김미경의 리부트〉(웅진지식하우스, 2020)를 읽었다. 저자가 강사로 살아오던 삶이 코로나19로 완전히 멈추자 강연장 연단보다 더 멋진 든든한 버팀목으로 낯선 세상과 자신의 인생을 연결하는 모습을 직원들에게 절절하게 보여주었다. 이제 온라인으로 갈아타야 한다. 저자의 말대로, 이 달라진 세상에서 책을 읽고, 전문가를 만나고, 줄을 쳐가면서 신문을 읽으며, 개인의 삶과 성장의 문제를 본격적으로 다루는 책을 쓰고 싶었다는 마인드를 우리도 본받아야 한다. 그녀는 자신에게 무슨 일이 벌어지고 있는지 알아채고, 신의 한 수와도 같은 코로나19의 실체를 캐치했다. 그에 따른 솔

루션을 이처럼 극적으로 제시한 책은 처음이다.

이 책에서 저자는 '나를 일으켜 세우는 리부트 공식'으로 제1공식 on-tact(온택트)를 통해 온라인 비대면으로 세상과 연결하기, 제2공식 Digital Transformation(디지털 트랜스포메이션, 디지털과 사업, 일을 합체)으로 완벽히 변신하기, 제3공식 Independent Worker(인디펜던트 워커), 자유롭고 독립적으로! 제4공식 Safety(세이프티) 의무가 아닌 생존을 걸고 투자하기를 바탕으로 미래를 꿰뚫는 '촉'을 만드는 3가지 습관법을 주문한다.

저자는 말한다. 정보를 얻고 해석하는 습관을 가져야 하는 까닭은 변화하는 세상에서 기회를 잡기 위한 것이기도 하지만, 그보다 더욱 중요한 것이 내 삶의 무게 중심을 잡기 위해서라고 말한다. 철학과 확고한 정체성이 있는 사람은 다르다. 예를 들어 돈은 세상의 모든 것을 해결해주고 연결해주는 신이라고 신념처럼 여기며 살다가 로또 1등에 당첨되었다 해도, 자신의 무게 중심이 오직 돈에 있다면, 그것은 그릇된 신념에 불과하다. 가난이 죄가 아니라 가난을 만든 자신의 마인드가 문제였던 것처럼 로또 1등에 당첨되었다 해도 가난하긴 마찬가지다. 이제 잘못된 습관에 반기를 들어야 할 때이다.

나를 버리고 남을 따라갈 것도 없고, 남을 기웃거리며 남의 말을 맹신할 필요도 없다. 나의 존재를 찾고 내 삶의 과정 속에서, 자유를 향해 방향을 잡고, 그 속에서, 현재를 살 뿐 일희일비도 하지 않는다. 그런데도 내 마음은 언제나 기쁨과 여유로 가득 차 있다. 나는 독자들이 과거의 잘못된 습관을 시나브로 고치면서 때론 신속하게 실천하며 행동하는 사람, 그런 사람이길 바란다.

스타 강사 김미경은 말한다. '내 몸에 맞는 꿈은 내가 만들어야 한다.' 앞에서 말한 네 가지 공식에 맞춰 내가 무엇을 하면 좋을지, 어떻게 살아야 할지는 내가 선택해야 한다. 내게 가장 좋은 방법을 내가 골라내는 것이다. 결국 세상을 감지하고 나를 움직이게 하는 촉은 내가 만들어야 한다. 그러려면 가장 성실한 방법이 아닌 이상, 촉은 만들어지지 않는다. '나는 괜찮은 사람이 되고 싶어.', '나는 많이 깨달은 사람이 되고 싶어.',라고 백날 얘기해봐야 소용없다. 몸으로 부딪치고 깨져서 고생한만큼 촉이 좋아진다. 그래서 중심을 잃지 않기 위해 필요한 게 바로 촉이다. 그 촉의 3가지 습관법은 이렇다. '아날로그 신문으로 디지털 세상을 읽기', '트렌드 파악을 위한 리포트 읽기', 그리고 '미래를 현실로 이해하는 독서 습관',이 그것이다. 세가지를 한마디로 말하면 '공부 습관'이라 할 수 있겠다. 저자는 말한다. "공부란 젊고 시간이 많을 때 하는 것이 아니다. 힘들고 절박할 때 한 공부가 내 인생의 추진제가 된다." 또한 이 책에서도 팬데믹의 근본 원인은 바로 우리 자신이 만든 기후변화 속 자연의 경고에 있다고 했듯이, 우리 모두 빛과 어둠을 넘나드는 '3탈 3P 마인드'로 언제나 무엇이든 극복할 수 있을 것이다. 그래서 나는 김미경의 리부트 공식과 3탈 3P 마인드가 완벽한 운명공동체로 다가왔다. 시공간은 감사할 일로 가득하다. 협치가 뭐 별건가 서로 감사하면 협치지, 그뿐이다. 오늘은.

한계선을 넘는
세분화 과정

반전을 꿈꾸는 사람이 많다. 이제 모두 탈연예인의 시각으로 서로를 보고 느낀다. 모두가 유명인이 될 수도 있다. 지금은 그 기로에서 서성이고 있을 뿐 혁명적 한계상황을 넘지 못하는 형국이다. 모두가 '한계점'을 알고 있는 시대다. 다른 말로 임계점이다. 20세기 독일의 실존 철학자 야스퍼스가 설파한 한계상황 정도가 될 것이다. 하지만 한계를 넘는 사람은 많지 않다. 야스퍼스는 처음과 다르게 도저히 앞으로 나아갈 수 없을 것 같은 바로 그때, 눈을 크게 뜨고 한계점에 머물라고 말한다. 처음에는 재밌다가 재미없어지는 시점이 온다는 점을 기억하라. 그 시점부터 한계점을 넘는 과정을 겪어야 한다. 그렇게 하면 어느 순간 자신의 이상이 보이게 된다. 그게 가능성이다. 그리고 '자기 자신'이 되어야 한다. 자기 자신이 되라는 말을 저자

제임스 클리어는 〈아주 작은 습관의 힘〉(비즈니스북스, 2019, 53쪽)에서 '정체성 변화'라고 했다. 정체성의 변화는 내가 어떤 사람이 되고 싶으냐에 초점을 맞춘다.

영어를 예를 들면 이렇다. 미국인과 만나 자신 있게 말하고 싶은데 그러지 못하고 있다면, 이것은 어떤 사람이 되고 싶으냐에 달려 있다고 할 수 있다. 노력하지 않고 성장하지 않는 자신은 진정한 자신이 아니다. 이것을 깨닫는 것이 중요하다. 우선 방향설정을 먼저 한다. 더 이상 영어를 말할 때 버벅거리지 않겠다는 전제로, 앞으로 미래의 나에 집중해야 함을 의미한다. "나는 영어를 말할 때 자신감이 넘치는 사람이다. 나는 반드시 영어를 우리말처럼 하게 될 것이다"라고 선언하고, 이전의 내가 정체성의 일부가 될 때까지, 유튜브로 하든 교재로 하든 선택한 것을 가지고 호흡, 발성, 동작, 감성까지 그야말로 모든 것을 복제한다는 마음으로 입에서 영어가 튀어나올 때까지 연습하고 연습하는 반복 훈련이 말을 하게 이끌어준다.

한계점을 넘는 기본 틀

첫째, 시작 단계: 시작은 중요하다. 세상에 도전하지 않고 할 수 있는 것이 얼마나 있겠는가?

둘째, 한계점에 머무는 단계: 이 경우는 어제와 완전히 다른 진정한 자기 자신을 만나는 비밀의 문이 열리는 단계이다. 자신의 잠재능력을 깨우고 깨달음까지 얻을 수 있는 한계의 벽을 뛰어넘는 과정이다. 그것은 '의도적으로 최적의 상태를 만들어 최악으로 진입하기'이다. 대부분의 사람들은 이 단계를 설정하지도 넘지도 못한다고 한다. 그래서 이 책을 읽고 있는 독자는 그 틀을 깨고 새로운 삶을 살아야 할 책임이 있다. 하늘은 스스로 돕는 자를 돕는다. 생활이 아무리 편리해지고 시대가 달라져도 변하지 않는 것은 있기 마련이다. 간편하고 빠르고 수월하면서 즐겁게 해야만 하는 일이란 별로 없다. 그런데도 대다수의 사람들은 그런 것을 바라고, 또 그렇게 한다. 이처럼 잘못된 생각에서 이제는 돌아서야 한다. 과정을 무시한 채 남들이 성공한 결과만 보고 자신에게 적용하려는 처사는 결코 바람직하지 않다는 것을 깨닫기 바란다.

우리에게는 극한을 견뎌서라도, 절대로 피해갈 수 없는 현실이 하나 있다. 변화와 성장은 언제나 우리의 한계점에서 이루어진다는 사실이다.

셋째, 스스로 자신이 되는 단계: 앞에서 말한 정체성 변화를 말한다. 인생을 바꾸는 비밀이 하나 있다면, 자신의 습관의 틀을 깨는 행동이라고 할 수 있다. 대부분의 사람들이 성장하지 못하는 이유는 나쁜 습관에서 기인한다. 이때 '나쁜 습관을 좋은 습관으로 대체하기'는 처음에는 힘들겠지만 효과가 빠른 아주 유익한 방법이다. 우선 자신의 몸과 마음에 해가 되는 것과 이로운 것을 노트에 적어본다. 적어보면 명료하게 드러날 것이다. 이제 나쁜 습관을 좋은 습관으로 바꾸기만 하면 된다. 쉽게 말해서 나쁜 습관으로 보내던 시간을 좋은 습관으로 맞바꾸는 작업이라고 할 수 있다. 좀 더 쉽게 설명하면 이렇다. 일주일에 꼭 한두 번, 아는 사람과 술 마시던 시간에, 이제는 의도적으로 서서히 술을 끊고, 그 시간에 책 읽는 시간을 만드는 것이다. 우리의 내면에 깊이 뿌리내리고 있는 인식의 결함을 깨고, 이제는 영혼의 자유를 위해 개인의 본성에 독창적이며 현실적인 미래를 걸어야 할 때가 되었기 때문이다.

"인간은 의도적으로 자신이 처한 상황에서 도약하려는 혹독한 의도의 시간을 넘는 과정에서 성장한다." 확실하고 명쾌한 것에는 만찬만 있을 뿐이다. 본능적인 만용과 집착은 우리를 망친다. 오늘 실컷 먹어도 내일이 없다면 무슨 의미가 있는가?

이제 의식의 도약, 즉 인문학적 감각을 가지고, 모바일 인사이트 블랙홀 독서를 해야 하는 시대가 된 것이다. 이처럼 우주는 점점 더 가까워지고 있다. 내 촉수가 내 브레인을 타고 들어와 내 심장을 터치하는 순간, 나는 우주여행을 하고 한 시간 만에 돌아올 수 있다. 현실보다 더 현실적인 상상체험이 열린 마음을 흔들 때에야 비로소 공연을 관람한 것처럼 흡족한 경험을 하게 될 것이다. 너무 황당한 이야기로 들리는가?

내 의식과 무의식이 블랙홀처럼 책 속으로 빨려 들어가 하루 24시간을 168시간으로 만들면, 완벽한 자유인, 완벽한 유명인으로 다시 태어날 수 있을 것이다. 일주일의 승부, 먼저 하루 24시간을 72시간으로 만들면 된다. 시간은 느리게 흐를 것이다. 그래서 나는 항상 강조해 왔다. 가장 느린 것이 가장 빠른 것이다. 느리다는 것은 나만의 공간에서 나만의 색다른 것으로 채워지며 나타나는 현상이다. 하나의 목표에 준하여, 발생하는 의미와 무의미 사이에서 내 몸이, 색다른 맛을 느낄 때, 우리는 더 크게 성장한다.

우리에게 한계점을 넘는 기본 틀이 만들어졌다면, 이젠 한계선을 넘는 질문이 필요하다. 18세기 독일의 철학자 임마누엘 칸트(Immanuel Kant, 1724~1804)의 〈순수이성비판〉에 나오는 질문으로 시작하는 것이 좋다. 내 의식과 생각의 모든 관심이 다음 세 가지 문제에 집약된다는 마음으로.

1. 무엇을 나는 알 수 있는가?

2. 무엇을 나는 해야 하는가?

3. 무엇을 나는 바랄 수 있는가?

그다음으로 또 한 세기를 장식한 19세기의 영국의 철학자이자 경제학자 존 스튜어트 밀(John Stuart Mill, 1806~1873)의〈자유론〉에 입각하여 질문을 던져보는 것이 좋을 것 같다.

1. 내가 무엇을 선호하고, 나의 몸과 마음의 성향에 맞는 것이 무엇이며, 나의 능력을 최고로 발전시키고 제대로 꽃피울 수 있는 최선의 길은 무엇인가?

이제 이 질문을 겸허하게 받아들이고 자신의 삶에 직면하면서, 자신의 연구(정신병리학적 연구)가 자신의 철학에 커다란 영향을 끼쳤다는 20세기 독일의 실존주의 철학자 야스퍼스(Karl Jaspers, 1883~1969)의 '한계상황'에 천착하여 유일한 가능성을 넘보는 질문을 해야 한다.

1. 삶에 무명으로 살 것인가? 멋진 역전의 삶을 선보일 것인가?

2. 누군가의 계획이나 조종을 따를 것인가? 즐겁지도 않고 스스로 무덤을 파는 생활에서 어떻게 벗어날 것인가?

진정한 내 목소리, 그 영혼의 메시지를 따를 것인가?

3. 어떻게 하면 이 상황에서 아주 특별한 의미들로 가득 채워갈까?

우리는 차분히 앉아, 위의 중대한 질문에 답변을 해야 한다. 위대한 여정을 따를 것인지, 아니면 그저 평범한 삶으로 남을 것인지 결정해야 한다. 변화의 속도를 감지할 수 있으면, 기대와 설렘으로 일어나 늘 신선한 아침을 맞이할 것이다. 그래서 꾸준히 기록하고 움직여야 한다. 정해진 것은 없다. 노트에 적고, 내 마음에 묻고 받아 적는 과정에서, 내 감정이 꼬리에 꼬리를 물고 답을 줄 것이다. 시간이란 우리가 만들고 써먹은 만큼 다른 것으로 돌려주는 우주의 선물이다. 새로운 시간의 발견이 근본적인 변화에 이르게 한다.

이제 최종적으로 할 일은, 열렬히 움직이고 바라보고, 익히기 위해 성공한 나의 모습을 상상하는 것이다. 시간과 공간을 뛰어넘어 보다 빠르고, 신속하게 목표를 현실로 만들기 위해서는 하루에 100번 이상 소리 내어 목표를 말하거나, 100번을 쓰거나, 내 꿈이 이루어졌을 때의 상황을 구체적이고 선명하게 상상해보자.

하나의 영상(이미지)을 정해 놓고 언제나 그 장면을 떠올리는 것이 가장 좋은 방법이다. 그것을 생각하면 마음이 고요해지고, 그 모습을 상상하면 가슴이 설레고 즐거워야 된다. 두근거리기까지 한다면 그것이 당연하다. 요점은 언제나 목표를 생각하며 '너무 잘됐어. 정말 기뻐. 모든 것이 행복 그 자체야. 이보다 좋을 수는 없어.' 하며 싱글벙글 웃는 나의 모습, 그 이미지만 상상하면 된다.

우리 뇌는 현실과 상상을 구분하지 못한다. 패배를 상상하면 그대로 패배자가 된다. 가끔 독거노인의 고독사를 목격한다. 죽은 자의 의식의 틀 속에서 패배자의 생각으로 살다가 죽었을 가능성이 높다. 그래서 생각법이 중요하다. "왠지 모르겠지만 나에게는 상상을 초월한 것에서 풍족함이 찾아왔다." 하며 계속 중얼거리기만 해도 우리 마음은 긍정체로 바뀐다는 사실이다. 물론 이 경우에도 전제는 있으나, 그 어떤 경우에도 전제조건은 필요한 법이다. 끝자락이 광휘일지 누가 알겠는가?

개인의
수사와 서사

사람은 누구나 말을 한다. 말을 할 때 다른 사람에게 현타(현실 자각 타임)를 경험하게 하는 사람이 있다. 왜 살아야 하는지 생각이 없던 사람에게 뭔가 느끼게 하고, 일깨우게 하며, 가슴에 꽂히게 말하는 사람이 있다. 그런 사람을 우리는 리더라고 말한다. 그런 사람은 다른 사람에게 빛과 희망을 심어주는 사람이다. 다른 사람에게 빛과 희망을 심어주는 사람이 많을수록 사회는 밝아지고 질서 있게 유기적으로 작동한다. 독일의 작가이자 철학자인 요한 볼프강 괴테는 사람의 미래를 예측하려면 딱 하나, 그 사람이 시간을 어떻게 보내는지 알면 그가 어떤 사람이 될지 알 수 있다고 했다. 개인의 수사와 서사는 유기적으로 연결되어 있을 때 힘차게 보인다. 새로운 경험과 영향력으로 분출되는 기적, 이것을 진화라고 부른다.

시간을 어떻게 보냈느냐에 따라 그 결과가 바뀐다는 사실이다. 개인은 시간이라는 수사와 서사가 말을 해준다. 지식을 아무리 쌓아도 진정한 행동이 없으면 결과가 좋게 나오지 않는다. 소극적인 지식에 만족한다면 얻는 것은 별로 없다. 자신의 수사와 서사의 중간에서 저울질하는 예리함과 정확성을 보는 안목을 반드시 키워야 한다. "나는 이런 사람으로 이런 일을 하고자 지금 사소하고 작은 것에 집중하고 있다."라는 입장에서, 때로는 불편하여도, 그 불편함을 떠안고 노력할 수 있는 시간이 반드시 필요한 것이다.

개인의 수사의 핵심은 시간에 있고, 그에 따른 서사는 상상력에 있다고 볼 수 있다. 잊지 마라. 수사는 자신의 천재성을 깨우기 위해, 잊혀 가는 자신의 과거를 재해석해 자신만의 불확실성에 불을 지피고, 그 혼돈의 시간 속으로 들어가 새로운 미래를 열 수 있는, 미지의 세상에 '나'를 심는 정직하고 성실한 작업이다. 이것은 씨뿌리기 작업이며 한 편으로는 내가 원하는 나무를 심고 가꾸기 위해서 끊임없이 손질하는 일련의 시간들이 말을 할 때까지 참고 견디는 일이다.

현대인은 젊은 사람이나 나이 든 사람이나 이것을 간과하는 경향이 있다. 새로운 플랫폼에 내 일터를 만들고, 자신의 생존을 위해 목숨을 걸어야 도태되지 않는 미래가 열린다. 과거에도 그랬고 미래에도 그럴 것이다. 미래는 자신만이 열 수 있고 자신만이 만들 수 있다. 기회는 기회를 믿는 사람에게만 기회가 된다. 그러니 믿어라. "나는 할 수 있다. 정말 잘할 수 있다. 나 자신을 믿는다."마치 온라인에서 나를 직거래하는 것처럼 내 자신이 능력과 자신감으로 충만할 때까지, 끊임없이 심혈을 기울여야 한다.

지금은 디지털과 마케팅 시대이다. 디지털 모바일을 자유자재로 넘나들지 못하면 오히려 스트레스가 쌓이는 세상이 되었다. 편안한 지대와 혼돈의 지대를 절묘하게 조율하는 것이 혁신이다. 이것이 진짜 혁명이고, 개인의 터전이 된다. 개인은 언제나 세상을 떠안고 전복시키는 콘텐츠를 가진 사람이 되어 자신의 능력을 팔 수 있어야 함을 잊지 말아야 한다.

대세 앞에서 순작용보다 부작용을 들추는 것은 꼰대나 하는 짓이다. 절대로, 본인이 평론가라도 되는 양, 평론하며 시간을 낭비하지 말아야 한다. 과거의 수사가 있기에 지금의 수사가 있는 것이다. '지금의 수사가 무엇입니까?' 묻지 말기를 바란다. 과거는 수사에 가깝고 미래는 서사에 가깝다. 그렇게 수사와 맞물려 있는 것이 서사다.

누구나 한 번쯤 삶의 의미가 완전히 박살 난 경험을 할 때가 있다. 하지만 그때가 기회이다. 나를 지탱해주던 모든 것이 사라지고 없는 느낌이 올 때, 그때가 기회라는 것이다. 대부분의 사람들이 이것을 깨닫지 못한다. 아니 그런 경황이 없다는 말이 맞다. 로버트 E. 퀸(Robert E. Quinn)은 자신의 저서 〈딥체인지〉(늘봄, 2018)에서 말하고 있다. 근원적 변화를 단행할 것인가? 이대로 서서히 죽어갈 것인가? "뿌리까지 바꿔라. 그렇지 않으면 서서히 죽어갈 것이다." 독자는 끝을 알 수 없는 미래를 바라보며 불안과 위축, 무력감을 느끼고 있는가? 그것이 주는 메시지는 무엇이라고 생각하는가?

수사와 서사의 연결 고리가 다른 누군가가 아닌 나 자신이어야 한다면, 그 도구는 디지털과 온라인이라는 것은 자명하다. 세상에는 많은 방법이 있을 것이다. 문제는 '선택이냐 아니냐'의 문제이다. 위기가 몰려올 때 대책이 있는 기업이 있을 것이고 "우리는 괜찮겠지." 하는 기업도 있을 것이다. 개인도 대책이 있으면 불안과 위축, 그리고 무력감은 단숨에 날려버릴 수 있다. 약간의 압박과 약간의 위기는 우리 뇌의 생존회로를 건드려준다. 불씨가 될 수 있는 모든 조건이 주어진 오늘, 우리는 절호의 기회 앞에 서 있다.

기회는 주어진 통로로 들어가 자신의 이야기를 만들어 필요한 사람에게 그 가치를 제공하는 것이다. 이것이 개인 서사이고 스토리다. 〈김미경의 리부트〉를 쓴 김미경 대표도 말한다. 꿈은 남은 시간에 이루는 것이 아니라 시간을 만들어서 이루는 것이다. 겁먹지 말고 무조건 디지털 마케팅 공부를 시작하자. 어차피 지금 나와 있는 디지털 기술은 반조리 식품이나 다름없다. 이미 완성돼 있는 것을 배워서 얹기만 하면 된다.

그런 말이 있지 않은가? '승자는 시간을 관리하며 살고 패자는 시간에 끌려 산다.' 시간을 만들고, 시간에 계속해서 집중할 수 있을 때 우리는 생명력 있는 삶을 살 수 있다. 이것이 집중할 수 있는 시간을 반드시 만들어야 할 이유다. 우리가 의식하든 못하든 집중할 대상이 있을 때 성장하기 때문이다. 시간을 정복하면 자신을 살리는 무기가 된다.

개인의 수사는 개인의 입장에서 자신의 미래를 위해서 사고 능력을 훈련하는 과정이다. 이 과정에서 오롯이 나의 자존감이 올라가고, 변화와 성장이 진행되는 동시에 자기 표현력이 높아진다. 자기표현(근본)이 없는 사람은 비명을 질러야 하는 현실이다. 그러나 도전하는 자의 때는 바야흐로 개인의 수사와 서사가 결과로 나타나는 신호탄이 될 것이다.

개인의 수사의 첫걸음은 나를 위한 나의 표현에 있어야 한다. 참 재미있는 사실이다. 나의 수사가 나의 서사로 표현이 제대로 이루어질 때 우리는 행복을 느낀다. 그러니 나를 잘 표현하고, 나를 잘 그려보라. 그림 그리듯이 나의 미래를 그리면서 나의 성장이 빨라지는 것을 느껴라. 이 시대에 걸맞게 수사의 측면에 올라타 개인의 운명을 걸어야 한다. 그 기회는 시간에 있고, 그 시간에 전력을 다할 때만이 일어나지 않은 미래를 예측하고, 그 과정을 설계하여 어떤 감동이 일어나도록 할 수 있다. 개인의 변화가 가속화되어야 하는 시대에 사는 우리는 용기를 내어 별빛처럼 빛나야 한다. 바로 행동할 수 있어야 한다. 이것이 개인의 수사이고 서사이다.

이런 세상에
더 강해지기

가끔 만나는 사람에게 나는 '자신이 성장하고 발전하고 있는 것 같은가?'라고 물을 때가 있다. 그때마다 "그렇다!"라고 말하는 사람이 별로 없었다. 도전하고 변화하지 않는 사람은 힘과 용기를 줄 수 없다. 이것은 자기 자신에게 거짓말하는 것과 같다. 어제와 같은 오늘은 또 다른 어제일 뿐이다. 미래가 없다는 말이 된다. 사람은 무엇인가를 수용하든지, 반복하든지, 어떤 자극을 받고 있든지, 아니면 뭔가를 위해 도전해야 한다. 그렇지 않으면 죽어가고 있는 것이나 다름없다. 도전하고 있는 이상 우리의 허약한 몸과 마음이 정신을 위해 움직이기 시작하여 점점 더 강해져 간다. 더 이상 어제의 우리가 아닐 때, 우리는 성장하고 있는 것이다. 성장보다 좋은 말은 없다. 성장하고 있다는 인식은 우리가 살아야 할 이유이고, 더 강해지고 있다는 증거이다.

슈퍼 에이지라는 말이 등장했다. 뇌 인지 기능이 연령을 거스르는 경우를 말한다. 젊은 사람보다 더 젊게 사는 사람들이 있다. 뇌에 자극을 주고, 뇌 기능향상에 솔선을 다하는 '나이 많은 젊은이들'이 있다. 새로운 뇌 영역을 사용할 수 있고, 전두엽을 활성화시키면 나이는 그저 숫자에 불과하다는 것을 알게 될 것이다.

매사에 화를 내는 사람은 자신의 성장과 미래가 무엇이지 모른다. 때문에 자신에게 무엇인가 극단의 대책이 필요하다는 것도 모른다. 항상 성장하고 있는 사람은 자신이 모른다는 것을 잘 안다. 슈퍼 에이지는 화를 내는 것이 얼마나 쓸모없는 것인지 잘 아는 사람이다. 그래서 자신의 건강과 행복을 위해 새로운 것을 수용하는 것을 습관화할 줄 알고 있다. 소수의 슈퍼에이지는 나이를 떠나 언제나 젊어야 하는 이유를 안다. 젊게 사는 것이 습관인 사람이라고 할 수 있다. 사람은 자신이 성장하고 있다는 느낌이 올 때까지 하고자 하는 것을 꾸준히 할 필요가 있다. 이것이 슈퍼 에이지로 가는 길이다

나이를 먹는다는 것이 무엇인지 아는 사람은 행복한 사람이다. 삶은 지루하고 권태로운 것이 아니다. 우리가 새로운 정보에 민감하고 개방적일 때만이, 기대할 무엇인가를 연출하고 보

다 설레는 새로운 범주를 창조해내는 여력이 생긴다. 소설가 장강명은 역사에 대해, 민족의 번영보다는 내가 속한 시공간을 알고, 인간 세계를 움직이는 거시적 힘을 이해하고, 균형 잡힌 시선으로 주변을 살피고, 반성하는 인간이 되기 위해 역사를 공부하려 한다고 말한다. 그의 말 대로 역사는 지금 우리를 위해서 공부해야 하는 영역이지 신기루 같은 것이 아니다. 인간은 끝까지 다시 시작하는 호모 사피엔스다.

새로운 것에 관심을 가지고 도전을 하고 있을 때 기분이 좋아지고 강해진다고 한다. 때로는 어떤 외부의 압력에 기분이 상할 때도 있지만, 그런 순간들을 극복하며 결국 강자가 된다고 볼 수 있다. 그는 생각지도 못한 일에 휘말리는 아픔도 겪지만, 그것이 도움이 된다는 것을 잘 안다. 자신이 누구인지 아는 사람은 강하다. 자신에게 일어나는 모든 고통은 어떤 교훈과 반성을 동반해야 한다. 그 어떤 일도 적응하고 받아들이는 유연한 두뇌는 자기 성찰에서 나온다. 무엇보다도 삶에는 고차원적 세상이 존재한다는 것을 너무도 잘 알고 있기 때문에 포기하지 않는 힘과 용기가 필요하다.

강자는 자신의 내부의 동력이 무엇인지 아는 사람이다. 나의 과거는 오랫동안 얄팍한 수사학에 머물러 있었다. 그 대가를 치르며 35년을 술과 담배 등 각종 중독에 시달리다가 깨어났을 때, 내 나이 마흔아홉이었다. 중독 중에서 성중독이 가장 심했다. 어느 날은 도파민이 너무 분비되어 삶의 균형을 완전히 잃고, 하루의 거의 8할을 잠만 자기도 했다. 14살에 시작된 수음중독이 나의 사춘기를 지배하고 지나갔다. 끔찍했다. 그렇게 차츰 성중독으로 연결되었고, 마흔아홉이 될 때까지 피골상접한 하루하루가 계속될 뿐 아무런 희망이 없었다. 젊음을 짓밟고 지나간 내 인생에 다가와 나를 붙잡아준 것이 독서였다. 천만다행이었다.

책을 읽다가 만난 것이 심리학이었다. 심리학의 핵심은, 사람이 살아오면서 세상과 조율하다가 본의 아니게 어떤 반복되는 알력에 자신의 실체를 잃고 분열 증세를 보이는 사람의 증세를, 보듬고 일깨워, 자신의 본연의 모습을 되찾게 만들어주는 자구책을 선도하여 주는 학문이다.

이제 심리학을 비롯해서 무슨 학명이든 새롭게 조명해야 하는 시기에 직면한 시대가 왔다. 신종 코로나19 바이러스 감염증이 우리의 모든 생활단상과 생각을 바꿔 놓기에 이른 것이다. 여기에서 교훈을 얻지 못하면 죽음뿐이라는 생각이 든다. 습관을 완전히 바꿔서, 내 자존에 걸맞는 새로운 세상의 문을 열고 들어가 그곳에서 진정한 나를 만나고 싶은 마음 간절하다. 내가 지금 책을 쓰고 있는 이유도 그것 때문이다.

나는 루이스 L. 헤이가 쓴 〈치유〉(나들목, 2007)에서 배웠다. 누구든지 어떤 중독에서 벗어나고자 하는 진지한 마음에 갈등이 올 때마다 "나는 나 자신을 인정한다."라고 반복해서 말하라고 강조한다. 하루에 3백~4백 번 정도 연습을 해보라고 한다. 왜냐하면 사람은 자신의 중독에 대해서 걱정하는 횟수가 하루에 3, 4백 번은 족히 넘기 때문에, 그 횟수에 견주어 말하면 된다는 원리다. 쉬지 않고 계속해서 나 자신에게 이 말을 반복해 줄수록 효과가 좋았다. 나는! 그리고 무슨 생각이 들든지 "네 생각을 나눠 줘서 고마워. 이제 널 놓아 줄게. 나는 나 자신을 인정해." 하며 마무리했다. 루이스 L. 헤이는 나를 완전히 바꿔 놓았다. 그동안 여러 방법을 시도했는데 이 방법이 가장 효과가 좋았다.

말은 중요하다. 자신에게 무슨 말을 해주느냐가 자신을 결정한다. 자신에게 해주는 자신의 말이 중요한 것이다. 운은 선택이다. 자신을 인정하는 선택이 얼마나 중요한지 제대로 아는 사람이 있다면 그 사람은 이미 강자이다. 세계적으로 존경받는 심리학자 웨인 다이어는 〈인생의 태도〉(더퀘스트, 2020, 76쪽)에서도 말한다. "인생에서 벌어지는 일들에 대해 자신의 책임을 인정하면 어떤 상황에서도 뛰어 들어가 장미 향기를 맡을 수 있습니다." 선택은 우리의 몫이다. 인생에서 벌어지는 각 상황에서 대처하는 방법, 즉 순간의 힘, 내가 할 수 있는 것을 즐기고 생각하는 여유, 정중한 태도, 포용력을 익히면 우리는 누구를 만나도 두렵지 않을 수 있다. 분명한 것은 우리가 나쁜 습관을 떨쳐내고 좋은 습관을 일으켜 세워 우리 의식을 높여야 된다는 말이다. 그것이 강자가 되는 지름길이다.

여유와 심리적
유연성

오프라 윈프리가 그랬다. '우리가 무슨 생각을 하느냐가 우리가 어떤 사람이 되는지를 결정한다.' 맞는 말이다. 무엇 때문에 사는가? 우리는 에고(자아)가 아니다. 그런데 많은 사람이 에고처럼 징징거리며 남의 꼭두각시로 산다. 잘못 살고 있는 것이다. 사랑과 여유가 없어서 그렇다. 우리는 누가 뭐래도 여유가 있어야 한다. 진정한 삶은 '생존본능 뛰어넘기'와 '의지박약 탈출'에서 나오는 심리적 여유에서 출발한다. 많은 사람들이 시간은 만드는 것이라고 말한다. 맞는 말이다. 시간은 인지하고 다스리는 것이다. 시간은 존재하는 것도 존재하지 않는 것도 아닌, 나에게 도움이 되는 상태로 만드는 것이다. 쉽게 말해서 시간에 에너지를 투자해서 새로운 무언가를 창조한다는 것이다.

실질적으로 시간을 사용할 줄 아는 사람이 성장한다. 여유와 심리적 유연성은 시간 포착이라는 합, 즉 실질적인 의식의 변화에서 오고 시간의 변별력은 내면의 힘에서 출발한다. 의식의 변혁은 내면의 힘과 사고력의 고양에서 나온다. 내면의 힘은 우리의 본바탕인 사랑에서 나온다. 사고력의 고양은 독서와 사색에서 싹트고, 모든 생명이 수시로 어우러져 살아가는 이 우주의 현상에 감사하는 것이다. 동시에 우리의 변덕을 없앨 수 있는 주파수로 바꾸어 아침저녁으로 자신에게 에고를 잠재울 수 있는 좋은 말을 해주어야 한다.

이것들은 세상의 모든 것이 그렇듯 시간의 활용이라는 계획적 과정으로 채워진다. 나는 이것을 무의식을 바꾸는 작업이자 행복한 삶을 살 수 있는 돌파구라고 말한다. 무엇보다도 정신적 여유와 여백이 먼저인 이것은 아무나 할 수 있지만 넘어서야 할 조건이 따른다.

이것은 자기 자신을 되찾고 자기가 하고자 하는 역량을 만드는 일이다. 보다 쉽게 말해보자. 악순환이라는 말과 원점으로 돌아간다는 말을 들어봤을 것이다. 발전이 없는 삶, 변화가 없는 삶을 말한다. 생각보다 이런 삶을 사는 사람이 많다. 우리는 철저하게 변화무쌍한 마인드가 필요한 시대에 살고 있다. 나는 지금 뜬금없이 악순환과 원점, 무발전과 무변화를 말했다.

나는 열네 살부터 마흔아홉 살까지 근 35년 동안 노력하면 할수록 나르시시즘에 빠진 경험이 있다. 나의 에고는 35년 동안 집착을 벗어나지 못했다. 불행했고, 속이 뒤집힐 만큼 화가 나도 나는 그 강을 넘지 못했다. 그랬던 내가 코로나19로 인한 사회적 거리두기 2단계 5인 이상 사적 모임 금지 조치가 시행되고 있는 지금, 행복한 삶을 살고 있다면 독자는 이해할 수 있을까? 물론 코로나19로 인한 걱정과 불안은 우리 모두의 문제이자 나의 문제이다. 그런데도 나는 가끔 불안과 두려움이 엄습하지만 그것은 견딜 만하고, 현재 행복한 삶을 누리고 있다. 나는 일희일비하지 않는 나의 삶을 살고 있다. 이제 그 이유를 설명할 것이다.

나는 지난 35년 동안 인생의 방향을 잃고 미궁 속에서 헤맸지만, 그 잘못된 길에서 빠져나올 수 없었다. 그 누구도 나보고 그런 길로 가라고 강요하지는 않았으나, 모든 것은 내 상처받은 몸과 마음에서 시작된 인식체계 결함이라는 신경성 장해를 해결하지 못했기 때문이었다. 내 안에서 나를 짓누르고, 나를 옭아매고, 나처럼 행세하던 '에고'까지 작동하지 않았던 때도 있었다. 나에게 내가 없었다. 훗날 신경성 장애를 극복하자 에고는 또다시 나의 주인 행세를 하기 시작했다. 내가 나를 방해하고, 나의 성장을 방해하였다. 나를 고달프게 한 것도 나였다.

그때부터 나의 적이 된 나는 내 안에 나를 뒤흔들었다. 나의 에고는 끊임없이 나를 방해하는 것이었다.

에고는 만족을 모른다. 에고는 우리를 죽일 수도 있다. 내가 질병에 걸려 바닥을 헤맬 때 나를 방조하지 않은 것도 에고다. 우리는 에고에 저항하는 것이 아니라 에고에 휘둘리지도 않으면서 에고를 통제하는 법을 익혀야 한다. 그것은 의도적으로 우리 의식에서 에고를 밀어내어 접근하지 못하게 하는 습관을 들이는 것이다. 앞에서 나는 에고가 작동하지 않았을 때와 주인 행세를 했다는 말을 했다. '에고가 작동하지 않았다'라는 말을 처음 들은 사람이 많을 것 같아 부연설명을 하면, 그때 나는 너무나 스트레스를 받고 있어서 에고가 고개를 들지 못했다는 말이고, '주인 행세'는 말 그대로 에고가 나를 점령해버렸다는 말이다.

에고는 어떤 때이든 도움을 주지 않는다. 에고는 우리의 나쁜 습관에 동조하는 기회주의자에 가깝고, 우리의 삶에 전혀 도움이 안 되는 악당에 가깝다. 에고는 우리의 진정한 내면의 힘을 되찾지 못하도록 방해한다. 이는 에고가 우리의 순수의식과 자연법칙에 역행하려 하기 때문이다. 이 모든 것을 토대로 무슨 일이 있을 때 정신적으로 쉽게 무너지게 만드는 에고에서 탈출할 수 있는 세 가지 방법을 제안한다.

첫째, 우리의 의식을 확장하기. 둘째, 우리의 사랑을 키우기. 셋째, 우리의 무의식을 프로그램하기. 이 세 가지의 공통점은 서로 맞물려 있어서 상호보완해 준다. 사랑을 키우면 의식이 확장되고, 무의식이 바뀐다. 무의식을 프로그램하면 우리의 사랑과 의식이 달라진다. 또한 의식이 확장되면 우리의 사랑과 무의식은 변화하게 된다. 내 인생에서 모든 순간에 적이 있었다. 그것은 다름 아닌 '에고'였다. 내가 욕설을 퍼붓고 정부를 비방하고 있을 때 나를 저속하게 하위자아로 있게 한 것도 에고였고, 내가 정신을 차리고 상위자아로 올라가려고 노력하고 있을 때 나를 끌어내리고 침몰시킨 것도 에고였다.

하위자아 상위자아

이제 우리가 생존본능을 뛰어넘을 수 있게 되면 의지박약에서 탈출하고, 에고를 거부하지 않고 받아들여 통제할 수 있는 여유와 심리적 유연성을 찾는 방법을 익혀보자. 고대 로마의 시인이자 철학자인 루크레티우스(BC 96년경~BC 55년)가 우리는 '자기 병의 원인이 무엇인지 모르는 환자'와 같다고 했다. 노환도 질병이다. 꼰대는 에고에 휘둘리는 전형이다. 나쁜 습관도 질병이다. 그중에서도 폭력은 심각한 질병이다. 질병이 있는 사람의 특징은 문제의 원인을 자기 경험과 외부 세계에서 찾는다. 반대로 여유 있고 건강한 사랑이 무엇인지 아는 사람은 대부분 문제의 원인을 자기의 내부 세계에서 먼저 찾는다. 그럼 에고는 어떤가? 그 무엇도 다 무시하고, 자기 멋대로 해석해버린다.

여기까지 읽었으면 생각이 빠른 사람은 눈치챘을 것이다. 여유와 심리적 유연성은 사랑에서 나온다는 것을. 다음에 다룰'마음의 태도와 동작'도 바로 사랑과 연관되어 있다. 사랑은 어떤 상황에서도 감사하고, 다른 이들에게 희망과 용기, 그리고 기쁨을 주는 개인의 경지를 말한다. 이것은 여유와 심리적 순수성과 집중력에서 나온다. 사랑을 키우는 일은 에고를 잠재우고, 생존본능과 의지박약에서 의식이 상승하는 경험이다. 사랑은 존재하는 모든 것을 받아들이며, 일어나는 모든 것에 감사하는 행위의 반복이다. 세상의 모든 것은 마음먹기에 따라 완전히 다른 세상이 펼쳐진다는 사실을 깨달아야 할 것이다.

〈부의 본능〉의 저자 브라운 스톤은 감정과 본능을 다스리지 못하면 책을 아무리 많이 읽어도 소용없다고 했다. 누가 나의 감정을 흔드는 욕설을 퍼붓거나 내가 가장 싫어하는 말을 해도 그것에 저항하지 말고, 즉시 "조금 뚜껑이 열리는군. 감사합니다!"하고 외쳐라. 예전에는 감정에 동요가 있었다 해도, 지금 의 감정 상태에 통제력을 잃지 않고, 평정심을 유지한다면 그 것에 휘둘리지 않고, '그것을'역으로 이용할 수 있다. 이것이 쓸데없는 자아를 잠재우고, 성숙한 인간이 되기 위해서 상위자 아에 올라설 수 있는 방법이다. 너무 중요해서 다시 한번 강조 한다. 누군가 나의 감정을 건드려서 폭발하려 할 때, 즉각적으 로 "조금 약이 오르는걸. 감사합니다!"라고 단호하게 외쳐라. 감사는 사랑의 다른 말이다. "감사합니다!"

앞으로 새로운 세상, 포노 사피엔스(Phono sapiens)의 주역 이 될 디지털 문명에서 사랑(휴머니티)이 없는 사람은 살아남 을 수 없다. 세대와 연대, 그 모든 것을 꿰뚫는 동시에 기술적, 문명사적으로 접근할 수 있는 역사와 철학이 필요한 시대이다. 세계관과 가치관 및 역사관은 사랑에 의해서 구현된다. 미래는 정해져 있지 않지만 우리가 만들어갈 수 있다. 지금까지 우리 가 겪고 있는 코로나19와 같은 바이러스와 기후변화는 모두 우 리 에고의 산물이다. 에고는 세상의 모든 것을 파괴하고 있다.

우리가 겪고 있는 모든 고통이 에고의 역습이었다. 이제 우 리는 과학과 같은 생태학으로 살아나야 한다. 우리가 올바른 판단을 내리기 위해서는, 에고를 잠재우지는 못할지라도 최소한 제어함으로써 새로운 접근법을 터득할 수 있어야 한다. 의식 확장의 핵심은 여백에 있고, 그 포괄적인 실체는 마음에 있다. 일체유심조(一切唯心造). 모든 것은 마음에서부터 비롯되는데, 마음먹지도 않고 사랑을 키우지도 않고, 자연을 아끼고 사랑할 마음이 들지 않는 것이 인간이다. 현명한 인간, 호모 사피엔스(Home sapiens)를 회복할 때가 왔다는 것을 깨닫는 때가 와야 한다.

심미안을
기르는 안목

프랑스의 한 정신분석학자가 이런 말을 하였다. '인간은 타자의 욕망을 욕망한다.' 자기 자신으로 살지 못하고, 탈선한 상태로 살아가는 사람에게 삶은 어김없이 그에 상응하는 일침을 가한다. 이 자연계에서는 모든 가능한 상황이 동시에 존재해도 내 의식의 홀로그램이 공명하지 못하거나, 우리 자신이 성장하고 발전하려고 노력하지 않으면, 여러 가지 이유로 성장이 그대로 멈춘다. 이것은 그렇게 살면 안 된다는 경고로 느껴지기도 한다. 생각이 사람을 만든다. 공명하지 않고 살아도 진정 아름다운 삶을 살았다고 할 수 있을까? 우리 촉수가 작동하지 않는데, 우리의 미래가 밝을 수 있을까?

아름다운 마음의 태도와 동작은, 우리의 몸과 마음이 건강하고 균형 있게 빛날 때를 떠올리게 된다. 그런 상태가 계속되는 것이 우리가 바라는 목적이어야 한다. 그 목적을 받아들이는 사람은 세 가지를 자발적으로 소화시켜야 함을 기억할 필요가 있다. 그 하나가 자연의 경고를 받아들이는 것이다.

자연은 어찌 이렇게도 정확한가? 내가 잘못하고 있을 때 자연은 언제나 나에게 경고의 메시지를 주고는 했다. 자연을 성찰할 때마다 보이지 않는 무엇이 나를 살려주었고, 나를 일깨우려고 아픔을 주며, 때로는 비바람을 주기도 하였다. 또 하나 늦은 나이란 없다는 것을 알았다. 그러니 이 책을 읽는 누구라도 좋으니 온라인, 디지털 플랫폼에 올라탈 준비를 하라. 빠르면 빠를수록 좋다. 시대의 경고를 무시하면 또 한 번 어려움에 봉착할 것이 뻔하기 때문에 우리는 두 손을 사용하여 할 수 있는 것부터 시작해야 한다.

나를 살리는 길은 내가 할 수 있는 일부터 하는 것이다. 이것은 너무 중요해서 아무리 강조해도 지나치지 않다. 우리는 저마다 다 다르다. 다르다는 것을 인정하자. 남을 인정하는 것이 나를 인정하는 것이다. 누구에게도 고개 숙이지 않고, 누군가를 닮지 않으려고 애쓰는 것은 좋은 태도가 아니다. 겸손한 자세를 가져라. 언제 어디서나 겸손한 마음으로 사람을 대하라.

단군이래로 겸손은 언제나 최고의 미덕이었다. 이 시대의 혁명은 나의 생각과 다를 수 있다는 것을 인정하고, 겸손한 사람이 되어 변화와 도전을 받아들이는 태도를 가져야 한다. 이것이 슈퍼 뉴노멀로 가는 지름길이다. 디지털 혁명은 디지털 문명을 받아들이는 태도에서 시작된다. 혁명은 계속 배우고 받아들이는 것이다. 그 속에서 안목이 싹트고 자신감도 생기고 돈도 벌 수 있다. 혁명은 두 손 들고 있는 것이 아니라 받아들이는 태도와 행동에서 이루어진다.

우리가 영향력이 없으면 우린 그저 평범한 사람에 불과하지만, 영향력이 있으면 기쁨과 행복은 물론 마음의 허전함도 깨끗이 지울 수 있는 사람이 될 수 있다. 현재 유튜브의 영향력은 엄청나다. 다른 사람의 근본과 관심사, 그리고 취향에도 영향을 미친다. 영향력이 있는 인플루언서가 되고 싶다면 그 바탕이 되는 디지털 플랫폼 비즈니스에 접근해보자. 개인의 역량이 곧 자신의 정체성이라고 할 때 그에 타당한 공부와 행동을 취하는 것이 우선이다. 최근에는 40~50대들도 트렌드에 민감해지고 있다. 다행이다. 틱톡으로 5초면 승부를 볼 수 있는 시대가 되었다. 10초가 안 되어 모든 것이 끝난다. 이게 요즘 공부이다. 모든 것이 그렇지는 않지만 분명한 것은 많은 것들이 빠르게 전달되고 결정된다. 이렇게 되면 큐레이터와 인플루언서가 합성된 큐레이언서가 출현할지도 모른다. 기획과 유용성에 입각한 콘텐츠와 마케팅을 주도하는 사람이 새로운 세기의 스타로 탄생할 것이다.

코로나19로 역사적인 지각변동이 일어났다. 앞으로 10년은 개인 혁명의 시대다. 망설이면 모든 것을 잃을 수 있다. 어차피 세상은 영역과 경계가 불분명하게 되고 개별화될 것이 불을 보듯 뻔하다. 황무지도 개척하면 옥토가 된다. 디지털 온라인 영상의 세상으로 올라서는 사람만이 편하게 잠을 잘 수 있을 것이 다. 성균관대 최재붕 교수는 〈CHANGE 9〉(쌤앤파커스, 2020, 81쪽)에서 분명히 말하고 있다.

> "스마트폰을 통해 지식 네트워크에 접속하면 학습 능력은 폭발적으로 향상됩니다. 그리고 이것을 오랫동안 익숙하게 익힌 사람이라면 자기가 무엇을 할 수 있는지에 대한 영역이 더욱 확대됩니다. 더 뛰어난 지적 능력과 성취도를 가진 사람이 되는 것이죠. 그래서 검색할 줄 아는 능력과 검색을 통해 원하는 것을 빠르게 알아내는 능력은 매우 중요한 '지적 능력'이 됩니다. 학교에서, 학원에서 누군가에게 정해진 내용을 배우고 외우는 기존 학습 방식에 '스스로 찾아 학습하기', '검색해서 알아내기'라는 새로운 영역의 학습방식이 등장한 것입니다."

이제 분명하게 드러나고 있다. 학교에서도, 학교 공부에 매진하는 자와 학교 공부의 관심도에 따라 세상의 흐름에 저울

질할 줄 알고, 온라인이라는 지식 습득 기반으로 스스로 문을 열고 들어가 새로운 호기심 천국에 발을 올려놓고 세상에 보란 듯이 자신의 세계를 창조하는 자가 생겨나는 것이다. 나이를 떠나 세상은 영혼을 희생하는 자를 원치 않는다. 우리는 이것도 저것도 아닌 사람들이 되어서는 안 된다. 〈디지털 시대와 노는 법〉(우승우 . 이승윤. 차상우 공저, 북스톤, 2019, 21쪽)에서도 아래와 같이 분명히 말한다.

"앞으로 펼쳐질 디지털 시대의 새로운 소비 권력을 이해하려면 실제 나이가 아닌 '디지털 나이가' 중요하다. 당신이 20대라도 빠르게 변화하는 디지털 시대에 잘 적응하지 못하고 과거에 안주해 있다면 디지털 시대의 관점에서는 '꼰대'에 속할지도 모른다. 반대로 70세가 넘은 나이에도 손녀와 함께 동영상을 만들어 유튜브 100만 구독자를 확보하고 활발하게 활동하는 박말례 할머니의 디지털 나이는 실제 나이와 관계없이 젊을 것이다. 결국 디지털 나이는 디지털 시대에 얼마나 잘 적응하는지, 즉 적응가능성으로 판가름 난다."

솔직하게 말해서, 성공은 아무도 하지 않는 것을 하는 것이 아니며, 실패는 누구나 하는 것을 하는 것도 아니다. 실패와 성공은 선택의 문제일 수 있지만 이후에 일어나는 모든 문제들을 받아들이고 소화시키려는 노력이 있어야 한다. 하나의 과정을 예로 들면 블로그를 운영하면서 인스타그램 및 유튜브로 경험을 넓히는 것도 괜찮겠으나, 오늘 바로 유튜브로 스트라이크를 날리는 것도 하나의 방법이라고 한다.

친구의 방식이 다 맞는 것도 아니고, 경험자라고 해서 다 옳은 것도 아니다. 우리가 결정하고 직접 경험을 해보는 것이 중요하다. 처음은 누구나 지질하고 어설프다. 그러니 결단을 내리고 시작하라. 시작하다 보면 달라지는 자신을 만나게 될 것이기 때문이다. 실력이 권력인 시대이다. 헬리콥터 부모(자녀 과잉보호)는 꼰대와 비슷한 수준이다. 남을 사랑하는 것도 실력이고 능력이다. 타인을 존중하고 끌어들이고 함께 공존하는 것이 시대가 원하는 인간의 모습이다. 그러니 "저는 경험이 없는데요?" 하지 말고 일단 시작하자. 그 과정에서 엄청난 아이디어가 떠오르고 행복감을 경험하게 될 것이다. 정신적 여유와 안목을 기르려면, 그저 목적지를 정하고 겁내지 말고 SNS 플랫폼 채널을 개설하고 커뮤니티라는 큰 배에 올라타 노를 젓기만 하면 된다. 이 시대의 창조와 창작은 그저 자신의 순수성을 가지고 콘텐츠를 만들어 들이대는 것이 출발점이 될 수 있다.

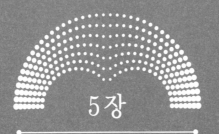

5장

행복하다면
자격이 있다

기적의 시간활용법:
존재의 행복

지금은 대통령과 기업 총수가 부럽지 않은 시대다. 노력과 자기 철학으로 적절한 소리를 낼 줄 안다면, 약동할 수 있다. 시간과 행동과의 연관성. 결국 의식의 문제이다. 내가 추구하는 것이 현실화되고 있다는 가능성의 정도를 판단해야 한다. 시간활용법의 바탕은 존재의 행복에 있다. 인간 건강의 핵심이 면역에 있듯이, 시간 활용의 핵심은 습관에 있다. 습관은 이원적이다. 이 말은 존재의 생명력, 즉 습관이 나쁜 사람은 행복하지 못하다는 말이다. 습관의 행복성이 없는 사람은 불행하다는 결론을 도출할 수 있다. 습관이 나쁜 사람은 집착과 중독에 빠져 있는 경우가 많다. 습관은 시간과 자유를 만드는 단어이다. 그것을 고칠 수 있는 특단의 조처가 '신경치료'에서 시작된다.

신경치료는 하루 24시간 몰입할 수 있는 사람에게 주어지는 최고의 보루 같은 것이다. 누구나 인생을 바꿀 수 있는데 사람들은 하지 않는다. 한 가지를 정해서 완몰(완전히 한 가지에 몰입)하는 것이다. 이것을 '하루 24시간 완몰의 법칙'이라고 한다. 오직 한 가지에 미쳐 있는 상태를 말한다. 낮이나 밤이나 꿈속에서도, 아침에 일어나는 즉시, 그것만 떠오르고, 그것을 위해 존재하게 만드는 마음의 상태를 만든다. 내 몸과 마음, 뼛속까지 각인되어 내가 그것을 위해 존재하고 움직이는 것이다.

'푸념도 습관이다'라는 말을 들어봤을 것이다. 신경치료는 푸념은 물론 온갖 병을 모두 날려버릴 수 있다. 그리고 근본적인 인생의 변화를 유도한다. 시간적, 습관적, 존재론적 행복이 없다는 것은 신경이 유약하다는 증거다. 나 역시 나쁜 습관으로 인해 오랜 세월 신경이 약해져서 좋은 습관과 나쁜 습관을 수없이 반복한 경험이 있다. 그때는 정말 말할 수 없이 고통스러웠다. 금수저든 흙수저든 습관을 바꾸고, 좋은 습관을 쌓으면 인생은 변화할 수밖에 없다. 사람은 바뀌지 않는다고 말하는 사람들이 있다. 어떤 사람은 그것을 천성이라고 하기도 하고 팔자라고 말하기도 한다. 누군가는 이런 사람들과 거리를 두어야 한고 하지만 그것도 틀렸다. 바뀌지 않는다는 것은 다 거짓말이다. 그들은 그것이 잘못된 생각이라는 것을 모른다.

서울대학교 철학 교수 김기현은 "좋은 삶, 충돌하는 욕망은 어떻게 조율하느냐에 달려있다"고 했다. 김기현 교수의 이 말처럼 삶의 불꽃을 활활 태울 수 있는 기회가, 위기로 위장하여 다가올 때, 우리는 얼마든지 일희일비하지 않고 욕망의 주체가 될 수 있다. "자신의 욕망을 극복한 사람이 강한 적을 물리친 사람보다 위대하다"라는 아리스토텔레스Aristoteles(기원전384년~322년)의 말을 기억하자.

철저한 개인이 되어라.

좋은 습관에 대한 욕망에는 개인과 사회, 윤리와 헌신과 같은 여러 가지 문제가 섞여 있다. 우리는 그것을 뛰어넘어야 한다. 세상에 완벽한 사람은 없으나 어떤 한 가지에 올인하는 사람은 정확한 통찰력을 발휘할 수 있다. 나는 이것을 '냉정한 통찰력'이라고 부른다. 미쳐야 미친다는 말이 있다. 절박한 욕망이 없다면 장차 큰 변화와 자유를 움켜쥘 시간으로부터 도피하고 있는 것이다. 우리는 스스로 나약해질 때 자신의 욕망을 잡을 줄 알아야 한다. 모든 일에는 반작용이 있고, 달아나거나 빠져나갈 구멍이 있다. 그 돌파구를 찾을 수 있을 때 우리는 강해진다.

존재의 행복 속에서도 개인의 이기성은 없어지는 것이 아니다. 그것은 한 개인의 심리적 스트레스와 상황 등 여러 요건에 의해 나타났다 사라졌다 하는 것이다. 그것을 좋거나 나쁘다고 판단하는 것은 옳지 않다. 오히려 그것을 감추면 좋을지 모르겠으나 미래지향적인 사고로 보았을 때는 치명적일 수 있다. 해서 우리는 한 가지에 완몰할 때 모든 것에서 자유로울 수 있다. 그러니 자신의 욕망을 꽉 잡고 놓지 마라. 그러나 대부분의 사람들은 그렇게 생각하지 않는다. 좋은 게 좋은 것인 줄로만 안다. 좋든 나쁘든 선입견을 갖지 않고 자신이 하는 일에 극도의 민감성을 가져야 한다. 빌게이츠는 오래전에 그 민감한 통찰로 전염병이 핵전쟁보다 위험하다고 선언한 바 있다. 그 민감성이 우리를 살려주고 지켜준다는 것을 기억하라.

그 민감도가 개인의 냉정한 통찰력이다. 대부분의 사람들은 이 경계의 벽을 넘지 못한다. 자기를 합리화하기에 급급하다. 나를 먼저 챙기고 남을 챙기는 것이 순서이다. 자유로운 개인은 이기성에서 출발하기 때문이다. 자신의 욕망은 이기성에서 출발하지만, 그 과정은 이기심을 벗는 질문이어야 한다. 끊임없이 질문하라. "나는 지금 다른 사람을 위해 무엇을 하고 있는가?" 남에게 도움을 주기 위해 스스로 성장하는 것이 개인이다. 나는 지금 자신에게 주어진, 그 철저한 이기성을 살려 무엇이든 시작하라는 말이지, 이기주의자가 되라는 말이 아니다.

가장 이기적인 것이 먼저다. 적정심리학의 치유자 정혜신 선생도 말한다. "가장 이기적인 것이 가장 이타적일 수 있다는 오래된 명제는 자기 존재증명의 영역에서 더 확실한 진리다." 그러나 나를 챙기지 않고 남을 먼저 챙기는 사람이 있다. 그것을 조율하는 것이 '조율의 법칙'이다. 나와 남이 있을 때 우선 나부터 챙겨라. 그래야 니체가 말한 것처럼 사자에서 어린아이로 진화할 수 있게 된다. 우리는 몸과 마음, 생각이 따로 노는 것을 습관을 통해 조율할 수 있다.

거듭 말한다. "시간은 우리를 기다려주지 않는다. 시간을 제어하자. 앞으로 힘차게 전진하자." 우리에게는 금쪽같은 시간이 존재한다. 그럼에도 불구하고 세월은 우리를 기다려주지 않는다. 그러나 세월이라는 시간을 잡을 방법은 있다.

고대 그리스의 서정시인 아르킬로코스 Archilochos(기원전 680년~645년경)가 "여우는 많은 것을 알지만, 고슴도치는 단 한 가지 중요한 것을 안다(A fox knows many things, but a hedgehog one important thing)."고 말했다. 그 단 한 가지를 나는 습관이라고 말하고 있다. 그것은 치명적이며 혁명적이다. 삶의 생기와 활력을 잃을 수도 있고, 고통과 위태로움을 밀어낼 수 있다. 그 해답은 습관 속에 동시성으로 숨어있다. 우리는 결단만 내리면 된다. 그 전제가 '존재의 행복'이다. 그리고 대전제가 앞에서 말한 '신경치료'이다. 전제가 없으면 내적 동기를 부여하기 어렵다. 그러나 전제를 가지고 결단을 내린 다음, 꾸준히 하다 보면 습관이 알아서 해줄 것이다.

기적의 시간 활용법은 신경치료로 자신의 본연의 모습을 되찾고, 존재의 행복 속에서 자발적인 결단을 내리고 의식적이고 의도적인 행동, 즉 '읽기 쓰기 습관'에 전력을 다하는 것을 가능하게 해준다. 나는 1장에서 몸과 마음은 내가 아니라고 했다. 몸은 대부분 감각적이며 쾌락적이다. 마음에서는 무언가를 얻고자 하는 생각과 감정이 일어났다 사라졌다 한다. 결핍과 불안은 내가 몸의 요구에 응해서 나타나는 반응에 다름 아니다. 몸이 마음이니 마음도 아프다. 그러나 내가 의식적으로 몸과 마음의 틀을 깨면 마음의 문이 열리고 원하던 일이 발생한다. 그때가 되면 내공이 깊어지고 의식이 달라질 것이다. 내가 충만한 존재라는 것을 인정하면, 나에게 필요한 것이 다른 사람과 사회에 모두 필요하다는 것을 알 수 있다. 자, 이제 한 번 더 생각할 때가 왔다. 몸은 나쁜 습관을 따를 수 있지만, 나는 그럴 수 없는 존재이다.

신라의 위대한 불교 사상가 원효(617~686)가 말했다. "일체에 걸림이 없는 사람은 단번에 생사를 벗어난다(一切無碍人 一

道出生死)." 인간이란 그 때가 되어야 비로소 몸과 마음, 즉 내가 분리되었다 하나가 될 수도 있다는 것을 안다. 이것을 깨닫는 것이 중요하다. 따라서 우리는, 그저 실체가 없는 무엇이 아니라, 존재의 행복을 체험하고, 성장하고 진화하려는 실존이다. 결론적으로 습관이 나쁜 사람은 그것을 경험할 수 없지만, '기적의 시간 활용법'을 반복하면 습관을 바꾸고 새로운 세계를 경험할 수 있다.

이제는 거대한 안목과 디테일로 접근해야 하는 시대이다. 세상에서 제일 불행한 사람은 자신의 삶에 관심이 없는 사람이다. 자신의 몸과 마음을 모르는 사람은 아무것도 모르는 사람이라는 철저한 이기성을 자각해야 한다. 인생은 한 번뿐이다. 이래도 좋고 저래도 좋은 심심풀이 땅콩이 아니다. 이리 먹히고 저리 먹히고 할 일이 아니다. 누군가가 자신이 경험하지 못한 것을 말하면, 무조건 아니라고 반박하는 바보가 되지 않길 바란다.

신경치료는 내 본연의 모습을 찾는 과정이다. 보통 사람들은, 이 과정에서 건강에 눈을 뜨기 시작한다. 자신의 불편한 상태와 몸과 마음의 자각을 통해, 평소 긴장된 생활에 숨겨져 있던 신경계의 아픔과 고통을 표면으로 드러내어 몸이 자가 조율하도록 그 능력을 풀어준다.

이는 심리 상담과는 다르다. 물론 맥은 같이 하나, 앤서니 라빈스 Anthony Robbins가 〈네 안에 잠든 거인을 깨워라〉(씨앗을뿌리는사람, 2010, 193~233쪽)에서 혁명적 변화기술을 보여준 '신경연상회로 조율작업'에 입각하여 그 줄기를 따른다는 것을 원칙으로 한다. 습관을 꼭 바꾸려면 고통을 피하고 즐거움을 찾을 수 있는, 좀 더 직접적이고 긍정적인 방법을 써야 한다. 다시 한번 강조하는데 신경치료는 습관을 바꾸는 일련의 과정이다.

습관을 바꾸면 내 자신의 능력을 회복할 수 있다. 앤서니 라빈스가 말하는 신경연상회로 조율작업 1단계는 "자신이 진정으로 추구하는 것이 무엇인지 결정하고, 그것을 방해하는 것이 무엇인지 즉시 찾아내라"이다. 나에게 이것은 어렵지 않았다. 내가 진정으로 추구하는 것은 '책 집필 및 출간'이었고, 방해하는 것은 내가 그동안 자행해온 '나쁜 습관'이었다. 결론적으로 변화를 창조하는 제1단계는 자신을 방해하는 것을 찾아내고, 자신이 진정으로 추구하는 것이 무엇인지 알아내는 일이다.

살면서 무엇인가에 관심의 초점을 계속 맞추면, 그것이 무엇이든 결국엔 얻을 수 있다. 습관에서 비롯되는 신경도 마찬가지다. 평소 생활 속에서 신경을 젊게 만드는 습관을 의식하는 것만으로도, 우리는 활기를 되찾을 수 있다. 여기까지가 대전제이다. 그 결과 신경의 흐름이 좋아지고 뇌의 뉴런이 활성화되기 시작한다. 분명하게 말하는 데 이것은 시작에 불과하다. 우리는 얼마든지 달라질 수 있다.

이제는 신경에 거슬리는 일 없이 행복한가? 변화하려면 자신이 바뀌어야 한다. 이것을 머릿속으로 생각하는 정도로는 부족하다. 자신의 마음속 가장 깊은 곳에서, 그리고 가장 본능적인 감각으로, 반드시 바뀌어야 한다는 것을 절실하게 인식해야 한다. 과거의 패턴을 반복한다면 과거와 똑같은 결과를 얻게 된다. 반대로 좋지 않은 행동이나 감정 패턴을 중단하면, 그것이 지렛대 효과를 내어 서서히 변화될 수 있다. 그렇게 하면 삶이 완전히 바뀔 수도 있다. 변화의 길 위에서 고통은 과거의 것이고, 즐거움은 미래이다. 니체도 그랬다. "인식하는 것, 그것은 사자의 의지를 가진 자에겐 즐거움이다"라고 말이다. 이제는 결단만 내리면 된다. 그래서 나는 이런 결단을 내렸다. "하루를 살다 죽더라도, 지금처럼 '독서 집필 습관'에 온몸을 던지겠다!" 그리고 이런 생각을 했다. 이 세상은 멋진 곳이다. 그래서 시도해볼 가치가 있다. 이제 나의 표상은 '독서 집필 습관의 완성'이라는 것에 집약되었다.

앞에서 나는, 결단만 내리면 된다고 했다. 그것을 확고하게 구축할 방법을 하나 추천한다. 이 방법은 더 이상 망설일 필요가 없다. 이것은 결단을 세 가지로 생각해서 한꺼번에 써보는 것이다. 나는 이것을 결단의 다양성 또는 세 가지 결단력이라고도 부른다. 결단력에는 묘한 마력이 있고, 자신의 존재를 조밀하게 자각시키는 효과가 있다. 아무리 열정과 재능이 넘쳐나도, 사고방식이 마이너스이면 결과도 마이너스가 나온다는 사실을 아는가? 세 가지 결단력은 그 사고방식을 바꿔준다. 어렵게 시작했다가 관성에 의해 원점으로 돌아온 경험이 있을 것이다. 그것의 실마리가 풀릴 수 있다. 자, 이제 그 세 가지 결단을 적어보자.

2020년 나의 결단을 먼저 적어보았다.

나의 세 가지 결단

1. 하루를 살다 죽더라도 책을 쓰면서 살겠다.
2. 어떤 일이 있어도, 나는 올해 책 쓰기를 완성할 것이다. 다른 길은 없다.
3. 나는 무슨 일이 있어도 독서 집필 습관을 위해 남다른 노력을 기울일 것이다.

프리드리히 니체 Friedrich Nietzsche는 〈차라투스트라는 이렇게 말했다〉(펭귄클래식코리아, 2010, 95쪽)에서 "나는 모든 글 중에서 자신의 피로 쓴 것만 사랑한다. 피로 써라."라고 말한다. 여기서 '피'는 몸과 마음, 온 정신을 다해 읽고 쓴다는 말이다. '피'는 전투적인 읽기와 쓰기에 올인하는 운명애運命愛를 연상시킨다. 그러니 매일 제대로 사는 것에만 의미가 있을 뿐이다. 니체의 말처럼 피로 읽고 피로 쓰지 않으면 인생에 반전은 없을 것이다.

내 인생에 가장 큰 힘이 되어준 한 마디는 니체가 말한 "네 운명을 사랑하라!"는 말이었다. 그다음 하나를 더 말하라면 "우리 몸은 앎을 통해서 자기 자신을 치유한다. 그리고 앎을 통한 습관에 의해 자기 자신을 성장시킨다."이다. 이제 슈테판 츠바이크 Stefan Zweig의〈천재 광기 열정〉(세창미디어, 2009, 272쪽)을 인용하려고 한다. "니체는 이렇게 말했다. 인간이 어떻게 하면 위대해질 수 있는가에 대한 공식은 운명을 사랑하라는 것이다. 우리가 운명을 사랑하게 되면, 우리는 다른 어떤 것도 소유하려 하지 않는다. 앞으로, 뒤로, 영원으로도 나아가려 하지 않는다. 필연적인 것을 견디거나 감추는 것이 아니라, 그것을 사랑하고자 한다." 처음 읽었을 때, 나는 앞 인용문을 빼고 슈테판 츠바이크의 다른 말이 너무 강렬해서 니체가 두려움과 광기 사이에서 몸부림치다 죽은 하찮은 사람이라는 착각이 들었다. 왜냐하면 나는 니체의 〈차라투스트라는 이렇게 말했다〉를 읽기 전에 〈천재 광기 열정〉을 먼저 읽었기 때문이다. 하지만 지금은 그렇게 생각하지 않는다.

우리는 자신의 인생을 어떻게든 알고 싶어하고, 알려고 노력한다. 어떻게든 "그것을 사랑하고자 한다"는 명제에 직면할 때가 온다. 나는 그것이 운명이라고 본다. 운명은 처음부터 거기에 있었다. 하지만, 그 운명의 문은 우리가 열어야 한다. 그래서 우리는 이것도 해보고 저것도 해보는 무수한 시행착오를 겪어야 했다. 슈테판 츠바이크는 니체의 정신을 다 알고 있는 것처럼 꼬집어 말한다. "운명이라는 망치가 그를 가혹하게 때리면 때릴수록, 강건한 그의 의지는 맑은 음향을 내면서 울려 퍼졌다. 그의 정신을 철갑으로 두른 삶의 공식은 고통으로 달아오른 귀뿌리 위에서 몇 배나 견고하게 단련되는 것이었다."

문제는 강하게 살려는 의지가 있느냐는 것이다. 자기의 운명을 사랑으로 받아들이고, 운명으로부터 도망치지 말고, 운명속에 자신을 던지는 치열한 시간을 견딜 수 있는가 묻고 싶다. 자, 이제〈읽고 쓴다는 것, 그 거룩함과 통쾌함에 대하여〉(고미숙, 북드라망, 2020, 66쪽)를 한번 읽어보자.

"읽기와 쓰기의 동시성을 회복하기 위해서는 좀 더 급진적인 전략이 필요하다. 앞에서 제시한'읽었으니 써라!'에서 한 걸음 더 나아가 보자. 그러면 이런 테제가 탄생한다. '쓰기 위해 읽어라!' 이 배치에 들어서는 순간, 자연 알게 될 것이다. 세계가 온통 생성과 창조의 현장임을. 쓰기란 그 생성과 창조에 참여하는 최고의 길임을."

모든 궁금증이 풀렸다. 이제 톰 콜린이 〈습관이 답이다〉(도서출판 이터,2019, 143~146쪽)에서 밝힌 '미래의 편지 쓰기'인 자신이 꿈꾸는 삶을 적어보자. 자신이 생각하는 이상적인 미래의 삶을 대본처럼 써보는 것이다. 지금부터 5년 후를 상상하고 '자신의 인생이 어떨 것인지' 자기 자신에게 편지를 쓰자. 걱정하는 것이 아닌, 진정으로 내가 원하는 것이 무엇인가? 만약 지금 이 순간 내 삶에서 내가 가장 행복하다고 생각할 수 있는 일이 있다면 무엇일까? 묻기 시작했다. 그러면서 틈날 때마다 소리 내서 말하고 중얼거렸다. "왠지 모르겠지만 굉장한 일이 일어났어. 왠지 모르겠지만 풍족해졌어.""왠지 모르겠지만 무언가가 나를 이상적인 해결책으로 인도하고 있어.""왠지 모르겠지만 나에게는 상상을 초월한 곳에서 풍족함이 찾아왔다."

아주 강력한 감정적 욕구를 가지고 새롭고 효과적인 대안을 반복해서 연습하면 새로운 신경연상회로를 형성하게 된다. 분명한 사실은, 우리 뇌는 우리가 상상하는 것과 실제로 경험한 것의 차이를 구분할 수 없다는 것이다. 이 부분을 받아들이면 우리는 자연히 새로운 길을 따라 여행하게 된다. 설령 과거의 습관적인 상황을 다시 접하더라도 그냥 통과하게 된다. 실제로 과거의 상황으로 다시 빠져드는 것은 힘들어진다. 어떤 행동이든 강한 욕구를 갖고 충분히 반복한다면 신경회로를 조절할 수 있다. 이것이 앤서니 라빈스가 말한 '신경연상 회로 조율작업'의 내용이다.

그리고 끝으로 나는 〈왜 책을 쓰는가?〉(김병완, 새로운제안, 2019, 67쪽)를 읽다가 '신경연상회로 조율작업'을 아주 친절하고, 이해하기 쉽게 풀어낸 것을 봤다. "행동과 습관의 변화를 위한 방법으로, 앤서니 라빈스는 신경연상회로 조율작업을 추천한다. 신경연상회로 조율작업이란, 이를테면 과거의 행동에 대해서는 참을 수 없는 고통을, 책 쓰기라는 새로운 행동에 대해서는 크나큰 즐거움과 눈부신 미래를 연결해 사고하는 것을 말한다." 이 모든 것에 천착해서 나는 기적의 시간 활용법을 내놓게 되었다. 해서, 나는 5년 후를 헤아려 원하는 것을 이렇게 적었다. 당신도 적어보기 바란다.

지금 독서 집필 습관에 올인하면,

2022년 6월 30일까지 현대차 팰리세이드를 살 수 있을 것이고,

2025년이 오기 전에는 100명의 직원을 둔 자기 자활 실천연구소를 운영할 수 있고, 멋진 유럽여행을 한 달 이상 다녀와도 될 만큼의 경제적 자유와 부를 누릴 수 있다. 나는!

도파민 조절력의
실상

행복은 도파민 조절력에서 나온다. 도파민은 우리가 어디에 집중해야 할지 알려준다. 따라서 우리는 우리의 기분을 통제할 수 있다. 현실을 받아들이는 정도가 크면 충동적인 유혹에 빠지지 않기 때문에 현실을 인정하게 된다. 이것이 도파민 조절력이다. 현실을 인정하는 것이 모든 성장의 시작이다. 성장의 씨앗은 자신을 인정하면서 싹튼다. 삶은 힘들다. 힘든 삶을 수용하고 겸허하게 자신을 인정하고 현실을 받아들여야 성장의 발판에 설 수 있다.

내가 세상을 사랑하는 이유는 세상의 모든 존재가 나에게 교훈과 삶의 의미를 주기 때문이다. 우리가 성장할 수 있는 것도 선택이라는 문제 속으로 들어가 그 과정에서 발생하는 고통과 시련, 그리고 즐거움과 삶의 의미를 받아들이는 도파민 조절력에서 나온다고 할 수 있다. 이는 예측불허를 받아들이는 것과 같다. 새로운 뭔가를 위해서 자극적인 것과 중독성의 유혹이 있는 것을 판단하고 가려내는 능력이라고 할 수 있다.

저녁을 먹고 금식하는 것이 좋다. 다음 날이 되었을 때 나는 기분 좋을 때가 있었고 나쁠 때가 있었다. 도파민 조절을 못해서 그랬다는 것을 안다. 그래서 도파민 조절을 할 필요가 있다. 아침에 일어나 무슨 생각을 하고 어떤 행동을 하느냐가 엄청 중요하다. 경험상 나는 도파민 조절을 못하고 있을 때, 통제력을 상실하고는 했다.

인간도 짐승이자 고등동물이기 때문에, 몸과 마음의 질서를 알고 실천하는 것이 무엇보다 중요한데, 동양학의 근간인 주역에서 음과 양의 조화를 강조하듯이 우리가 항상 평점심을 유지하고 행복한 삶을 살 수 있는 것은 도파민의 조절력에서 나온다고 확신한다. 그렇지 않으면 기분이 나쁘고 강한 의심이 생기며 부정적인 생각에 빠지기 십상이다. 낮에 일하고 밤에 비우는 하루는 삶의 균형감각의 등대 역할을 해준다. 새로운 것을 받아들이고 실행하는 끈기도 집중의 정도에 따라 발생하는 희망이라고 할 수 있다.

과유불급이라는 말이 있다. 과하면 오히려 해가 된다는 뜻인데, 오늘날 이 말을 제대로 알고 실천하는 사람은 많지 않다. 아니 너무 많은 사람이 과유불급에 휘둘리며 살고 있다고 생각이 들 정도이다. 세상에는 계속하면 해로운 것이 있고, 계속하면 할수록 건강에 좋고 이로운 것이 있다. 그래서 도파민 수치를 높이고 조절하는 하루의 습관이 중요하다. 계속하고 안 하고를 떠나서 과하면 치명적이고 독약이 될 수도 있는 것이 있다는 말이다. 세상에 과하면 좋은 것은 없다. 하루는 아침, 점심, 저녁, 밤으로 되어있는데, 이는 봄, 여름, 가을, 겨울로 이루어진 한 해의 축소판이다. 그래서 하루가 중요하다. 하루 중에서도 시작과 끝이라고 할 수 있는 아침과 저녁이 정말 중요하다. 그에 못지않게 밤도 중요함을 망각하는 사람이 많다.

앞에서 나는 하루가 일 년의 축소판이라고 했다. 그 축소판인 하루를 잘 보내고 잘 견디면 우리는 건강과 행복, 자유와 기쁨이 충만한 미래를 보장받을 수 있다. 그 첫 번째로 우리가 할 일은 아침, 점심, 저녁을 의미 있는 행동으로 채워야 한다. 그리고 밤은 비움으로 채워야 한다. 그중에서도 내일(아침, 점심, 저녁)을 위한 전날 밤을 어떻게 보내느냐가 참으로 중요하다. 왜냐하면, 내 경험상 하루를 의미 없는 행동으로 채우면 다음 날 하루는 도파민 조절력을 상실한 채 식물인간처럼 아무런 소득도 없이 지나가 버렸기 때문이다. 이 책에서 수시로 말하듯이 우리는 존재의 행복이 있을 때만이 삶의 보람을 느낄 수 있다. 존재는 행복을 느끼는 것이다.

도파민 조절력으로
여백을 만들자

존재의 의미는 우리가 무슨 일을 하고 있느냐가 아니라 어떤 습관을 가지고 우리의 몸과 마음에 에너지를 보충해주느냐가 죄지우지 한다. 꼼수의 하루는 다음 날까지 잠식하게 마련이다. 우리가 시간을 더 이상 의미 없는 행동으로 채우지 않고 있다는 생각이 들면 우리는 행복을 느낀다. 마음먹고 행동하기 나름이지만, 분명한 것은 이렇게 정리할 수 있다. 누군가 일요일 오전 11시에 심히 피곤하다고 치자. 대부분 이럴 때 어떻게 행동하는가? '낮잠을 푹 자고 나면 괜찮겠지.' 하고 낮잠을 청하기 마련이다. 물론 낮잠을 자는 것도 한 방법이지만 보다 좋은 행동은 몸의 균형이 깨진 상태를 인지하고, 운동과 신경을 자극하여 도파민 조절력을 회복시키는 것도 하나의 방법이라는 것이다.

도파민 조절을 못하면 신경이 막힌다. 우리가 할 일은 막힌

신경을 뚫어 주기만 하면 된다. 예를 들면 아침 일찍 일어나 밖으로 나가 태양의 기를 받는다거나 가벼운 산책을 하며 여유와 삶의 기쁨을 느끼는 것이다. "아, 살아있어 감사합니다!"라고 말하며 신경의 흐름이 원활한 상태에서 하고자 하는 것에 집중하는 하루를 시작하는 것이 정말 중요하다. 하고자 하는 것에 집중하고 있으면 성장하고 있는 것이기 때문에 안심해도 좋다.

행복이 제한되거나 기분 나쁘고 슬픈 것도 다 우리가 나쁜 습관과 나쁜 생각을 했기 때문에 발생한 결과이다. 몸과 마음에 좋은 행동을 해야 한다는 말이다. 현재가 오늘과 내일, 과거와 미래를 만든다. 인간은 현재를 바꿈으로써 과거와 미래를 바꿀 수 있다. 단, 참된 것을 알기 위해서 자유민주주의의 근간인 돈을 숭배의 대상으로 보는 관점을 바꾸어, 돈의 중요성을 인식하는 것이 훨씬 건강하고, 건전한 사고라는 사실을 망각하지 않기를 바란다. 그러므로 우리의 건강한 몸과 마음, 돈도 내가 선택하여 통제하는 대상이라는 것을 상기하기 바란다. 돈이란 우리가 바라는 만큼 얻을 수 있다는 사실을 받아들여야, 그 추구하는 만큼 얻을 수 있다.

지독한 인고의 반복으로 발생하는 육체의 고통도 성장통에 다름 아니므로, 그것을 받아들이고 인지하며 살아가는 지혜가 필요하다. 성장통이 없는 사람에게는 운이 따르지 않는다. 왜냐하면, 성장통이 없는 사람은 성장하지 못하기 때문이다. 때론 일주일 푹 쉴 수 있으나 또다시 원점에서 시작하는 수준의 노력이 필요하다. 자신의 두려움과 감정의 원인과 결과를 인지하는 자기성찰은 언제나 필수적인 사항이기 때문에, 수첩에 적어 놓은 자신의 목표를 수시로 되뇌는 작은 행동이 우리를 만들어 간다. 경험은 또 다른 경험을 부른다.

실패는 경험이다. 실패로 인해 배우고 개선하고 공부하고 경험하는 것이 인생이다. 인생은 특별한 것도 어떤 비법이 있는 것도 아니다. 그저 실패와 경험을 받아들이고 살면서 얻게 되는 보상 그 이상도 이하도 아니다. 다만 우리의 몸과 마음의 균형감각을 깨고 있는 도파민 조절력을 저해하는 행동은 삼가는 것이 좋다. 도파민 조절력을 상실하면 중독자가 되고 나르시시즘에 빠질 수 있다. 그러니 자본주의에서 길을 잃지 않기 위해 마음껏 하고자 하는 것에 집중하고 일어나는 모든 것을 받아들이고 오늘을 생동감 있게 살 필요성을 깨달아야 한다.

새로운 행동이 답이다

우리가 배고픈 상황을 계속 유지하면 할수록 더 고통스럽듯이 실패도 생각하면 할수록 힘들어진다. 그러니 빨리 인정할 것은 인정하고 새로운 것을 받아들이는 것이 긍정적인 사고이고 또 그것이 순리이자 수순이다. 자수성가한 성공자들의 특징적인 마인드가 하나 있는데, 그것은 실패에도 불구하고 성공할 때까지 계속 배우고 성장했다는 사실이다.

구글 유튜브를 계속 보면 알게 된다. 〈생각의 비밀〉(황금사자, 2015)을 쓴 저자 김승호 회장도 미국에 건너가 이불 가게, 지역 신문사, 증권·선물회사, 한국 식품점, 컴퓨터 조립 사업, 건강식품점 등 7번이나 실패하고 나서야 성공했다고 한다. 〈생각의 비밀〉에서는, 벌이는 사업마다 실패했을 때 그가 생각해내어 실행했던 목표는 '하루에 100번씩 100일간 쓰기'였다. 그의 특별한 성공비결은 하루 100번 쓰면서 그 목표가 머릿속이 아니라 몸속에 각인되어, 미래를 원하는 방식으로 만들겠다고 결심하는 것이었다. 그 결과 할 수 있다고 믿는 사람이 되었다고 한다.

얼마나 깊고 진지하고 효율적으로 생각하는 습관을 가지고, 필연적으로 다가오는 실패에도 포기하지 않고 참아내느냐가 미래의 판을 가르는 기준이 된다. 그 생각의 메커니즘이 목표로 가는 시작이다. 목표가 없는 사람은 삶의 의미를 모르는 사람이다. 필요한 것은 실행하는 과정에서 나타난다. 〈KEEP

GOING〉(주언규, 21세기북스, 2020, 227~228쪽), 신사임당 탄생기편에서도 말한다.

"유튜브에서 '신사임당'채널을 만들기 2~3년 전에 사진 잘 찍는 법에 대한 채널을 운영한 적이 있다. 포토그래 퍼를 섭외해서 영상을 만들어 올렸는데 반응이 거의 없 었다. 한마디로 망했다. 그다음 개설한 채널이 중학교 동창 3명과 함께 게임을 하면서 토크하는 콘셉트였다. 공을 많이 들였지만 역시나 조용히 묻혔다. 그때 같이 방송했던 친구들 중에 '창업다마고치'와 유튜버'승우아 빠'도 있었다. 승우아빠와는 '밥 먹고 해라'는 요리 콘텐 츠를 같이 하기도 했다. 물론 그것도 망했다. 2018년 월 드컵 기간에 경제방송국에서 앵커를 했던 친구와 함께 축구 게임을 중계하는 방송도 했다. 결과는 역시나 망했 다. 편집에 많은 공을 들였는데도 말이다. (…) 그렇게 몇 개의 채널을 말아먹고 홈카페 채널도 만들었다. 인스 타그램에서 홈카페가 유행한 것에 착안했다. 그것 역시 잘 안 됐다. 셀프 인테리어 콘텐츠가 핫하다고 해서 아 내와 함께 시작했지만 그 또한 망했다."

이런 그가 그냥 앉아서 지속적으로 운영할 수 있는 채널을 만들어야겠다고 생각하고, 그렇게 시작한 것이 지금의 유튜브 '신사임당 채널'이 되었다고 한다. 이런 히스토리를 모르는 사람들은 그가 하늘에서 뚝 떨어진 줄 안다. 모르는 사람은 그가 처음부터 잘된 줄 안다. 신사임당은 분명히 고백하고 있다. "부담 없이 편하게 시작하니 오히려 결과가 더 좋았다." 맞다. 그도 앞에 열거한 실패와 경험의 과정이 있었기 때문에 현재의 결과를 만든 것이다. 많은 실패에서 교훈을 얻었기에 지금의 자리에 올 수 있었던 것이고, 그 반복되는 작은 고통의 과정들이 있었기에 어제를 툭툭 털어버리고 오늘을 행동하는 습관으로 이어졌기 때문에 작금의 신사임당이 존재하게 되었던 것이리라.

　하고자 하는 말의 전말은 이렇다. 세상의 모든 사람들은 성공하고 싶고, 부자가 되고 싶어 한다. 하지만 예나 지금이나 성공하고 부자가 되는 사람은 많지 않다. 그럼 성공하는 사람과 성공하지 못하는 사람은 무엇이 다른 것인가? 문제는 같으나 생각의 전제가 다르다. 하고 싶어 하지만 생각의 힘을 몰라 실행하지 못하는 사람들이 있다. 그러나 언제나 할 수 있다고 생각하고, 예측불허 속으로 뛰어 들어가 새로운 것을 받아들이고 하고자 하는 것에 마음껏 집중하는 사람들은 "하면 되지! 두려울 게 뭐가 있어. 일단 시작하는 거야."라고 생각하고 불확실한 목표를 향해 걸어간다는 사실이다. 비록 실패한다 해도 김승호 회장과 크리에이터 신사임당처럼 넘어져도 다시 일어나고 또 다시 넘어져도 일어나는 반복이 있다면 성공할 수 있다.

바야흐로
흥미진진한 시대다

지금은, 잘 알려져 있지 않은 일반인이 스타 연예인을 짧은 시간에 앞설 수 있는 시대다. 몇 년이 걸리는 것도 아니다. 2~3년도 안 되어 자신의 터전에 남다른 성과를 올리고 부상하는 일이 비일비재하다. 어떤 사람은 6개월 만에 완전히 다른 사람이 되어버린다. 쇼핑몰로 월 매출 1000만 원을 올리는 사람이 있고, 네이버 스마트스토어와 인스타그램 등을 인생역전의 발판으로 삼는 사람들이 쏟아지고 있다. 유튜브와 플랫폼 마케팅으로 고액의 수입을 창출하는 사람이 참 많다. 신사임당 말마따나 단군이래 지금껏 이런 시대는 없었다.

과거에는 누가 어떻게 쉽게 매출을 올리는지 알려주는 사람이 없었다. 책 속에서 찾다가 지치기 일쑤였고, 여러 권의 책을 읽어야 겨우 분석할 수 있을 정도로 힘든 작업이었다. 인터넷을 유영하며 헤매는 경우도 많았다. 지금은 쉽게 모바일로 무엇이든 검색이 가능하게 되었으며, 유튜브로 들어가 세상의 모든 것을 배울 수 있다. 사고가 긍정적인 사람이면 누가 한 번 손끝으로 툭 치고 귀띔만 해줘도 얼마든지 곧바로 새로운 일을 시작할 수 있는 세상이다. 경제를 논하기에 앞서 한 개인에게도 가히 자본의 춘추전국시대가 온 것 같다. 약간의 준비와 운이 있으면 온라인에 들어가 부업으로 시드머니(밑천)를 장만하고 계속 파기만 해도 월급쟁이를 탈출하는 일이 가능하다. 사실상 황금알을 낳는 거위가 불현듯 우리들의 곁에 나타난 것이다. 이제 신천지이자 황무지로 가는 플랫폼에서 판매 경험이 없어도 매출을 일으키고 성공할 수 있는 마케팅이 어느새 불문가지가 되었다

이런 때일수록 우리는 결국 사람이라는 비즈니스의 본질만은 망각하지 말아야 한다. 그러니 이제부터는 방송이나 언론에서 다루는 부정적인 뉴스에 의지력을 소모하지 말아야 한다. 사실 세상은 점점 발전하고 있다. 그리고 경제적 안위와 자신의 안녕을 위해서 먼저 상대방에게 가치 있는 정보를 준다는 마음을 가지고, 우리는 이 기회를 놓치지 말아야 한다. 그래야 사회에 보탬이 될 수 있는 사람으로 자가순환의 원리를 이해할 수 있기 때문이다. 자신이 먼저 책임지고 자기의 일

을 할 때, 우리가 성립되고 미래가 달라지는 경험을 할 수 있다. 내가 먼저 성장의 노력을 하지 않으면 세상은 기회를 주지 않는다는 자가순환의 원리 말이다. 내 몸이 혈액순환이 안 되는데 어떻게 건강할 수 있겠는가? 사람과의 순환도 마찬가지이다. 내가 먼저 상대에게 가치 있는 것을 제공할 때 상대방도 반사적으로 반응하게 된다.

직설적으로 말해서, 성장이 멈춘 사람은 자기회생과 자기부활이 필요하다. 나이가 많다는 이유로, 돈이 없다는 이유로, 역으로 약간의 여유가 있다는 이유만으로 온갖 핑계를 대며 성장하지 않는 사람은 미래가 없다. 다른 사람에게 의미 있는 무엇인가를 주는 사람이 성장한다. 온라인 마케팅은 우리가 쏟은 노력 대비 100배, 1,000배의 결과를 창출할 수 있는 비즈니스이지만, 가장 중요한 것은 남에게 베풀 수 있는 마인드와 생각법에 있다. 문제는 성장하려는 마음의 자세가 있느냐이다. 있다면, 바로 시작해도 될 것이다. 아는 것이 힘이 아니라 행동하고 실천하는 것이 힘이기 때문에, 사고방식이 올바른 사람이 뛰어들어야 함이 옳다. 재밌는 것은 오프라인과 마찬가지로 온라인에서도 인간관계는 배제할 수 없다는 공통점이 있다. 상도덕은 바뀌지 않았다. 비즈니스의 본질은 같다. 주요 활동 장소가 달라졌을 뿐이다. 그러니 지킬 것은 지켜야 한다.

아직까지 일상의 기준은 크게 변하지는 안 했지만 모든 것이 달라지고 있다. 모순 같지만 돈맛을 알고, 돈을 좋아하고, 돈에 에너지를 줘야 돈을 끌어당길 수 있다. 예나 지금에나 남들이 두려워하는 것에 뛰어들면 돈을 벌 수 있다고 본다. 물론 다 맞는 말은 아니겠으나, 남들이 생각할 수 없는 콘텐츠에 돈과 행복이 숨어있다는 것을 무시하지는 못할 것이다. 우리 속담에 "개처럼 벌어 정승같이 써라."는 말이 있다. 사회통념상 직업의 귀천이 있는 듯한 인상을 떠올릴 수 있는데, 열심히 벌어서 좋은 일에 쓰라는 뜻이 확실한 것 같다. 그래서 이렇게 한번 고쳐보고 싶었다. "온라인 플랫폼 마케팅으로 벌어서 뜻깊게 좋은 곳에 써라"

돈 버는 촉수를 어느 채널에 맞추느냐가 성공 여부를 결정 짓는 가장 중요한 핵심이다. 아는 사람은 알겠지만, 성격이 나쁜 사람은 결국엔 성공하지 못한다. 그 성격이 돈을 끌어당기는 것을 방해하기 때문이다. 한마디로 돈을 감지하는 촉수를 상실한 사람이다. 이런 사람은 앞에서 말한 성장이 멈춘 사람이다. 성격이 나쁜 사람은 건강하지 못한 사람과 동의어다. 나쁜 성격의 사람은 먼저 그 성격을 고쳐야 한다. 왜냐하면 건강과 성격은 같은 것이기 때문이다. 이런 사람은 자신이 심각한 상태라는 사실을 모르기에 '양질순환의 법칙'을 순환시킬 수 없는 사람이다.

　행복은 사람과 사람의 소통 매개체인 돈을 다룰 줄 아는 사람에게 달라붙는 성질이 있기에 그렇다. 앞에서 이미 말한 '자가순환의 원리'를 가지고 시작할 수 있을 때 우리는 '양질순환의 법칙'을 지키며 많은 돈도 벌 수 있는 사람으로 진화할 수 있다. 최소한의 작은 행동을 끊임없이 하면서 참고 견딜 수 있는 시점에 인간에게 양이라는 빅뱅이 일어나기에 투지와 끈기는 분명히 필요하다. 좋은 게 좋은 것이 아니라 돈을 많이 버는 것이 좋은 것이다. 그저 군중의 한 사람으로 남을 것인가, 아니면 황금알을 낳는 거위를 키우는 한 사람으로 다시 태어날 것인가? 선택해야 한다. 왜냐하면 누구나 돈을 많이 벌 수 있는 사람이길 바라기 때문이다.

LIKELIHOOD

과거와 현재
그리고 미래

과거는 조용했다. 현재는 혼신의 힘을 다하고 있는 중이다. 미래를 위해 나만의 생산적인 시간 위에서 나만의 무기를 다듬고 있지만, 미래는 알 수 없다. 이 정도면 충분하지 않은가? 심리적 테제와 자기 확신의 과잉을 나무라는 타성에 흔들리며 사는 것이 삶이다. 혼자이지만 혼자일 수 없기에, 발생하는 모든 사건을 수용하고 자신의 숙원인 그 일에 목숨을 걸고 완몰하면 된다. 쉰여섯 살인데 아침에 일어날 때 설렐 때가 있다. 진화 과정에서 형성된 신경회로 작용 때문인 것 같다. 매일 아침 이렇게 기대할 만한 것이 있고, 신선한 기분이 든다는 점이 놀랍다. 누가 그랬던가? 어제보다 나은 오늘을 살고 있느냐가 미래를 결정한다고. 그런 생각이 든다면 그냥 그대로 계속 전진하라.

도전과 혁신의 아이콘, 변화와 혁신을 멈추지 않았던 고(故) 이건희 회장이 2020년 가을에 별세하고 삼성에서 드러난 것이 하나 있다. 상속세는 경제협력개발기구(OECD) 평균 상속세율 15%인데, 우리나라는 무려 50%이다. 최고세율 50%를 적용해 자진신고 공제 3%를 차감하여 12조가 나왔다. 이는 현재 통계 청 월간 인터넷 온라인쇼핑 총 거래액과 맞먹는 금액이다. 실로 놀라운 숫자이다. 그래서 질문을 하나 던져본다. 상위 0.1% 의 부의 통찰력을 흡수하기 위해서 이 시대의 금과옥조는 무엇 이라고 생각하는가? 잘 생각해보면 알 일이지만, 하나뿐인 자 신을 살리자는 슬로건이 있어야 존재의 의미를 찾을 수 있다. 자신을 일으켜 세우고 살리는 것이 가장 중요하다는 말이다. 자신을 살리는 것이 우선시될 때 변화와 성장이 시작되기 때문 에, 이 절체절명의 시대에 자신을 무엇으로 대체할 것인가 생 각해보야 하는 것이다.

행여 자신을 먼저 살리고 자신을 먼저 변화시키는 것이 이기 적이라고 생각한다면 정말 큰 착각을 하고 있는 것이다. 자기 만족도 포기나 다름없다. 그래서 시대에 걸맞은 시도와 변화로 무장해야 할 필요성이 차고 넘친다. 가만히 앉아 직관적으로 생각하는 시간이 세상을 조망해준다. 그리고 과감하게 새로운 땅에 내 영혼을 실어, 딛고 일어서야 한다.

새로운 땅, 새로운 공간에 들어가 씨를 뿌리고 황무지를 개간하는 것처럼 결심하는 청춘이 아니라면, 이미 적자생존에 어긋나는 삶이다. 왜 그런가? 우리가 무엇인가의 경험치를 만들어갈 때만이 그 경험에서 교훈을 얻을 수 있기 때문이다. 누가 무슨 말을 하든 오늘 하루 최선을 다하는 사람이 가장 아름답고 빛난다. 미래는 오늘을 제대로 사는 사람의 것이며, 내가 정세일 때 정세가 정세가 되는 것이다. 세상은 나와 타인을 보호하는 합리적 이기주의를 원할 뿐이다. 전체를 위해 나를 희생하는 시대는 이미 지나갔다. 그러니 자신이 하고 싶은 일을 하는 게 합리적이다.

할 수 있을 때 플랫폼 글로벌 비즈니스에 도전해야 한다. 나는 구글 애드센스와 티스토리 블로그를 준비 중이다. 코로나19로 인해 세계 경제가 맥을 못 추고 있지만, 서서히 그 바닥과 가치가 드러나면서 시나브로 새로운 국면이 그 실체를 드러낼 것이다. 그때가 되면, 준비된 자는 새로운 판에 올라설 것이고 빛을 발할 것이다. 지금은 개인이 대기업의 횡포에 흔들리지 않는 시대이다. 대기업을 이길 수 없다 해도 대기업을 경험적으로 앞설 수 있다는 점이다. 앞으로는 개인도 대기업을 능가하는 시대가 온다. 돈의 흐름이 지금보다 더 바뀌면서 시대의 판이 달라지고 개인의 무대가 넘쳐날지도 모른다. 결심만 하면 어린아이도 어른처럼 그림을 그려낼 수 있는데 무엇을 못 하겠는가? 그리고 나이가 있다고 포기하면 정말 실수하는 것이다. 우리는 할 수 있다. 나이를 떠나 세상은 할 수 있다고 생각하는 사람의 것이다. 미래는, 과거를 완전히 잊고 현재를 사는 사람의 것이다. 성장에는 끝이 없다. 잠시 기지개를 켜며 다시 시도하면 된다. 결심만 확고하다면 못 할 일은 없다. 예나 지금이나 변하지 않는 것이 있으니 그것은 포기하면 끝이라는 말이다. 어떤 상황에서든 포기하는 사람은 아무도 도와주지 않는다.

내가 얻고 싶은 결과는 무엇인가?

현재의 나는 어떤 사람인가? 우리는 타인과 경쟁할 이유도 경쟁할 필요도 없다. 경쟁은 금물이고, 남을 의식하지도 의지하지도 말아라. 오직 자신을 믿고, 하고자 하는 것에 초점을 맞춰라. 삶에서 자기혁신이 일어나지 않으면, 별반 다른 삶을 살지 못한다. 그래서 끊임없이 새로운 경험을 하는 것이다. 돈과 성장은 결과이다. 그것은 가변적이다. 돈과 성장, 그리고 행운은 우리가 그 무엇을 하는 과정에서 주어지는 것이다. 배우고 노력하는 행동이 동반되지 않으면 혁신은 일어나지 않는다. 과거가 현재를 있게 했지만, 현재는 미래를 만들기 때문에 현재를 제대로 살지 않으면, 미래는 어제 보다 못한 오늘이 된다는 것을 잊지 말아야 된다. 변화하는 것이 사는 것이지 변화를 원하지 않는 삶은 미래가 없다.

이 새로운 플랫폼 비즈니스 세상에서는 과거처럼 무슨 이론을 공부하는 것보다 새로운 경험 속으로 들어가 계속 변해가는 것이 가장 현명한 방법이다. 핑계는 대지 마라. 일단, 시작하라. 그러면서 자신의 촉수로 받아들이고, 배우고 익히고, 완전히 그것 하나에 몸과 마음을 던져라. 그러는 과정에서 새로운 문이 열리고 보일 것이다. 그러니 조금 막힌다고 포기하는 어리석은 사람이 되지 말아야 한다. 새로운 것을 하는데 힘들고 어려운 것은 당연한 것이다. 그러니 일어나는 모든 것을 받아들여라. 최고는 모든 과정에 대해 공부가 되었을 때 만들어지는 것이다. 멈추지 말고 계속해 나가는 것만이 살길이다. 그리고 그 길 위에서 어느새 달라진 자신을 만날 것이다. 이것이 모든 것을 받아들이고 주인공이 되어 자본시장을 정복하는 방법 중 하나이다.

우리 시대,
멘탈과 사고

누가 무슨 말을 하든 그것은 그의 생각이다. 나의 생각이 아니라는 말이다. 그의 고유성이 맞는지, 나의 고유성이 맞는지 지금 당장 내 의식이 알아차리지 못하면, 나의 고유한 성향에 따르는 것이 맞다. 매일 같은 옷을 입으면 무엇을 입어야 할지 고민할 필요가 없다. 아주 간단명료한 생각이자 행동이다. 이런 발상에서 우리는 미래를 내다보는 식견과 방향이 필요하다. 이렇게 이끄는 것이다. 원래 사는 것은 복잡하지 않다. 단순 명료하다. 그런데 사람들은 왜 단순하다는 걸 잊고 복잡하다고 생각하며 살까?

이유야 저마다 다르겠지만, 생각의 메커니즘을 모르기 때문이다. 먼저 우리는 의식적으로 생각을 통제할 수 있다는 걸 인정해야 한다. 일어나고 흘러가는 마음을 통제하지는 못해도 생각은 통제가 가능하다. 망설이는 것이 고민이다. 디지털 네이티브 스킬을 전수받고 '비례조율 성장'을 하고 싶은 것이 나의 생각이다. 편리함과 불편함을 동시에 해결하는 중립적 액션법으로 접근하는 것이 합리적이라는 생각이다.

하나의 계획에 올인하여 그것만 생각하는 것이 핵심이다. 생각은 구체화할 수 있고 현실성 있는 물리적 현상이다. 나는 이것을 '자기구현 현상'이라고 부른다. 생각이 나를 만든다. 어떤 사람은 마음에 휘둘리고, 생각의 주체가 되지 못하기도 한다. 우리는 그런 사람으로 살면 결코 성장할 수 없다. 감정도 몸과 마음을 다스리지 못해 불안과 심리적 압박으로 다가올 수 있다. 생각을 한 곳에 집중하면서 우리는 달라진다. 이런 생각의 차이가 미래를 바꾼다.

장애물이 나타날 때마다 포기하는 이웃집 아저씨가 있다. 누구에게 물어보아도 그런 사람은 성공할 수 없다는 것에 수긍할 것이다. 이유야 어떠하든 우리는 성공하고 싶고 부자가 되고 싶어 한다. 그런데도 사람들은 그 장애물에 답이 있고, 그것에 어떤 미래가 숨어있다는 걸 인정하지 않는다. 문제는 '생각의 차이'에 있다. 생각은 언제나 심플해야 한다. 가능한 것과 가능하지 않은 것이 있는 것이 아니다. 제대로 해보지 않았기 때문에 모르는 것이다. 일단 해보면, 끈기와 노력 끝에 그것에 상응하는 문제가 푸른 하늘처럼 맑게 보일 때가 온다. 그래서 해보기 전까지는 모른다.

우리는 나를 지탱해주고, 나를 일으켜주고, 나를 신나게 만들어주는 일을 시작할 필요가 있다. 이때 필요한 것이 생각을 바꾸는 일이다. 우리를 직접적으로 뒷받침하는 일을 시작할 필요가 있는 것이다. 일본의 자율신경 분야 전문가 고바야시 히로유키는 "뭐든지 확실히 알게 되면 상황은 180도 달라진다."고 했다. 정말 맞는 말이다. 심플하게 말해서 한 가지에 100일만 투자하고 생각하면 그 한 가지에 눈을 뜨게 된다.

눈을 뜨게 된 후, 그것에 100일을 더 생각하면, 우리는 그것이 무엇인지 확실히 알게 되면서 전환적으로 인지한다. 새로운 능력이 생겼다는 말이다. 이처럼 나를 바꾸는 것은 뭔가가 보이고 이룰 때까지 생각을 통제하는 것이다. 이것이 생각의 힘이다. 그때가 되면 자존심에서 비롯되었던 자신감과 자존감이 서로 어우러져 충만한 사람으로 다시 태어나게 된다. 뇌과학을 떠나 신경회로가 형성되는 과정을 몸소 겪었기 때문에, 모든 해답이 자신의 내면에서 형성된다는 것을 인지할 수 있다. 이 단계에서는 현재가 과거를 강력하게 밀어낼 수 있다. 지난날 작은 미련에 얽매였던 것이 아무것도 아니었다는 걸 알게 되고, 단순 명료한 생각의 장에 진입한 것이나 마찬가지이다.

이 21세기에 자신이 할 줄 아는 일로 돈을 벌 수 없다면 현실적으로 삶의 기쁨은 요원하다. 아니라고 부인하는 사람이 있다 해도 어쩔 수 없다. 그저 하고 싶은 말을 계속할 뿐이지만, 이 세상에는 좀 더 돈에 대해서 심사숙고해야 할 필요가 있다. 왜 사람들은 많은 돈을 원하면서 그에 상응하는 행동을 못하는 걸까? 이것도 생각장에 숨어있다. 목표로 정한 만큼 언젠가는 반드시 들어온다고 믿어라. 문제는 돈에 대해서 생각을 하지 않는 그 생각에 있다. 사람들은 내 생각이 에너지를 만들고, 세상의 모든 것을 유입한다는 것을 잘 모른다. 존재하는 세상에 내 생각을 적용하고, 생각을 사용하고, 생각을 투입하지 않고 어떻게 돈을 벌 수 있다는 것인가?

세상에 존재하는 모든 것은 내 생각의 결과물이다. 그러니 이제부터는 자신의 생각을 활용하라. 쓸데없는 생각을 하면 100년을 살아도 결과는 나오지 않는다는 사실을 알고 있어야 한다. 과거에도 그랬고, 미래에도 그럴 것이다. 세상의 모든 것은 자기 자신의 생각을 통제한 사람의 것이라는 것을 인정해야 한다. 생각이 전부다! 생각에는 한계가 없다. 고인이 된 이건희 회장이 '마누라와 자식만 빼놓고 다 바꿔라'고 한 것이 바로 생각에서 나온 말이다. 생각은 인간의 모든 것을 다 바꿔준다. 그래서 우리에게 필요한 생각은 소비자에서 생산자로 한 단계 격상시키는 생각의 전환이 필요한 것이다.

우리는 우리의 생각에 의해 결정하고 일정을 정하고, 그 결과에 가까워지는 목표를 가져야 한다. 첫 수입으로 사고의 전환이 생기는 필연적으로 다가오는 '인지적 종결 욕구'를 극복하는 행운이 올지도 모른다. 그동안 실패의 요인을 서둘러 결론을 내리는 나약한 생각에 있었다는 것을 깨닫는다면, 우리는 보다 진일보할 것이 분명하다. '한 우물만' 파는 시대는 끝났다고 말하는 〈폴리매스〉(와카스 아메드, 안드로메디안, 2020)를 읽어봤는지 모르겠다. 거기 P325에 이런 말이 나온다.

"지식은 힘이다. 어떤 이들에게는 지배하기 위한 힘이고 또 어떤 이에게는 해방되기 위한 힘이다."

기술, 경험, 심지어 취미조차 지식이 되는 시대에 어떻게 큐레이션하여 새로운 경험과 또 다른 생각의 판에 올라탈 것인가, 관건은 일상적인 삶의 문제에 대처하도록 자신을 최적의 상태로 갈고 닦는 것뿐이다. 그에 대응하려면 중요하지 않은 일에는 일절 신경을 끊어야 한다. 우리 시대 가장 위대한 발견은 '포기의 힘'이라고 감히 말할 수 있다.

우리가 해야 될 일만 빼놓고 모두 포기하는 것이다. 술 마시고 TV 시청하며 시간 때우기, 담배 피는 것, 목표 없이 사는 것 등 그 모든 것을, 하고자 하는 한 가지에 집중하기 위해 포기해야 한다. 중요한 것은 나를 해치고, 나를 괴롭히고, 나를 쓰러지게 하고, 나를 넘어뜨리는 나쁜 습관과 행동을 하지 않으면, 내가 하고자 하는 것을 할 수 있고, 또 자존감이 훨씬 높아져서 집중력 및 성공할 확률이 몇 배로 높아진다. 신경조직과 건강은 균형이 잡힌 감각에서 나온다. 가끔은 하늘을 올려다보는 여유가 문법임을 잊지 않아야 한다.

특히 밤에 야동을 보는 행위는 인간의 뇌를 교란시키는 아주 나쁜 시각적 습관을 부른다. 이런 행위는 가볍게라도 하지 않는 것이 좋으니 무조건 하지 않기로 결심하고 포기하는, 포기 1순위가 되어야 한다. 심혈의 문으로 들어가는 길은 우리에게 해로운 것을 모두 포기하는 것이다. 그 적용의 과정이 어려워도, 이렇게 하면 어느 순간 고바야시 히로유키의 말처럼 상황이 180도 달라져 완전히 인생이 바뀌어 버린다. 이것은 그 사람의 학력, 경험, 과거, 재능, 외모와는 아무런 상관이 없다. 오직 생각의 차이가 모든 것을 말해줄 것이다. 인간 세상의 일이란 해보기 전에는 모른다. 그래서 순수한 마음으로 상상하고 통제 가능한 것에 집중하는 실천력 있는 전환인지 효과를 맛보는 것이 무엇보다 중요한 것이다.

단 하나의
완벽한 시작

인생 치료법의 핵심은 결심을 서게 만드는 생각으로 감정을 조절하여 말하는 것이다. 감사할 상황이 아닌데 생각을 즉시 바꾸고 감사하는 상태를 만든다. 이것은 혼자 있을 때든 누구와 같이 있을 때든 언제나 초지일관 감사하는 상태를 말한다. 감정과 욕설의 지대를 최대한 좁히는 일이다. 자신이 처한 그 어떤 상황에서도 "자극을 줘서 감사합니다." 하면 된다. 자기 언어(독백)는 자기 인생에 지대한 영향을 미치기 때문에 우리는 어떤 생각이 들 때 감정을 살펴 말해야 한다. 성공의 비밀은 말과 행동을 바꾸려는 자기 표류적 상황을 인정하고 감당하려는 의지를 가지고 책임지는 것이다. 생각 밖에서 나와 세계 사이의 조화를 찾고 행동하는 것이다. 우리는 성공할 수 있다. 그래서 미지의 세계로 뛰어들어야 한다. 뛰어들지 않으면 바뀌지 않는다. 이것은 뚜렷한 고민, 또는 무질서의 질서를 받아들이는 성공의 핵심이다. 우선 결심이 서기 전에 변명과 핑계를 접고, 끊임없는 새로운 경험과 반복을 위해, 내 마음속에 행동이 적극적으로 개입하게 하라.

순수한 목소리는 순수한 목소리를 부른다. 디지털 시대와 노는 가장 좋은 방법은 누가 무슨 말을 하더라도 순수하게 받아들이고, 그 순수성에서 영혼의 목소리까지 듣고 움직이는 의지에서 시작하는 것이다. 기성세대는 어렸을 때 서로 편지와 펜팔을 통해서 순수성을 주고받았다면, 지금의 젊은 MZ세대는 디지털 속에서 모바일을 통해 얼굴도 모르는 수많은 사람들과 연결하며 공유하며 성장했다. 이유야 어떻든 지금 우리가 존재하는 이유는 같다. 그 존재점이 순수하다면 우리 모두 완벽하게 시작할 수 있다.

하늘의 반짝이는 별은 저마다 완벽하게 빛난다. 빛은 눈으로만 볼 때만 아름다운 것이 아니라 마음으로 볼 때도 아름답다. 타인과 만나기 이전에 나는 남과 다르다는 것을 인정하자. 내가 타인과 다른 이유는 나만의 영혼의 목소리와 의지가 있기 때문이다. 타인의 목소리에도 영혼의 빛이 있기 때문에 우리는 서로 공유할 수 있다. 우리가 원하면 우리는 완전히 다르기에 완벽하게 빛날 수 있다. 이것이 순수하게 받아들이고 순수하게 사는 방식이다.

감당하려는 의지는
행동의 시작점이다

내가 순수하지 않으면 얻을 수 있는 건 별로 없다. 내가 내 생각의 중심선상에 서 있을 때만이 원하는 상황과 결과를 가져올 수 있다. 우리는 저마다 완벽한 존재이기 때문에 서로 완벽하게 하모니를 이룰 수 있다. 플랫폼 하나로 모바일 마케팅을 하는 사람이 많다. 그 사람들과 서로 경쟁하는 것이 아니라 모두가 각자 자기만의 방식이 있어 새로운 콘텐츠로 비즈니스를 구축할 뿐이다. 자신의 생각과 감정을 정리하여 정확한 언어로 자신에게 전달하고, 내 언어를 심어 줄 수만 있으면 꿈은 이뤄진다. 역으로 내가 내 영혼의 조율 선상에서 감당하려는 의지가 없다면 세상은 반응하지 않는다. 내가 시작하지 않으면 우리는 존재하지 않는다. 내가 먼저지 우리가 먼저가 아니라는 말이다.

우주가 있어 지구가 있고, 지구가 있어 이 나라가 존재하고, 나라가 있어 이 사회가 구성되고, 가족이 존재하고 내가 존재하는 것이 아니라 그저 내가 존재하기 때문에 이 세상이 존재하는 것이다. 내가 먼저이지 다른 것은 다 부차적인 것이다. 물론 때와 장소에 따라 달리 생각할 수는 있으나 가장 우선시하는 것이 부모님께 효도하는 것이라면 주체적이지 못한 것이다. 효도가 나쁜 것이 아니라 자신의 의지를 우선시해야 한다는 말이다. 분명히 말하지만 부모님께 효도하고 공경하는 것은 인간의 도리이다.

한 인간의 자립이란?

하지만 한 인간의 자립이란? 내가 먼저 치열한 과정을 겪은 끝에 결과를 창출하는 것이 우선이어야 한다. 내가 움직이고 공부하고, 행복해하고 설레는 일을 할 때만이 나라는 사람이 존재하는 가치가 있는 것이지, 현재도 어제와 같고 내일도 오늘 같은 패턴에서 같은 일만 반복하는 같은 사람이라면, 나는 그저 그런 무의미한 사람에 불과하다. 순수한 사람은 어제와 다른 생각으로 접근할지라도 그 바탕은 언제나 감당하려는 의지에 있다. 완벽한 시작은 의지를 가지고 타인을 위해 순수하게 접근할 때 성립되는 것이다. 세상이 만들어 낸 새로운 역학 관계를 이해하지 못하고 순수하게 접근하지 않는 사람은 정작 자신이 누구인지 모르고 다른 사람도 이해하지 못하는 우를 범하기 마련이다. 자신의 몸과 마음에서 일어나는 것을 알아채는 사람이 다른 사람의 반응도 알아챌 수 있다.

우리가 원하는 것은 모두 끌어들일 수 있다. 우리가 원하고 상상하고 가질 수 있다고 확신이 들면 무엇이든 가질 수 있다. 그 시작은 자신의 삶을 일으켜 세울 의지가 있는가에 달려있다. 우리가 하는 모든 일들이 순수한 생각에 의해서 만들어지며 잘 진행될 것이라 믿으면 그대로 믿는 대로 된다. 성공은 순수한 마음으로 삶을 바꾸겠다는 결심과 헌신적인 노력, 의지 그 이상도 이하도 아니다.

내 의지가 내 인생의 행동영역에 개입할 수 있을 때 나는 설레게 되고 삶의 맛을 느낄 수 있다. 무슨 말이냐 하면, 내가 나를 의도적으로 움직이게 하고 의도적인 정경과 풍경을 보여줄 때 내가 기뻐한다는 말이다. 앞에서 말한 것을 보다 알기 쉽게 말해서, 내가 산으로 바다로 떠나면 마음이 설레게 된다는 말이다. 매일 매번 이런 기분이 들게 하지는 못하는 걸까? 결론부터 말하자면, 가능하다. 호기심이 비즈니스가 되게 만들어라.

나의 의지에 의해서 자발적으로 하는 행동을 통해 만들어진 환경과 여건은 나로 인해 발생한 것이므로 순수하게 받아들이고 책임질 수 있다. 그것도 100% 책임이 가능하다는 말이다. 이 전제에는 포기라는 말이 원래 없다. 천재지변이 있어도 포기하지 않을 것이라는 전제가 이미 마음에 '결심 + 의지 = 새로운 경험'이라는 공식이 설정되어 있기 때문이다. 물론 나도 사람이라 호기심이 떨어질 때가 있으나 약간의 멘탈 동요가 일어난 것일 뿐, 반드시 성공할 것이라는 의식이 있어 그 어떤 삶의 무게와 현실의 짓누름도 감당할 수 있고, 그 어떤 일이 있어도 포기하지 않게 되는 것이다.

변화에 대한 열망이 있는 사람은 절대 포기하지 않는 특징이 있다. 단언컨대, 나는 반드시 성공한다! 그래서 언제나 생기가 넘치는 나는 세상에서 가장 행복한 사람이라고 말하기도 한다. 가끔 이렇게 말하기도 한다.

"나는 남달라 독특한 것을 좋아하고,
해보지 않은 것을 시도해보는 과정을 통해서 세상을 보지.
약간의 긴장감, 약간의 흔들림,
내가 움직이고 있다는 약간의 힘겨움은
내 안에서 해내고 말겠다는 의지가 있기 때문이야."

인생은 기다려 주지 않는다. 시간도 기다리지 않는다. 하루가 다르게 영속으로 달아나는 시간들 속에서 나는 무얼 바라 늘 이렇게 엄두조차 내지 못하는 공허한 삶을 사느라 애쓰고 있는가? 바보가 따로 없다. 이제 불확실성 속으로 들어가 생각 밖으로 나와야 한다. 그때가 되면 감정이라는 두려움은 아무것도 아니다. 탈출은 심플하다. 영화 '쇼생크 탈출'의 앤디처럼 아무도 엄두조차 내지 못하는 그 일을 하면 된다. 할 수 있다는 일념으로, 끝장을 봐야 한다. 오늘 개리 비숍의 〈시작의 기술〉(웅진지식하우스, 2019)을 읽었다. 43쪽에 나오는 말이다.

"간단히 말해서 지금 살고 있는 삶을 그만두고 원하는 삶을 살 의지가 있는가? 이 모든 것은 의지가 있어야 가능한 일이다. 의지는 고무줄처럼 늘어났다 줄어들었다 하면서 삶을 피어나게 했다가 시들게 했다가 한다. 의지는 이미 당신 안에 있다. 스위치만 '톡' 하고 켜주면 된다."

의지는 나의 멘탈과 같은 것이었다. 내가 어떻게 하느냐에 따라 약해지거나 강해진다. 내 손 안에서 커졌다 작아졌다 한다. 불행했던 과거에서 탈출하게 도와주며 자기 실망과 공허함을 열망으로 바꿔준다. 자신도 모르게 상상도 못할 미래를 향해 용기를 낼 수 있도록 도와주는 마음속의 밸브 같은 것이어서, 열어놓기만 해도 되지만 사용하지 않으면 바로 닫을 수도 있다는 사실이다. 의지는 모래 위에 선을 긋는 것처럼 자신의 과오를 자각할 수 있도록 분리시켜준다. 그것도 아주 선명하게 말이다. 이제까지의 나쁜 버릇을 고칠 새로운 결의와 다짐에 그저 집중하면 되는 것이다. 이는 '의지의 편리성'이다. 서서히 분리되는 시각적 전환이 일어나 내 마음을 지배하는 것이 의지의 비밀이다. 의지의 부단함, 그 끝은 결과가 말해 줄 것이다.

나는 의지가 있는가?

나는 나의 건강과 행복, 평화를 위해서 나의 위염을 완치시킬 의지가 있는가?

독자는 이 세상에 차고 넘치는 풍족한 돈을 끌어당길 의지가 있는가?

나는 지금 다른 사람을 위해(물론 나도 포함) 구글 애드센스&티스토리 블로그로, 때론 포기하고 싶고, 의지가 사라져도 새로운 결의와 다짐으로 수익을 창출하여 수많은 사람들에게 도움을 주는 경쟁력 있는 사람으로 진화할 의지가 있는가?

다시 한번 묻는다. 우리는 용기를 내어 우리 스스로를 일으켜 세울 목표를 세우고 원하는 것에 도전해볼 의지가 있는가?

피드백 변환의 법칙

난 소비자로 지난 55년을 살았다. 결과는 참담하다 못해 궁색했다. 참패당하고 5~6년 동안 치유와 회복, 탈바꿈하면서 알게 된 것이 있다. 불확실성을 받아들이고 전환자로 변환하는 문제였다. 그때 나에게 내 생각과 세상 사이에 교차하는 다리 역할을 나 자신이 해야 한다는 절체절명의 어떤 명제 하나가 말을 걸어왔다. 나는 인생에서 마지막 기회라는 것을 본능적으로 알았다. 그것을 알게 된 이상 시작할 수밖에 없었고 포기할 수도 없었다. 나는 그것을 '피드백 변환의 법칙'이라 명명하였는데 이제는 소비자의 삶을 졸업하고 생산자가 되어 마음껏 세상에 나 자신을 알려야겠다는 깨달음이었다. 그 과정에 어려움이 있다면 감수하되 스트레스만은 받지 않고 일을 성사시키고 싶었다.

내 의지와 노력, 끈기와 부단함으로 끝까지 해내서, 노트북과 스마트폰만 있으면 누구나 유명인이 될 수 있는 세상에 나도 합류하는 성과를 내는 상상을 한다. 언제나 휘파람을 불며 지내는 쾌거를 산출하자는 결론에 이른다. 이제 불확실성은 내 존재 자체이다. 내 성격은 거지, 아니면 대통령이었으나, 나는 거지 근성을 버리기로 작정하고 지금 여기 존재한다. 나는 대통령도 거지도 아니다. 사실상 나는 아무것도 아니다. 지금 내가 아는 것은 아무것도 모른다는 사실이다. 나는 아무것도 기대하지 않는다. 그저 일어나는 일에 내가 잘 대처하기만을 바랄 뿐이다.

시작은 결과를 전제로 한다. 결과는 알 수 없다. 시작에서 결과까지 자체가 혼돈이다. 지금까지 후회는 없다. 미래가 두렵다. 나는 시작이 혼돈이란 생각에 이른다. 이 세상을 떠나는 순간 나는 후회하지 않을 사람이라는 것을 안다. 나는 때가 되길 기다리지 않는다. 나는 그때그때 그저 나의 반응과 세상의 요구에 충실하며 필요하고 적절한 행동을 할 뿐이다. 나는 항상 끝에서 시작하기 때문에 과정에 헌신하는 사람이다. 나는 과거가 없다. 새로운 경험 사이의 나는 누구인가? 나는 익숙한 과거에서 혼돈 속으로 들어가 문제에 직면하고 모든 과정을 겪는 사람이다.

나는 반응과 세계 사이의 나를 모른다. 내가 진짜 어려운 문제를 풀고 삶의 의미를 발견할 때까지 아무것도 모르는 상태로 접근할 것이 분명하다. 나는 본능적으로 아는 만큼 성숙해져야 한다. 그리고 새로운 경험 속으로 뛰어드는 것이 삶의 방식이 되어야 한다.

누군가 역사적 증거와 과학적 증명을 들이댈 때, 내 의심의 목소리에 동조하지 마라. 그 목소리를 경계하라. 그저 내 것에 정진하라. 또 하나, 상대가 각을 세우면 그 이유를 알고 있다면 무슨 말을 해도 괜찮다. 모르면 침묵하라. 알려고 노력할 필요는 없다. 내가 무슨 실수를 해서 그런 건가 나를 의심해야 하는 상황이라면 무조건 침묵하라. 이유는 묻지 마라. 내가 존재하는 이유는 나 자신과 소통하고 남과 소통하고 반응하고 결과를 창출하기 위해서다.

앞의 논리를 정리하면, 사람은 본능적으로 누구나 차이가 있다는 걸 받아들이고 남들이 모르는 걸 알려주고 그 반응에 초탈해야 한다는 것이다. 경험은 내가 사는 방식이다. 상대가 날을 세워도 나까지 그래야 한다는 생각을 내려놓아야 한다. 우리는 서로가 도움을 주고받기 위해 존재하지만 진작 자신과 소통하지 못하면서 남과 소통하길 바란다. 이것이 자기모순이다. 논리상 우리는 본래 자기 자신에 초점을 맞추지 못하면 미래가 없다.

우리가 알고 있어야 할 것은 우리들의 몸과 마음의 인과 관계와 역학 관계이다. 자극과 동기부여 사이의 거리를 인식하고 미래지향적으로 움직이고 실천할 수 있는가를 내 몸과 마음이 느낄 수 있어야 한다. 그렇게 하려면 자신에게 잘 맞는 전략을 찾아내야 한다. 그 방법은 아주 쉽다. 시도하라. 시도하고 또 시도하고 다 알 수 있을 때까지 시도하라. 알 수 있을 때까지 목숨을 걸고 시도하라. 끝까지! 계속 시도하면 전부 바뀐다. 경쾌하게 때론 골똘히 키보드를 두드려라. 언제나 나에게 도움이 되는 방식으로.

아리스토텔레스가 말했다. "가장 어두울 때 빛에 집중해야 한다." 아니 아주 쉽고 간단하게 관점을 달리하며 풀리게 되는 원리이다. 토드 로즈와 오기 오가스가 쓴〈다크호스〉(21세기북스, 2019, 236쪽)에서 잠재력을 최대한 끌어내는 간단한 방법을 알려준다. 개인화된 성공에 대한 다크호스식 처방전이다. 쉽게 생각할 수 있지만, 과정은 정말 중요하다. 그것은 "가장 관심 있는 일을 더 잘하면 된다."는 말이다.

더 잘하라는 지침은 정상을 향해 올라가는 것에 해당한다. 이는 다름이 아니라, 자신이 하려는 관심의 대상에 온갖 정보와 지식으로 가득 채우고 그것을 위해 헌신하라는 말이다. 충족감을 가지고 자신의 내면을 등대 삼아 선택한 바를 행동한 방향성에 따라 굽은 경로를 헤치고 나아간다. 때로는 포기하고 싶은 생각이 들고 의심이 들기도 하지만, 결국 의미 있는 새로운 국면의 길목에 다다르는 사람이 되는 것이다. 여기서 우선시하는 것은 충족감이다.

만족감과 행복은 처음이자 끝을 보고, 끝까지 그 과정을 견뎌 완성하면서 얻는 최고의 기쁨 같은 것이다. 이걸 복리라고 한다. 복리는 수학적으로 인식하기도 하지만, 여기서는 행복과 이익에 가까운 말이다. 엠제이 드마코도의 〈부의 추월차선〉에서 말하지 않았는가? '추월차선을 여행하는 과정에는 반드시 희생이 따르며, 소수의 사람만이 그 과정을 견뎌 낸다.' 부자가 되는 길은 공짜가 아니라는 것을 누구나 알고 있다. 하지만 지금의 세상은 10년 전과는 완전히 시대의 판이하게 다르다. 서로의 관계를 떠나 먼저 흐름의 판에 올라타는 메타버스 같은 신개념이 중요하다.

자기 자신과 소통할 수 있으면 무엇이든지 할 수 있는 세상이다. 자기 자신이 어떤 사람인지 알면 자신의 현실을 바꿀 수 있다. 인생의 비밀은 자기모순을 푸는 데 있다. 그리고 일어나는 모든 것을 환영하는 것이다. 우리는 운명의 노예가 될 수도 있고, 운명의 주인이 될 수도 있다. 남들이 나를 판단하게 가만히 있을 수밖에 없는 것도 인생이고, 남들이 나를 판단하든 말든 굴레를 벗을 수 있는 것도 인생이다. 이왕이면 초탈의 삶을 살면서 자신의 잠재력을 최대한 끌어내는 멋진 길을 걷는 것이 현명한 방식이다.

미래는 근본적으로 예측 불가능하지만, 오직 자기 자신만이 자신의 현재와 과거 그리고 미래를 측정할 수 있다. 자신의 왜곡된 모습을 풀어내고 자신에게 억눌린 과거를 털어낸다면, 나의 자아는 모든 것이 가능한 존재가 된 것이나 마찬가지이다. 오늘 기분이 나쁘면 어제 무슨 일이 있었나 생각해보면 되고, 어제보다 오늘 기분이 좋으면 오늘 또한 무슨 일이 있었나 헤아려보고 어제와 오늘을 살 때만이 측정 가능한 기준을 정할 수 있다. 오늘은 어제와 바로 연결되어 몸이 반응하는 것이라 때론 기억도 안 나는 10년 전 여름에 있었던 일과 연계하여 일어나는 스트레스는 마음에도 억눌린 과거가 있다는 뜻이니 그것부터 해결하라는 말이다. 몸과 마음의 인과 관계는 나무의 나이테만큼이나 정확하게 각인되고 새겨져 있는 것이어서 과거는 오늘이나 미래와 같이 묶여 있는 경우가 있을 수 있다. 여기에 문제가 있다. 문제만 해결하면 되니 걱정할 필요는 없다. 문제를 해결하면 오늘만이 존재한다.

어제와 같은 오늘은 아무런 의미가 없다. 과거가 있었기 때문에 오늘에 이르렀지만, 이 오늘이 정말 다른 내일이 되려는 노력이 필요하다. 비생산적이고 쓸데없는 자기모순에 에너지를 허비하는 것보다 진정한 자기 목표에 전념할 때만이 그 행동이 원하는 길을 열어 줄 수 있다. 과거가 없는 자신으로. 오직 오늘이라는 지금을 사는 것이 사는 것이지, 다른 것은 우리를 방해할 뿐이라는 걸 자각하고 문제는 그 즉시 해결하고 행동해야 한다. 우리에게는 오늘만 있어야 한다.

전략은 자기 피드백에 자신이 반응하는 것이다. 우리는 자신과 대화하지 않고 남과 커뮤니케이션하는 것만이 대화이고 협상이라고 생각한다. 그것도 물론 맞는 말이지만 우선 자신과 협상하는 일이 먼저라는 것을 인지할 수 있어야 자기모순을 풀 수 있다. 〈다크호스〉에서 '목적지 무시하기'를 이해하고 나서, 목표만 있으면 충분하다는 걸 이해하게 되었다. 중요한 것은 진짜 자신을 아는 것이고 내 속의 피드백에 반응할 줄 아는 상태이다. 그 반응에 비추어 어떤 선택을 내리느냐에 따라 도착지가 달라질 수 있기 때문에 우리는 목표에 집중할 수밖에 없다.

도착해야 깨닫는 것이지 가보지도 않고 어떻게 그곳을 알 수 있겠는가? 그저 바로 앞에 놓인 기회에 초점을 맞추고 삶의 의미와 방향성만 잊지 않으면 된다. 자신의 목표에 반응도 없이 사는 사람과 하루에 100번 이상 되뇌는 사람 중 누가 목표를 이룰 확률이 높겠는가? 결국 우리는 자기모순을 풀고, 자기 행실에 충실하고, 자신의 피드백에 반응하며, 목표에 전념하면서 자신의 한계를 머릿속에서 하나씩 지워나가야 한다. 하루 한 번만이라도 지우고 생각하며 행동에 의해 결과를 만들어간다면 성공할 것이 분명하다. 해보지 않아도 어려울 것 같고 걱정되고 두려운 일을 마주했을 때, 해보고 싶은 마음이 조금이라도 있다면 하게 되는 것을 볼 수 있다. 이것을 '자기 한계 전환의 발견'이라고도 한다. 그 일을 하라. 반드시 보상이 따를 것이다.

6장

삶을 증명하며
살기

새로운 경험
그리고 영향력

힘을 길러야 한다. 보란 듯이 나를 세상에 일으켜 세우는 것보다 완벽한 것은 없다. 나는 온전하고 완벽한 존재라 생각만할 것인가? 행동하는 것만이 살길이다. 결론부터 말해서 새로운 기회를 잡기 위해서 '자기 한계 전환의 법칙'을 적용하여 살아남아야 한다. 지금까지 경험해보지 못한 것에 도전하려면 새로운 신념을 가지고, 새로운 경험 속으로 들어가야 한다.

좀 더 엄격한 방식으로 접근하여 내 몸의 세포가 바뀌는 경험을 해야 한다. 새로운 경험 속으로 들어가 상황과 현재 사이의 괴리를 받아들이는 것이다. 내가 달라지고 있는 신선한 경험이면 충분하다. 비록 삶이 힘들고 경쾌한 춤과 같지는 않더라도 미래를 창조하고 있는 뿌듯한 존재감이라 할까? 그럼 이런 과정을 겪고 실현시키려면 무엇을 어떻게 해야 할까?

자신의 목표를 향해 갈 때, 겪을 것은 다 겪겠다는 마음가짐이 중요하다. 이런 마음으로 살면 내 미래는 충만하고 자유롭게 삶을 수용할 수 있다. 우선 과거에 감사하자. 지나간 과거에 감사하는 것만큼 지금 새로운 시도를 하려는 자신에게 중요한 것은 없다. 자기 한계 전환의 법칙(한계(혼돈=무질서)의 반작용은 질서(차별화)이다)으로 해결 불가능한 문제는 없다는 신념을 갖는다.

문제 해결은 근본을 찾는 과정이다. 기업가 정신으로 스스로 변화의 주체가 되어 나의 콘텐츠를 새롭게 발견해야 한다. 아주 쉬움, 쉬움, 어려움, 진짜 어려움, 초고난도, 불가능(선넘), 등 목표를 가지고 불가능 속으로 들어가 선넘인지 아닌지 확인하고, 그 새로운 가능성이 나에게 스며들게 해야 한다. 모든 과정을 감수하려는 마음으로 포기하지 않고 끝까지 하겠다는 의지가 중요하다. 오직 하나의 목표에 초점을 맞추고, 나의 에너지가 다른 사람들에게 기쁨으로 전달될 수 있을 것이라는 생각으로, 그 어떤 점에서도, 보상으로 나에게 돌아올 것이라는 전제 논리가 있어야 한다. 이것이 성장하는 전략적 접근법이다.

인생은 빛에서 어둠으로 채워진 그 어둠과 빛을 분리시키고 오직 빛으로 환생하는 훈련이다. 대부분의 사람들은 한두 번 해보고 안 되면 포기한다. 하지만 목표지점까지의 거리 사이에는 에너지가 필요한 법이다. 그 거리 사이의 에너지도 사람마다 다르다. 우리는 0에서 10의 거리만큼 11에서 20의 거리도 같은 것으로 생각하고, 21에서 100의 거리도 같은 것처럼 생각한다. 당연하게 생각하면 마음은 편하나 얻는 것이 없다.

세상에 당연한 것은 없다. 그런데도 당연시하는 경향이 팽배해 있다. 그러면 안 된다. 당연한 것도 없고, 될 때까지 하면 안 되는 것도 없다는 걸 알고 있어야 한다. 가난한 사람들의 특징은 모든 것을 편리하게 생각하고 합리화시키며 누군가 아니라고 말하면 반격하는 것이다. 이것은 성공하는 사람의 모습과의 거리가 멀다. 그래서 가난한 사람은 실력을 갖춘다는 말이 무슨 뜻인지 잘 모른다.

태어나서 10살까지 별다른 사고 없이 원만하게 성장해온 사람도, 11살에서 20살까지 살아오면서 자신의 꿈과 목표를 세우지 않고, 자신만의 속도를 붙이지 못하면, 삶의 경험과 호기심을 상실할 수 있다. 흑역사에, 헬조선 같은 문화에 휘둘리는 처참한 삶을 살 것인가, 아니면 어른이 된 후에도 자신의 꿈과 목표를 가지고 새로운 경험과 호기심으로 자신의 영혼을 살리는 학습을 계속할 것인가? 다산 정약용이 그랬고 아인슈타인이 그랬다. 그렇다. 죽을 때까지 어떤 경험이든 경험에 시간을 쓰고, 그 새로운 경험에 온 몸을 던지는 자세가 중요하다.

가장 중요하다고 생각하는 것에 집중해야만 진정한 내 마음의 빛을 발견할 수 있다. 기본적으로 자신의 경험과 경력을 바탕으로 쓴 글과 아이디어를 가지고 책과 콘텐츠로 만드는 것이 좋다고 본다. 심리적 장애물을 먼저 제거하고, 하고 싶은 것을 무조건 해보는 것이 경험이고, 도전이고, 복리라는 것을 알아야 한다. 처음에는 모든 것이 어렵게 보이고 어려울 수밖에 없다.

성공은 나와 세상과의 조합물이다. 성공하는 사람은 언제나 내부적으로 유연한 긍정적 사고를 가지고 있으며, 외부적으로 막중한 강박장애를 가지고 있는 아주 특별한 모습을 보인다. 그들은 하지 말아야 할 것과 끝까지 할 것을 아주 잘 알고 있기 때문에 어떤 것이든 시스템을 구축하고, 남에게 도움이 되는 일이 중요하다는 걸 감각적으로 알기에 막대한 에너지를 쏟는 것이다. 그들에게는 알아차리는 촉이 있다. 그들은 실패를 두려워하지 않는 특징이 하나 더 있기에 원하는 것을 못할 이유가 없다고 말한다. 지금 나는 무엇을 하고 있는가?

생각이 새로운 것을 배우는 데 도움을 준다. 어떤 생각을 계속하면 그 반복이 원동력이 된다. 또한 나는 내 마음의 한 생각에 끌려다니지는 않기 때문에 내가 나를 지키려고 내 영혼의 목소리에 올인하면, 세상은 나를 알아보고 시나브로 도움을 준다. 이것이 나의 눈으로 타인과 나를 보는 안목이다. 내가 먼저 나의 에너지를 받아들이고 하고자 하는 속도를 낼 수 있는 주체로 행동할 때만이 성장하고 전략적인 접근법으로 능력을 최대한 발휘하는 사람이 될 수 있다.

인스타그램은 욕망 비즈니스다. 나의 찐팬 1,000명만 확보해도 모든 비즈니스가 가능하다. 다른 말로 하면 인스타그램은 눈 충족 플랫폼이라 자신의 개성과 문법이 뚜렷해야 한다. 사람들은 눈으로 그 사람을 관통한다. 자기 철학과 콘텐츠만 확고하다면 반드시 성공할 수 있는 것이다. 나의 언어로 세포 마켓이 가능하고, 욕망을 건드리는 사진 하나로 요약정리를 잘해서 북튜버로 1,000명을 확보하는 것이 그리 어려운 목표는 아니다. 책을 읽고 큐레이션이 능하면 누구나 자신의 콘텐츠를 펼칠 수 있다.

인스타그램은 SNS로 문을 열었고, 현재는 비즈니스 플랫폼에서 e커머스 플랫폼으로 진화하고 있는 중이다. 콘텐츠가 좋으면 알아서 사람이 찾아온다. 지금은 누구나 온라인에서 영향력 있는 개인으로 활동하는 시대이다. 평범한 그 누구도 인플루언서가 될 수 있는 것이다. 자신의 재능, 환경을 뛰어넘는 힘은 이미 플랫폼 안에 있다. 새로운 관심이면 충분하다. 의식을 계속 집중하라.

속도와 마음과
감옥 사이

시작이 책임감을 만든다. 시작은 끝을 보려는 새로운 인생의 출발이다. 과거는 잔잔한 물결처럼 흘러가고, 미래는 저 멀리서 기다리고 있다. 지금은 언제나 처음이고 시작이다. 시작을 과정으로 받아들이면 어떤 것이든 새롭게 시작할 수 있다. 속도와 여유가 한결같아야 한다. 모든 결과에 승복하고, 계속하는 마음을 가지는 것이 관건이다. 원하는 것은 나의 속도와 마음과 행동 사이에서 슬며시 나타난다. 삶은 퍼즐 조각을 맞추는 것과 같아서 퍼즐을 끝까지 맞출 때까지는 그 어떤 모습도 드러내지 않는 속성이 있다. 그 사이가 감옥이다. 해서 우리가 활용할 수 있는 공간과 시간, 목표를 먼저 정해야 한다. 준비된 속도로 뛰어들 공간과 시간 위에서 목표에 전념하는 과정이 정말 중요한 것이다.

선의 본질은 문명 속에서 실천하는 것이다. 온전히 나의 의욕과 타인 사이에서 책임을 지고 지속적으로 서로 마음이 들게 행동하는 것이다. 대다수의 사람들은 남을 돕는 것이 나를 돕는 것이라고 생각하며 살지만, 아주 적당히 그렇게 할 뿐, 우리 안의 공동체가 계속 작동하게 하지는 못한다. 아니 그렇게 하지 않는다. 타인을 돕는 것은 나의 책임이 아니라고 외면한다. 혼자 깊은 산 속으로 들어가 사는 것은 새로운 시작이기에 책임감이 없는 행동이라고 할 수 없다.

남을 돕는 일을 1,000번 하면 인생이 달라지듯 나를 1,000번 돕는 일을 해도 소원은 물론 원하는 모든 것이 이루어질 확률이 높아진다. 혹독하게 한 가지 일에 1년만이라도 전념해보라, 어느 순간이 지나면 과거로 돌아가려 해도 돌아갈 수 없는 때가 온다. 알 사람은 알고 있다. 치열하게 살면 어떤 문이 치열함 속에서 보인다는 것을. 그 시간의 연관성과 시기까지도 알 수 있다. 경험은 그런 과정에서 얻는다. 하지만 우리에게 모든 전제조건이 있는데도 없다고 생각하며 하루를 희망 없이 보내는 사람이 많다. 그러면 안 된다.

현재와 미래 사이가 멀지, 과거와 현재 사이는 나의 결과라 내 생각이 바뀌면 미래는 쉽게 가까워지는 영역이다. 물론 성공과 속도는 변수와 함수의 관계이지만, 선은 질서의 메커니즘이자 당연한 행동적 전제가 깔려 있는 경험이어야 한다. 리베카 솔닛은 〈어둠 속의 희망〉(창비, 2017, 8쪽)에서 기후변화를 말하면서 "희망을 갖는다는 것은 현실을 부정하는 것이 아니라 여러 사회운동과 영웅적 인물, 그리고 지금 이 현실에 대처하는 의식의 변화 등을 포함한 다른 어떤 것을 불러왔는지 기억함으로써, 그 현실을 직면하고 그것에 대처하는 것이다."라고 했다. 우리는 분명하게 알고 있어야 한다. 언제 어떤 결과가 어떻게 나올지 알 수도 없다. 미래는 통제도 불가능하고 예측도 불가능하지만 달라진 상황을 상상할 수는 있다. 마음의 영역은 통제가 가능하고, 마음먹기 나름이라는 걸 확실하게 알고 있어야 한다. 가능한 것은 언제나 미래의 영역이다. 그렇게 현실을 직시하는 것 자체가 성공이다.

세상은 감옥과 같다. 세상은 감옥이다. 세상은 감옥처럼 보인다. 내 마음이 그런 생각을 만들었을 뿐 세상은 감옥도 지옥도 아니다. 통제하려는 마음이 우리를 바로잡을 수 있다. 통제 가능하고 무슨 생각과 어떤 감정이 일어나도 우리가 해석하고 평가할 수 있기 때문이다. 그리고 그 생각과 감정들을 노트에 적어 놓고 볼 수 있고, 때론 과거를 회상하며 현실을 직면하고 대처방안을 모색할 수도 있다. 과거는 우리가 회상하지 않으면 기억나지 않는 세상이다. 현재는 비우는 것이 아니라 채우는 것이다. 목표에 관계된 것이 흘러넘칠 때까지 채워라. 미래는 상상하지 않으면 소용이 없는 공간과 같다. 그래서 대다수가 묵과하는 영역이다. 항상 기억하라. 계속 상상하는 사람은 별로 없다. 대부분의 사람은 이것저것 들쑤시고 다니며 에너지를 낭비한다. 성공하는 사람은 끊임없이 한 가지만 떠올리고, 그것을 위해 혹독하게 모든 준비를 다 하고 끝을 본다.

앞의 책 27쪽에서 리베카 솔닛은 이렇게 말했다. "무슨 일이 일어날지, 어떻게, 언제 일어날지 우린 알지 못하고, 그 불확실성이야말로 희망의 공간이다." 자신의 목표에 최소한 3~4개월 정진하고 올인하지 못하면, 그 목표의 진수를 알아차릴 수 없다. 사람들은 자기가 원하는 성공을 보고 싶어 하지, 끈기 없이 좌절하고 싶어 하지 않는다. 미력하나마 자신이 생각하는 그 공간으로 다가가서 그 근처 어디선가 자신의 잠재력을 맛보길 소망한다. 달팽이처럼이라도 괜찮으니 자신감을 얻고 새로운 경험 속으로 들어가 자신의 목표를 관철하길 바란다. 그 무게가 나를 지탱해주고 끌고 갈 수 있을 때가 되면 그 책임감이 미치는 영역이 넓어지게 된다. 다른 사람과 경쟁할 필요도 없이 나의 미래와 현재가 내 영혼과 맞닿아 있어 모든 것이 믿음

직스럽게 다가올 때가 있을 것이다.

바라는 것은 분명하다. 어떤 세상이 와도 나를 살려야 한다. 역경을 극복하는 인간의 정신력에는 한계가 없다. 왜 나는 남들과 다른가? 그 다름을 인정하자. 신은 남들과 다른 나만의 개성을 찾길 바란다. 터키의 시인 나짐 히크메트는 "어느 길로 가야 할지 더 이상 알 수 없을 때 그때가 비로소 진정한 여행의 시작이다."라고 했잖은가? 우리도 과거에는 어느 길로 가야 할지 알 수 없었기에 이제부터라도 자기 안에 감옥을 품고 사는 것이 아니라 자신의 마음부터 챙긴다는 자세로, 내가 노력한다면 무엇이든지 가능한 시대라는 것을 인정하자. 실패는 제대로 공부하고 준비하지 못한 결과일 뿐이라는 걸 인정하고, 이제는 자신만의 사업에 뛰어들어야 할 때이다. 자기 안에 선한 마음이 있다면 누구나 성공할 수 있는 시대이다. 그러니 당신도 이제는 무조건 시작하라. 때가 따로 있는 것이 아니다.

끝을 볼 때까지 시도 때도 없이 실행하다 보면 새로운 가능성을 발견해내는 커다란 변화가 일어나 복잡한 변수로 보이다 어느 순간 단순 명료하게 드러날 수 있다.

개인 생체감지기

"인생에서는 좋은 것이 있으면 반드시 나쁜 것도 있다. 사랑에는 증오가 따르고, 기쁨에도 공포가 따르고, 성공에는 실패가 따른다. 모든 긍정적인 것에는 부정적인 것이 따른다. 그러니 고통이나 부정적인 것을 한 번도 경험하지 않고서 인생을 살 수는 없다. 그저 그것이 인생 전체에 영향을 주지 않도록 하는 것이 중요하다."

빈털터리 청년 백수에서 700억대 억만장자가 되기까지의 과정을 보여주고 있는 안드레스 피라가 쓴 〈체인저블〉(월북, 2020, 139쪽)에 나오는 말이다. 코로나19 바이러스는 우리의 일상을 완전히 바꿔버렸지만, 무엇보다 중요한 것은 안드레스 피라의 말처럼 모순 같아도 바이러스가 우리 인생 전체에 영향을 주지 않도록 강한 정신력으로 하루를 보내는 것이 관건이다. 이제 개인도 삶의 방식을 송두리째 바꿔야 하는 시대가 되었다.

17세기 프랑스의 철학자 블레즈 파스칼은 "인간의 모든 고통은 혼자 방에 머물 줄 모르는 데서 온다."라고 했다. 오래전부터 이 말을 상기시켜준 철학자가 몇몇 있었다. 하지만 그때는 정말 몰랐다. 무슨 뜻인지 전혀 감이 오지 않았는데, 지난 1년 동안 집에 틀어박혀 있으면서 알게 되었다. 인간은 혼자 살 수 없기에 먼저 홀로 견디는 방법부터 터득해야 한다는 것을, 정말 절절하게 몸으로 익혀야 한다는 것을 말이다. 그래야 개인의 에고이즘에서 빠져나와 타인을 의식하지 않고서도 자연적으로 이타적인 사람이 될 수 있다는 것을 깨닫게 되었다. 경험하지 않는 것은 경험이 아니다. 그리고 자연은 비바람이 몰아치는 푸른 하늘 그 자체이다.

　경험이 경험을 말하지 않는 시대는 지나갔다. 모든 것이 드러났다. 조금만 신경을 쓰고 구글이든 네이버든 검색해보고, 약간의 시간을 내서 유튜브에 들어가 유영하다 보면 알게 된다. 이제 무엇이든 할 수 있다는 자신감이 생기고 두려울 것이 없다. 수영을 처음부터 잘하지는 못해도 계속 수영을 하다 보면 물속도 놀이터 못지않은 곳이 된다. 나이를 떠나 이제는 새로운 표준을 세워야 하는 시대다. 인생은 사실상 좋은 것도 나쁜 것도 없다는 말이 맞다. 오르막길은 오르는 맛이 있어 좋고, 내리막길은 또 하나의 길을 오르기 위한 준비를 할 수 있기 때문에 좋다. 열정과 감동 없이 어떻게 이 험난한 세상을 이겨낼 수 있겠는가? 사랑은 열정과 감동을 주고, 위기와 고통을 감내하게 도와주는 자연의 유일한 선물이다.

"책을 좋아하는 사람이 책의 진가를 알 수 있고, 그 바닥과 끝을 모르는 사람은 사랑을 모른다."

일어나는 것은 일어날 이유가 있기 때문이라 해석하기도 한다. 모든 것은 사고이지만 통제할 수도 있었다. 물론 그 원인을 우리가 제공했을 가능성이 높다. 그에 따른 자연의 메커니즘을 우리가 전부 이해할 수는 없다. 가능한 시대가 올지도 모르겠으나 지금은 아니다. 그래서 이렇게 말하고 싶다. '그 모든 해답의 근본은 사랑에서 찾을 수 있다.'

지금 우리의 시대는 많은 것이 과학적으로 증명이 되면서 경험으로 드러난 것이 많다. 이 시대 최고의 백신은 사랑과 감동이다. 삶의 시작은 언제나 자연을 사랑하는 것이어야 한다. 존재하는 모든 것에 감사하고 사랑할 때 우리는 성장하고, 개인과 개인이 자연에 대한 경각심을 가지고 바라보고 느낄 수 있는 것이다. 서로 사랑하지 못하고, 증오하며 외면하고 무시하고 깔보면 우린 모두 증오의 대상이 된다는 것을 경험하게 될 것이다. 매일 아침, 삶은 재발견이다. 삶은 매 순간 사랑이다. 다른 것은 망각하고 놓쳐도, 인간이 자연의 일부로 태어나 자연에서 자연스럽게 살아야 하는 존재임을 잊지 말아야 한다. 자기 몸을 해치고, 자연을 훼손하는 사람은 사랑의 부재가 낳은 결과였다. 개인과 사회의 변화는 사랑에 있다. 하지만 정직과 사랑을 빙자하여 돈을 요구하는 근본을 흔드는 사기꾼을 경계해야 한다.

우리는 잘 알고 있다. 악플과 험담보다 그저 자연스럽게 받아들이고 소통하는 것이 건설적이라는 것을, 우리 모두에게 경계와 거리는 존재한다. 보이지 않는 가상의 세계라고 함부로 날뛰는 악플러는 인지부조화와 확증편향의 이름으로 단죄하는 것이 낫다. 그러나 현실은 다르다. 세상에는 세 부류의 사람이 존재한다.

첫째, 알려줘도 모르는 사람. 둘째, 알려주면 그때만 하려고 하는 사람. 셋째, 스스로 알아서 하는 사람. 우리 모두는 첫째와 둘째를 원하지 않는다. 스스로 알아서 처리하고 일으키고 성장하기를 바란다. 문제는 세 부류 다 스스로 알아서 한다는 사실이다. 이 근본적인 원인이, 어디에 있다고 보는가? 사랑의 잣대가 아니라 진정으로 사랑과 감동을 일으키는 일을 하는가에 있다는 것을 인지하는 것이 먼저다. 미래엔 누구나 유명인이 될 수 있다고 말한 미국의 팝아티스트 앤디 워홀(1928~1987)의 말이 맞지만, 할 일이 없어 온라인에 들어가 비방 댓글을 달며 시간을 축내거나 어떻게 하면 남을 속여 돈을 벌 수 있을까를 고민하는 사람은 미래가 없다는 것을 우리는 분명하게 알고 있어야 한다.

누구나 핸디캡이 있다. 분별력과 판단력이 부족한 사람은 그 분별력과 판단력을 바꾸는 법을 배우는 것만으로도 얼마든지 변화할 수 있다. 배우는 자는 자신의 배움만큼 성장한다. 남에게 자주 이용당하는 사람은 성실성만 키워도 남과의 관계를 개선할 수 있다.

원론적인 질문이 나를 변화시킨다. "나는 누구인가? 나는 누구와 있을 때 행복하고 성장하는 느낌이 드는가? 아무도 없는 곳에서 나는 누구인가?" 가장 불쌍한 사람은 배워도 깨닫지 못하는 자이고, 성장이 멈춰 있는 사람이다. 가장 행복한 사람은 세상에 필요한 것을 실질적으로 줄 수 있는 사람이다. 배움은 하루를 무의미하게 보내던 사람에게 변화와 진화를 가져다준다. 하고 싶지 않은 것은 하지 않아도 되지만 하고 싶은 것은 무슨 일이 있어도 해내라. 그게 배우는 것이고 공부이다. 누가 알겠는가? 완전한 실재가 연출될지? 가보지 않은 세계는 가보기 전에는 열리지 않는다.

LIKELIHOOD

시대의 자격이
행복이다

왜, 시대의 자격이어야 하는가? 그 누구에게도 흔들리지 않고 하루를 행복하게 살 수 있어야 하기 때문이다. 기본적으로 부모는 자식들에게 힘을 줄 수 있는 사람이어야 한다. 다른 사람을 잘 돕는 것도 기본이다. 우리의 근본은 언제나 시대를 관통하는 사고와 행동에 있다. 이것은 오롯이 개인의 행동력에서 시작되는 것이다. 가장 중요한 것은 어떤 일이 일어나도 그것을 딛고 일어나 성장의 발판을 만들어야 한다. 그래서 우리가 영혼의 꽃을 피울 때만이 더욱 의미 있고 행복한 삶을 살 수 있는 것이다.

지금은 모든 것이 넘쳐나는 시대라, 필요한 것 하나를 선택하는 정확한 눈이 무엇보다 중요하다. 돈을 벌고 자신의 안위를 위해 타인과 서로 공유하고 소통하는 것이 밥을 먹고 똥을

누는 것처럼 자연스럽게 되어야 된다. 이것은 정보 과잉 시대의 돌파구라는 말과 함께 스티븐 로젠바움의 〈큐레이션〉에 잘 설명되어 있다. 이 책은 세상에 새로운 것은 없다고 말하며 콘텐츠를 걸러주는 인간 필터에 주목하라고 말한다. 아주 단순 명료한 독창적인 목소리가 추종자를 만들 때, 큐레이션으로 우리 인생을 바꿀 수 있다.

'깨달음에는 경계가 없다'라는 말이 있다. 이 말은 어떤 일을 당해도, 그 일속에는 교훈이 숨어있다는 말이다. 이처럼 개인의 능력에는 한계가 없다. 끊임없이 실패를 반복하다가 결국 성공하는 사람을 본다. 그런 사람에게는 어느 날 갑자기 한계를 넘어서는 경험이 찾아온다.

힘든 일을 하다가 무엇인가를 깨닫고 일어서는 사람이 있다. 샤마사키 히로시가 쓴 〈THINKING 습관을 바꾸는 생각의 힘〉(이터, 2020, 50~51쪽)을 읽으며 그런 힌트가 내 가슴을 울렸고, 위로를 받았다.

"재능을 키우려고 하면 아무리 싫어하는 것이라도 반드시 해야만 합니다. 인간은 좋아하는 것, 싫어하는 것을 뛰어넘어 중요하다고 생각하는 것을 해나갈 때 비로소 변화해나갈 수 있는 것입니다."

은 희망을 주고, 현실을 직시하게 도와주며, 무엇보다도 미래가 어떻게 만들어지는지 감지할 수 있게 하는 책이다. 희망은 우리가 중요하다고 생각하는 것을 할 때 불현듯 나타나는 이미지 같은 것이다. 이 말은 지금까지 무의식적으로 하던 것을 의식적으로 바꾸는 작업을 해야 된다는 말이다. 다시 의식적으로 만든다는 것은, MZ세대 중에 Z(1995년~2010년생, 2021년 기준 11~26살)세대의 디지털 사고에서 배울 점을 찾을 수 있다. 오른손으로 하던 칫솔질을 바로 왼손으로 하는 것처럼, 모든 것을 모바일 기반으로 하는 데 아무런 불편을 느끼지 않는 그들의 사고에 접근해보자. 어려울 수 있지만 해보면 알 것이다. 서툴지만 왼손으로 계속 칫솔질을 하며, 원하는 것이 있으면 원하는 만큼 자신이 할 수 있는 일에 시간과 노력을 투자할 수는 있을 것이다.

우리는 서로 만나 접촉하고 소통하기를 원한다. 그것을 위해 묻고 배울 수 있는 시간을 효율적으로 잘 사용해야 한다. 우선 "나는 나의 인생을 위해 무엇을 하고 있는가?"를 묻고, 묻고 또 물어야 한다. 그리고 반복하는 습관을 들여야 한다. 사람들은 자신이 해보지 않은 일에서는 불편함을 느낀다. 그러나 그 불편한 일속에는 기회라는 보석이 숨겨져 있기에 우리에게 또 다른 돌파구가 될 수 있다. 성공은 자신감에서 비롯되지만, 그 목적이 돈이 되어서는 안 된다. 순수한 마음을 가지고 다른 사람에게 도움을 주는 것이 황금의 문을 여는 진정한 열쇠이다. 그래야 자연스럽게 나와 타인이 공존하며 감정을 공유할 수 있는 것이다.

내가 나의 생각과 감정, 몸을 통제할 수 없는 상황에서 무엇을 할 수 있겠는가? 우리는 서로 다른 개인이지만, 서로를 위해서 존재하는 개인이기도 하다. 한 개인이 자신을 통제할 수 있을 때 우리 각 개인이 평화롭게 지낼 수 있고, 도울 수 있다. 때로는 타인의 실수도 감싸주는 배려와 사랑으로 나의 안위와 타인의 안위를 위해 서로 안주하지 않으려는 자세로 서로를 지켜봐야 한다.

이드리스 아베르칸이 쓴〈뇌를 해방하라〉(해나무, 2017, 74쪽)에 나오는 주의력과 시간을 쏟아 부어 가장 짧은 시간에 가장 많은 것을 성취할 수 있다는 말은 내 평범한 일상을 자극한 문장이다. 나는 이 말에서 힘을 얻었다.

"우리는 모두 비범해질 수 있다. 그러나 탁월성은ㅡ 한 순간의 기록이든, 경쟁이 요구되는 확고한 숙련도로든ㅡ 열심히 해야만 얻을 수 있다. 다른 사람은 하기 싫어하는 신체 활동이나 두뇌 활동을 백 번, 천 번 반복하며 수

천 시간 연습하게 하는 원동력은 역시 애정이다."

이드리스 아베르칸은 자기가 별로 좋아하지도 않는 분야에서 탁월하다고 할 만한 경지에 도달한 사람은 본 적이 없다고 했다. 그러나 뇌도 나를 혼란스럽게 할 수 있고, 나를 원치 않는 곳으로 가도록 내 의지와 무관하게 나를 허탈하게 만들 수 있다. 우리는 모두 어딘가에 도착하고 싶어 하고, 무엇인가를 성취하고자 한다. 그저 평범한 일상 속에서 하루를 보내는 건 쉽다. 어제와 같은 오늘이 너무도 편안하다면 그것을 행복하다고 할 수 있을까? 우리는 모두 무엇인가를 하고 싶어 한다는 것을 애써 부인하지 말자. 산다는 것은 매일 무엇인가를 하며 사는 것이다. 그것이 관심이다.

아무 일 없이 하루를 보내는 것은 슬픈 일이다. 그것이 비록 젊었을 때 고생한 70대의 하루라 해도, 분명하게 하루하루가 금쪽같이 중요한 날들로 펼쳐져야 한다. 애정과 사랑은 서로를 관심과 끈끈한 관계로 형성되게 한다. 이것은 운명적 만남이다. 우리는 돈이든 감정이든, 이 모든 것에 흔들리지 않고 애정을 주고받을 때 따뜻하고 행복할 수 있다.

때로는 하기 싫은 일도 해보면 좋다. 안 될 것 같은 일에 도전해보는 것이 인생이라는 것을 알자. 앞에서도 비슷한 말을 했지만 해보면서 깨치고 배우게 된다. 급하지는 않아도 중요한 일을 먼저 하는 습관이 우리를 성장시킨다. 사람은 저마다 다 다르기 때문에, 살아야 할 이유도 다르다. 서로에게 강요할 수 없어도 근본을 살도록 도울 수는 있다. 우리 모두는 다정한 격려의 말에 힘을 얻는다. 그래서 우리의 영혼의 꽃을 피울 때 드디어 새로운 관문으로 들어설 수 있다. 콘텐츠는 이 시대 최고의 보루다. 매일 이렇게 암시하자.

"나는 내 삶에 도움이 되지 않는 부정적 습관의 패턴을 제거한다."

"나는 새로운 기쁨과 열정을 느낄 내 안의 콘텐츠를 되살릴 자격이 있다."

Z세대로부터
배울 점과 공감

단군이래 Z세대보다 막강한 영향력을 가진 세대는 없었다. 50대 중반을 넘고 있는 내 눈에는 그랬다. 아마 잘은 모르지만 40대나 60대의 눈에도 그렇게 보일 것이라 짐작된다. Z세대는 정말 빠르다. 인터넷 정도는 별 것 아니다. 스마트폰을 자유자재로 다루며 언제 어디서나 원하는 정보를 실시간 찾을 수 있다. 그들에게 디지털은 공기와도 같고 자신의 일상과 같다. 디바이스에 능숙하고 모바일 환경에 아무런 불편이 없다. 나는 97년생인 큰아들과 2005년생인 둘째 아들이 있는데 이 아이들이 부럽다. 말 그대로 그들은 두려울 것이 없는 세대이다. 그들은 지금 1m만 파면 금맥을 만날 수 있는 정말 운이 좋은 때에 태어났다. 무엇이든 가능한 여건 속에 태어난, 놀랍고 무서운 세대이다. "아빠, 이제 나 온라인에서 돈을 벌려고 해요!" 하면 지각변동이 일어날지도 모른다. 그러나 경계 대상은 분명히 존재한다. 누가 그랬던가? 그들의 소비패턴을 떠나 세계시장을 변화시킬 운명을 타고난 그들의 사고를 이해할 필요성이 있으나 그것이 그들의 심장은 아닐지도 모른다고.

유튜버 신사임당이 〈KEEP GOOING〉(21세기북스, 2020, 82쪽)에서 말했다.

"이 시대가 지나고 나면 지금 내가 갖고 있는 IT지식 따위로는 문맹 취급을 받는 시대가 올지도 모른다. 지금 우리는 격변기의 한가운데 있다. 이런 시대를 그냥 지나치는 것은 부자가 될 기회를 놓치는 것이나 다름없다. 나중에 우리 아이들은 이렇게 말할 수도 있다. '우리 아빠는 그때 뭐 했는지 몰라.'"

정말 심장을 후비는 말이다. 누구나 다 알고 있지만, 움직이고 싶어도 방향을 잃은 근본이 없는 것 같은 이 기분이 문제다. 어디로 갈 것인가? 이제 아이들의 시각에서 아이들처럼 세상을 보고 싶다. 결단을 내려야 한다. 어제보다 조금 나아졌다고 위안을 받으며 하루를 버티며 우유부단함에 갇혀 있으면 언제 어디서 치명타를 입을지도 모른다. 불안하다. 생존만을 위해 작동하는 몸은 이제 두렵기까지 하다. 이제 어디로 향해 가며 무엇을 할 것인가? 묻고 또 물어도 내 몸은 답이 없다. 혼돈을 감싸 안은 내 마음이 답을 주기를 바라지만, 쉽게 답을 주지 않는다. 오늘 밤에도 별이 바람에 타박거린다.

우리는 대부분 말과 언어로 사람을 판단해도 뺄짓만은 삼가해야 밥을 먹는다. 우리를 지탱해주는 것은 건강한 몸이지만, 건강한 것이 전부가 아니다. 자신의 껍질을 벗지 못하는 마음은 우리에게 아무런 답을 주지 않는다. 내 직관과 영혼도 내가 운전대를 잡고 어디로 가자고 명령 하달이 있을 때만이 정확하게 반응하기 때문이다. 나는 자동차가 아니다. 나는 내 마음의 주인이다. 때는 바야흐로 모든 자연의 경고에 대응하는 격변기이다. 그 메시지를 무시하는 것은 개인에게도 비참한 미래를 의미할지 알 수 없다. 이 혼돈을 어디에서 어떻게 풀어낼 것인가?

생텍쥐페리의 〈어린 왕자〉에서 사막에 불시착한 조종사는 한 소년을 만난다. 그가 어린 왕자이다. 지금은 세상을 보기 위해 여행 중이다. 소년은 자신이 태어난 작은 별에 사랑하는 장미를 두고 왔다. 자신만의 특별한 존재인 장미를 떠올릴 줄 아는 소년은 장미의 거짓말과 오만함 때문에 여행을 하고 있지만, 여러 별에서 다양한 어른들을 만난다. 그들의 잘못된 가치관에서 석연치 않음을 느끼며 계속 발걸음을 옮긴다.

그러던 어느 날 아침 문득 풀숲에서 여우가 나타난다. 여우는 길들인다는 것은 관계를 만든다는 것이고, 네가 나를 길들인다면, 나는 너에게 이 세상에 오직 하나밖에 없는 존재가 된다는 이야기를 해준다. 길들여진다는 건 과거와 현재가 하나로 합치되는 현상이다. 상황과 상황의 연관성에서 콘텐츠가 탄생하는 순간이다. 서로의 소통이 전제가 된다.

"If you tame me, it will be as if the sun came to shine on my life."
(네가 날 길들인다면, 마치 태양이 내 삶을 비추는 것처럼 될 거야.)

그리고 여우는 중요한 것은 눈에 보이지 않으며, 너의 장미꽃을 소중하게 만든 건 그 꽃을 위해 네가 소비한 시간이고, 너는 네 장미에 대해 책임이 있다고 알려준다. 어느덧 여우와 소년은 서로를 길들여 '세상에서 하나밖에 없는 꼭 필요한 존재'로 남는다. 그렇게 어린 왕자는 자신만의 특별한 존재인 장미를 떠올리며, 뱀의 도움으로 떠나온 자기 별로 돌아간다.

마침내 비행기 엔진 수리를 마친 조종사는 그가 모래언덕에서 사라지는 것을 지켜본다. 나는 어린 왕자와 많은 대화를 하며 깨달은 가치와 어린 왕자의 별과 그의 장미꽃에 대해 생각한다. 우리 모두는 사막에 불시착한 조종사이며, 한 지역의 여우이며, 어린 왕자이다. 이제 우리는 3년이면 가치관이 변하는 세상에 살면서, 어떤 눈으로 서로를 바라보는가에 따라 세상이 달라질 수 있다는 걸 너무도 잘 알게 되었다.

우리가 여우의 안목으로 때로는 어린 왕자처럼 이 세상에 꼭 필요한 존재로 살아남아야 할 이유가 있다. 무엇보다 중요한 것은 눈에 보이는 것들이 많아져야 한다는 것이다. 지나치다 싶을 정도로 공부에 몰입하는 자세가 중요하다. Z세대는 말을 배우기 시작할 때부터 스마트폰 조작을 배운 세대다. 필요하다면 잊고 있었던 가치를 Z세대로부터 배워야 한다. 인플루언서의 영향력과 마케팅도 눈과 이미지로 시작된다는 정도는 알고 있어야 한다. 해보지 않은 것을 해보는 성실함이 필요하다.

우리는 나이 먹은 것과 경험을 순발력과 촉수로 단정해, MZ세대가 쉽게 다루는 스마트폰을 그들처럼 못한다고 멀리해서는 아니 된다. 배움은 아주 단순하다. Z세대가 아주 쉽게 하는 것을 열 번, 스무 번 반복해서라도 아니 백 번 천 번이라도 하고 또 해서 익혀야 된다. 어찌 알겠는가! 항상 원점이던 인생이 갑자기 달라질지. 그렇지 않다 해도 시나브로 달라져 그것이 당신의 분신이 될 수 있을지 누가 알겠는가? 그저 답답하기만 했던 풍경이 경이로운 인생으로 바뀔지 모른다. 모르기 때문에 우리는 경험하고 또 경험해보아야 한다. 나만의 색깔을 보여주면서 할 수 있다는 자신감을 가져야 한다.

인간의 존엄과 회복이 무엇이라고 생각하는가? 나는 어제와 다른 거울 속의 나를 오늘도 타인처럼 바라보는 것이라고 생각한다. 어제의 내가 오늘의 내가 아니라고 본다면 오늘의 장미도 어제의 장미가 아닐 것이 분명하기에, 우리는 서로 시기하고 질투하는 마음은 버려야 한다. 그래야 늦은 나이에도 시작할 수 있고 서로 바라볼 수 있다.

불행하게도 나는 20대 초반에 눈과 이미지의 함정에 빠져 초로의 경험을 해봤다. 매슬로우의 욕구 5단계인 '생리적 욕구' 단계에서 한 단계도 나아가지 못했다. 그때가 가장 힘든 시기였다. 그렇게 35년이 흘렀지만 나는 나만의 색깔이 부재함을 통감했다. 그럼 지금의 Z세대는 어떠한가? 내 지난날 부정적 사고와는 완전히 다른, 이미 검증이 끝난 세대이다. 모두가 인정하는 유일무이한 세대이다. 무엇보다 자신들이 들어선 시장에 대해 너무도 잘 알고 있다. 의지력과 자기효능

감으로 똘똘 뭉친 이들이 자기성찰과 독서에 집중할 수 있는 개인 시간을 확보한다면, 세계 최고를 선도하는 무적이 될 수 있을지도 모른다. MZ세대에게는 가상자산도 자산이다. 때는 바야흐로 세상의 모든 거품이 종식되는 경계가 허물어지고 새로운 물결이 유동자산으로 다가와 우리의 교감신경계를 자극하고 있다.

디지털 판도의 눈

자신의 콘텐츠에 투자하고 자신을 일으켜 세우면, 새롭게 생겨나는 의미와 현상을 끌어당기는 다음과 같은 전망과 확신을 저절로 가질 수 있다.

"제한되었던 인생을 넘어서고 한계를 극복한다. 확신에 찬 눈으로 세상을 볼 수 있다. 때론 겸손하면서도 자신이 이 거대한 디지털 플랫폼에 연결되어 있다는 느낌이 든다. 인간의 존재를 보다 깊이 이해할 수 있다. 생사조차 초월할 수 있게 만들어주는 조화에 감복한다."

어차피 성공의 알고리즘대로 행동하면 잃을 것이 없다. 매처럼 보고 하강하면 된다. 어제와 내일 사이에는 선택적 행동만이 존재한다. 생각하고 떠들기만 하고 행동하지 않으니 결과가 있을 수 없다. 당연한 결과다. 결과는 결과가 있어야 결과라고 할 수 있지. 결과가 없는 결과는 결과가 아니다. 해보기 전에는 모른다. 의미와 열정은 경험되는 것이다. 성공의 비밀은 오늘의 에너지를 가치 있고 소중하게 여기는 시간에 있다. 80/20 법칙을 설득력 있게 보여준 리처드 코치의 책, 〈적게 일하고 잘사는 기술〉(트로이목마, 2019, 41쪽)에 갑자기 길에서 황금을 주운 것처럼 나의 기분 좋게 하는 문구가 하나 있었다.

"인생의 어떤 것도 조금이 아니라 크게 발전하는 것이
 언제나 가능하다."

기력이 떨어졌을 때, 80대 노인도 건강과 젊음을 찾게 한다는, 회춘의 최고봉 '플랭크(Plank) 운동'을 해봤는가? 모르면 이번 기회에 도전해보는 것도 건강한 습관을 만드는 데 좋을 것이다. 몸과 마음이 아프면 나를 제어할 수 없다. 내 마음을 제어하고 통제하는 길은 내 몸을 잘 관리하는 것이다. 모든 비밀은 몸과 시간의 연관성에 있다. 시간을 활용할 수 있는 사람은 누구나 건강하게 살 수 있다. 세상의 모든 자유는 시간 속에 숨어있다. 시간의 소중함을 모르는 사람은 살아도 살아있는 것이 아니다. 누가 알겠는가? 20대에 자신의 인생을 초탈할 수 있을지……

무엇인가가 부족하다는 것은 내 생각이지 세상에 부족한 것은 없다. Z세대가 광고성 검색 결과보다 메시지가 담긴 가치 있는 검색 결과를 신뢰하는 것처럼 한번 해보고 그 느낌과 발전을 예측해보는 것도 괜찮다. 삶의 혁명은 오직 우리 몸에 시간을 투여하는 것이다. 플랭크 운동은 나이가 들수록 줄어든다는 근육을 오히려 늘어나게 한다. 먼저 팔꿈치가 90도가 되도록 엎드린 상태에서 어깨부터 발목까지 일직선이 되게 해 버틴다. 팔꿈치가 90도가 되게 하는 것이 중요하며 깍지를 끼든 손바닥을 바닥에 대든 상관없다. 정말 중요한 것은 어깨부터 발목까지 일직선이 되게, 두 발을 모은 상태에서 발가락으로 지탱하는 것이다. 여기까지는 어려운 것은 없다. 시간과 공간의 제약도 없고 도구도 필요 없다. 맨몸과 의지만 있으면 된다. 부상 위험이 적고 신체 중심 근육 전체를 발달시킬 수 있다.

명약으로도 안 되는 중년 혹은 노년기의 시간을 청년기로 부활시킬 수 있는 기적의 플랭크 운동을 생활화하면 디지털 세계를 공부하는 것보다 큰 효과가 있을 것이다. 처음에 하루에 10초밖에 버틸 수 없는 사람도, 하루에 초 단위로 1초씩 도전하여 10일 후에는 20초도 할 수 있고, 50일 후에는 1분 이상할 수 있게 되는 것이다. 누구나 그렇지는 않겠지만, 대부분 3개월 후에는 3분에서 5분 정도를 버티는 것이 거뜬해질 수 있다.

아침에 5분 이상 무리하지 말고 버틴다면 그는 이미 젊은 사람 못지않게 건강해진 것이라고 할 수 있다. "나는 무엇을 해야 하는가? 나에게 인생의 의미는 무엇인가?" 개인도 이제는 퍼스널 브랜딩과 건강과 행복, 그리고 마케팅을 위해서 무엇을 할 것인가? 꾸준히 무엇인가 실행해야 할 필요성을 느껴야 한다.

세상은 빨리 행동하고 빨리 예측하고 빨리 수순을 따르는 자의 것이다. 하지만 이것이 쉽지만은 않은 것이 현실이다. 그러나 현실 속으로 들어가 그 판에서 핵심 인물이 되어 자신의 역량을 펼치는 사람이 있다. 역사 이래 어느 시대나 꼭 그런 사람은 있었다. 판단이 서면 물불을 가리지 않고 오직 자기 일에 최선을 다하는 사람 말이다. 불필요한 걸 모두 버리고 오직 자신의 진정한 가치에 올인하는 사람이 그런 사람이다. 이런 사람을 매처럼 돌진하는 사람이라고 한다.

세상에는 성장하지도, 공헌하지도 못하는 사람이 많다. 아니 대부분 그런 사람들로 이루어져 있는 것이 세상이다. 이런 사람의 특징 중 하나는 자신의 손으로 행복의 출구를 보지도 열지도 못하고 그저 그런 삶을 그저 그렇게 살고 있다는 사실이다. 이 살벌한 세상에 무기도 없이 말이다. 적어도 지금까지는 그랬다. 좀 더 자세히 말하자면 팬데믹이 오면서 사람들이 무엇인가를 인지하기 시작했다. 감염병은 때론 사람들의 신경을 날카롭게 하기도 하지만, 예상과는 달리 성장의 발판이 되어 주기도 한다. 물론 자의든 타의든 서로 거리를 두는 아픔이 동반되지만, 사람들은 적응하기 마련이다. 시대의 흐름에 눈을 떴다는 말이다.

지금까지 우리는 자신을 속여왔다. 제대로 된 방법으로 행복의 입구를 찾으면 원하는 바를 이룰 수 있는 세상이 되었다는 걸 인정하지 못했다. 누군가는 인정하리라 믿는다. 자신의 뇌를 너무 믿으면 그 믿는 도끼에 발등 찍힐 수 있으나, 자신의 진정성과 자신의 욕구 사이의 진실게임을 경계할 수만 있으면 얼마든지 가짜와 진짜를 구분하게 되는 현명한 사람으로 다시 태어날 수 있는 세상이다.

여유와 평화, 그리고 고요가 답이다. 이쯤 되면 눈치 빠른 사람은 성공이 어려운 것이 아니라는 것을 알았을 것이 분명하다. 재능이 있든 없든 한 가지에 지속적으로 집중하면 성과를 낼 수 있다. 팔굽혀펴기 하루 50개 하기가 목표라면 '하루 1개 이상' 될 때까지 해본다. 성공할 때까지 물러서지 않고 계속하면 된다. 50개는 시간이 해결해 줄 것이다. 우리에겐 시간이 없다. 시간은 부족한 게 아니라 늘 우리 곁에 흘러넘친다. 다만 사용하지 못하고 있을 뿐이다. 언제나 이 충분하고도 소중한 시간을 중요한 것에 집중해서 가치를 창출하는 것만이 살길이다. 가치는 시간과의 싸움에서 만들어지는 선물과 같은 것이다. 이제 우리는 한 개인으로서 세상에서 자신감을 회복해야만 하는 시대가 되었음을 인정해야 한다.

누구나 혼자가 아니지만 혼자가 되어야 하는 것이 자연의 이치이고 법칙이다. 자신이 하고자 하는 것을 하지 못하면 절대 강해질 수 없다. 내가 나로 움직일 때만이 나의 진가를 발휘할 수 있다. 자연은 자연의 법칙을 거스르는 자를 용서하지 않는다. 인간은 채우고 비우며 충족감을 느끼면서 성장하는 과정을 겪는 존재이다. 우리는 타인과 일정한 거리를 두어야 하지만, 좋든 나쁘든 무엇인가를 주고받으며 소통해야 하는 시대에 살고 있다. 그 중심에 나를 지탱해주는 나만의 무기가 있어야 하는데, 그것이 없으면 생존본능대로 살아야 하는 시대의 걸림돌로 인해 반사적 행동으로 상처를 입을 수 있다. 그래서 꿈과 목표가 중요하다. 한 분야만 파고 살자. 한 가지에 미친 사람만이 살아남는다는 일관된 사고와 행동이 그 분야에서 좀 더 깊고 가치 있는 결과를 만들 수 있다.

우리는 내가 나일 때만이 살아남을 수 있다는 것을 알고 있다. 어떤 상황에서도 이타적으로 행동해야 우리들의 이기심을 잘 충족할 수 있다는 것을 경험적으로 알고 있다. 오늘날 우리는 상상력의 날개를 달고 자신과 미래를 위해 한 가지 작은 일이라도 꾸준히 하는 사람이 많아지고 있다. 하지만 아직도 지금 이 순간을 살지 못하고, 집중과 몰입의 대상이 없이 자기 결핍을 채우려는 끝없는 환상을 좇으며 의미 없는 하루를 보내는 사람도 많다. 비즈니스의 눈도 없이 각종 SNS를 넘나들며 인스타그램과 블로그 및 유튜브를 해도 미래를 위해서 겪어야 하는 진지한 과정은 없다. 바로 지금 집중할 대상이 없는데 어찌 미래가 있겠는가? 미래는 만드는 것이지 그저 주어지는 것이 아니다. 타인이 그 경험을 어떻게 느끼는지 알고 접근할 때 새로운 터치 포인트가 발생하는 것이지 그저 만들어지는 것은 아무것도 없다는 사실이다.

표적은 정해져 있다. 매의 눈으로 창공에서 보면 타인만은 아니라는 사실을 알 것이다. 그저 무심한 존재라는 걸 안다. 나는 '나'이면서 전체 속의 '나'이지만, 매의 눈에 나는 산기슭 수풀에서 먹이를 찾고 있는 들쥐보다 관심 없는 존재인 것이다. 매의 표적은 언제나 사람이 아니다. 이처럼 매는 언제나 표적이 정해져 있기 때문에 정해진 표적을 향해 망설이지 않는다. 만약 매가 들판에 지나가는 족제비를 봤다면 지체 없이 돌진할 것이다. 매에게 인간은 환영에 불과할지도 모르지만, 산토끼나 족제비는 생존 자체를 위한 먹잇감이 된다.

우리 인간도 이제는 매처럼 하나의 표적을 정하고 자신의 생존과 성장을 위해 집중할 수 있는 대상을 찾아야 살아남을 수 있다. 무엇을 두려워하는가? 하고자 하는 것을 정하고 나면 무엇을 어떻게 해야 할지 알 수 있게 되고, 차분한 마음으로, 꾸준히 그 일에 집중하려는 자세를 가지면 어떻게 행동해야 할지도 생각날 것이다. 우리는 이미 이것을 안다. 시간은 영원한 것이지만 무심한 대상이 아니다. 그러니 이제는 그저 행동하면 된다. 자신의 콘텐츠에 헌신할 때 보상이 주어진다는 걸 알았기 때문에 확신할 수 있을 것이다. 보상은 결국 나의 콘텐츠에 달려있다. 극적인 전환은 새로운 경험에서 나온다.

카피의
달인이 되자

사람들은 욕망을 가지고 미래를 본다. 나와 다른 나를 보는 눈이 카피이다. 카피는 벤치마킹에서 출발한다. 카피하는 대상도 그 어떤 사람과 경쟁할 필요가 없다. 카피는 우리가 단순 구조로 바뀌는 과정이다. 구성과 구조화는 여기에서 출발한다. 그러니 1등을 카피하라. 아무런 두려움 없이, 아무런 사심 없이, 오직 무엇에 초점을 맞춰 정리할 것인가를 생각하고, 그 생각을 끊지 않으면 된다. 처음에는 내 생각을 개입시키지 말고 어느 한 가지에 집중하는 버릇을 들이는 것이 좋다.

명료하게 한 줄 또는 한 문장으로 적을 수 있을 때까지 연습은 필요하다. 겪을 것은 겪어야 한다는 자세와 다짐이 있어야 한다. 현재에서는 성장하는 사람의 뿌리를 미래 너머에서 찾을 수밖에 없다. 결과는 심플해도 과정은 쉽지 않다는 걸 인정하는 것이 유익하다. 카피는 도전에 대처하는 숙련에 가깝다. 시작이 벤치마킹이기 때문에 태도와 마음의 평화를 먼저 카피하라. 독창성을 위해 언제나 기쁨을 추구하면, 충분함으로 다가오게 되어있다. 그 조합을 단순화시켜라. 나는 변하지 않지만 카피는 나를 변하게 만든다.

산다는 것은 공상과학 영화 같고, 어떤 이에게는 요술램프 지니 같다. 같은 3차원의 세계지만, 내가 관객일 때와 내가 배우일 때는 다른 세상을 사는 것이나 마찬가지다. 우리가 알고 있듯이 사람이라면 누구나 어제와 다른, 행복하고 보다 성숙한 사람으로, 의미 있고 충만한 삶을 살고 싶어 한다. 우리는 원래 그렇게 살도록 되어있다. 때로는 기쁨과 감격 속에서 한 순간을 영원처럼 사는 사람도 존재한다. 아침에 일어나 설레는 마음으로 전념해야 해야 하는 대상이 있을 때가 가장 의미심장하다. 경험적으로 가시밭길을 걸어봤을 때 그 맛과 향의 진가를 알 수 있는 것이리라. 그만큼 충실하고 꾸준한 과정은 중요하다. 인간의 능력에는 한계가 없다. 행운도 같은 맥락에서 발생한다.

빠른 성취가 좋은 것도 아니다. 쉽게 이룬 것이 좋은 것도 아니다. 멀고도 먼 것이 가장 가까운 것이다. 독서도 카피이다. 다만 올바른 것을 선택하는 안목이 있다면 무난할 일이다. 사람은 이론과 실재를 구분하지 못하는 단점이 있다. 해보기 전에는 모든 것을 간파하지 못한다. 시도하기 전에 그 어떤 것도 제대로 이해하지 못하는 것이 인간이다. 경험이 말해주지만 끝장을 보지 못하는 이상 다 할 수도, 알 수도 없다. 그러니 시도하고, 그 과정을 겪어보는 수밖에 없다. 카피는 우리의 마음 상태에 따라 달라진다. 어떤 대상을 벤치마킹한 후 자신만의 독창성 및 고유성에서 콘텐츠를 찾아야 할 것이다.

인간사 모든 유형의 역동성은 새로운 경험과 그 과정에서 열리는 것일 뿐이다. 자신이 하고자 하는 중요한 것을 하지 않고, 그 목표를 통제하지 못하면 끝이다. 다만 중요한 것을 절찬리에 성공시키는 시점이 되면 이젠 상황이 다르게 전개된다는 것을 기억하자. 보다 의미 있고 통제력 및 자신감이 생기는 과정에서 시야와 생각도 깊어질 것이다. 그때부터 새로운 차원의 세계가 열린다. 그리고 세상에 가치 있는 것을 제공하기 시작하는 사람이 되는 것이다.

우리는 이 지루한 일상이 보편타당하고 무의미하게 전개된다는 사실에 반기를 들지 않는다. 지루하다는 건 아무 의미 없이 하루를 보낸다는 증거이다. 하루가 빨리 지나간다고 해서 지루함이 없는 것이 아니다. 의미 없이 지나가는 하루는 지루함으로 엮어져 있는 것이다. 지루하든 아니든 모든 결과는 우연히 생겨난 게 아니라는 것이다. 우리가 하루를 보내는 방식과 결과는 선택에 따른 원인에 기인한다고 볼 수 있다. 과거에 우리가 아픔과 고통을 겪었던 이유가 있었듯이 지루함을 겪고 있는 이유도 있을 것이다. 시간은 원론적으로 영원한 것이지만, 시간이 항상 모자라는 것도 아니고, 충분한 것도 아니다. 시간을 잊고 시간과 싸워 그 시간을 한순간이라도 벗어나 그 시간으로 인해 탄생한 모든 것을 받아들일 때 우리는 행복하다.

인생에는 하지 않아도 될 일들이 가득하다. 미움과 시기와 질투, 오만과 방종 그리고 비방과 감정싸움 그 모든 것은 소비적이고 우리의 정신을 흩어지게 하고 마음을 분열시킨다. 이제부터는 무엇을 선택하고 받아들일 것인가 큐레이션 하는 자세가 중요하다. 이제는 과감히 덜어내야 한다. 가치 있는 것은 받아들이고 아닌 것은 바로 정리하는 힘과 용기가 어느 시대보다 중요한 것이 되었다는 걸 인정하고 살아야 한다. 세상에서 가장 중요한 것은 나의 문제를 해결하는 것이다. 그보다 중요한 것은 없다. 항상 중요한 것부터 해결하고, 그 중요한 일에 시간을 보내는 습관이 있어야 한다.

내가 어떤 일에 시간을 보내는지 자각할 수 있을 때가 되어야 비로소 우리는 보다 좋은 것을 카피하고 새로운 전략과 안목을 넓히게 된다. 개인의 문제는 스스로 해결하는 것이지 누가 해결해 주는 것이 아니다. 좋은 것을 받아들이고, 좋은 방법을 찾아 해결하는 것이 카피의 눈이다. 문제의 본질, 즉 타인의 의도를 이해하지 못하는 순간 실수는 물론 아픔과 고통을 느낄 수 있다. 하지만 그 모든 것을 해결했을 때 우리는 자유와 행복의 바탕을 이루며 자본주의 꽃이라는 돈에서 자유로울 수 있다. 그때 비로소 수익을 창출하는 게 어렵지 않다는 것을 깨달을 것이다. 지나가는 아이들이나 어른 모두에게 물어보라. "무엇이 가장 많았으면 좋겠어요?" 어린이는 망설이지 않고 돈이라고 말할 것이고, 어른은 "알면서." 하며 말 흐리듯 "돈. 그건 왜 물어요?" 하며 자유 시간 운운할 것이다.

자유는 추구하는 사람의 것이다. 자유가 거저 주어졌다고 말하는 것은 방종이다. 선택하고 바라보고 있어도 그 무엇에도 흔들리지 않을 만큼의 돈과 타인에 대한 공유능력은 가지고 있어야 한다. 제일 중요한 것은 언제나 자신이 하고자 하는 중요한 일에 시간을 내서 올인하느냐 아니냐 하는 것이지 다른 것은 모두 부차적인 것이다. 우리가 하고자 하는 것은 마법처럼 짠하고 일어나는 것이 아니라, 우리가 하고자 하는 것을 심층 분석하면서 눈앞에 펼쳐지는 것을 숙명으로 받아들이고 실천할 때 일어나는 것이다. 세상에서 돈을 버는 것만큼 인간의 잠재력을 더 자극하는 것은 없다. 그것을 우리는 '기발한 발견의 과정'이라고 한다. 실례로 유명 유튜버 신사임당의 마음까지 흔들어 놓았다는 디지털 노마드의 선두 주자 리뷰요정리남이 있다. 그의 책 〈나는 자는 동안에도 돈을 번다〉(다산북스, 2021, 113쪽)에서 이렇게 말한다.

"성공의 핵심은 극비의 노하우가 아니라 타인의 성공 방법을 나에게 어떻게 적용할 것인지 대한 인고의 시간에 있다. 잘 다듬어진 노하우가 공개되기 전에 어떤 분야에 도전한 사람들에게는 정답이나 커리큘럼이 존재하지 않는다. 먼저 앞장서서 알려주는 사람이 없기 때문에 모든 것을 직접 해볼 수밖에 없고, 수많은 갈림길에서 막연한 선택을 할 가능성이 높다."

이 말은 곧 아무것도 모르는 상태에서 끝까지 해내겠다는 집념에 굴복하지 않았다는 말이다. 뜻은 태도에 있다는 말과 같다. 수많은 온라인 플랫폼을 거쳐 선회한 결과물이 구글 애드센스 광고에서 빛을 봤다는 말이다. 우여곡절을 겪고 그 확신 끝에 결국 티스토리 블로그로 매달 1,000만 원 이상 수익을 올린 것이다. 늦어도 6개월에서 1년 정도 정진해보는 것이 옳다. 아는 만큼 보이는 것이 아니라 정진하는 과정에서 보인다가 적절한 해석이다. 저자는 독자들이 아주 약간의 영감이라도 받았다면 자신을 벤치마킹했으면 좋겠다고 말한다.

이제 차분히 앉아서 중요한 자신의 일을 하자. 디지털 시대의 최고의 마인드는 어떤 것을 카피하고 시간을 보낼 것인가 보는 눈이다. 받아들이고 선택하는 안목만 있어도 생각이 커질 것이다.

깨닫든, 그렇지 않든 우리는 우리의 삶에 의미를 부여한다. 인생은 누구에게나 힘들고 어려울 때가 있지만 마음만 먹으면 그 어떤 문제도 해결할 수 있다. 본의 아니게 스스로 생리적 스트레스를 받고 한계를 만들어서 그렇지 해결은 언제나 가능하다. 나는 이것을 '의도적 자각'이라고 부른다. 모든 문제의 시작은 의도적으로, 해결할 수 있다는 한계가 없는 마음으로 질문을 해보면 풀리기 시작한다는 것을 알게 될 것이다. "나는 나의 능력을 키우는 데 무엇을 사용하고 있는가?" 내 마음에 아무런 왜곡된 문제가 없을 때 마음은 언제나 우리가 질문을 하면 답을 준다. 내면에서 나오는 신선한 자신감과 외부로부터의 신선한 충족감이 있을 때 성장과 발전은 물론 현자들이 인생의 핵심이라고 했던 사항을 모두 끌어당길 수 있다. 뿐만 아니라 경제적 자유와 시간으로부터의 자유도 얻을 수 있다.

그 누구도 자신이 거대한 우주 같다고 생각하지 않는다. 그것이 실수라는 걸 모른다. 그것이 문제다. 아직까지 성공하지 못하고 풍족한 삶을 살지 못하고 있다면, 그것은 어제와 같은 습관으로 그저 그렇게 살고 있기 때문인지 모른다. 아인슈타인도, 어제와 똑같이 살면서 다른 내일을 기대하는 것은 정신병 초기 증상이라고 말했다. 사람은 자기 생각보다 열 배, 천 배 가치가 있는 존재라는 사실을 잊고 살아간다. 그 재현의 시작은 언제나 의도적 자각에 있다. 그렇게 의도적 자각을 하면서 아무런 의미 없이 보내는 나쁜 습관에서, 내게 중요한 무엇을 하며 시간을 지배하는 습관으로 바꾸는 행위가 중요하다. 이제 나를 카피하게 도와주고 나를 성장시킨 세 가지 독서법을 소개하고 마무리한다.

1. 연상 연계 독서법
2. 역산식 민지세대 독서법(역산식 MZ세대 독서법)
3. 코넬식 노트정리법

1번과 2번 독서법은 내가 독서를 하면서 터득한 독서법이고, 3번 코넬식 노트정리법은 미국 아이비리그 코넬대학교 월터 포크(Walte Pauk)교수가 고안해 낸 세계적으로 널리 알려진 노트 필기법이다. 독서와 몰입은, 무지한 우리가 영감과 아이디어를 통해, 뇌를 확장시켜주고 다른 영역을 발견하도록 도와준다. 신의 영역으로 접속할 수 있는 것이 독서이다. 그래서 독서는 편도체 영역을 잠재우고, 전전두피질의 활성화에 가장 으뜸이다. 가수면 상태를 없앨 때 진정한 자아가 살아날 것이기 때문이다.

말미로, 스티브 잡스가 모 학교 졸업식 연사로 초청받고 했다는 유명한 일화를 한번 상기해보자.

"현실에 안주하지 말고, 여러분의 열정을 찾을 때까지
계속 구하십시오."

이 말은 열정이 처음부터 생기는 것이 아니라, 배움에 대한 열망으로 고군분투하는 과정에서 생기는 힘과 용기가 열정으로 분출되는 것을 의미할 것이다. 우리 시대 빅데이터의 핵심은 많은 정보가 넘쳐나는 세상에서 단 하나를 선택하여 그것에 집중할 때 생기는 열정과 같다. 책임은 언제나 자신에게 있다. 대한민국 최고의 디지털 인플루언서 임헌수 소장도 그랬다. '한 가지를 파면 다른 것은 쉬워진다.' 모든 것을 백지화하고 한 가지에 전념하는 능력이 가능할 때 우리는 도약하게 된다. 심리적인 장애물을 다 빼고 나면 행동하지 않을 이유는 없다. 변화의 속도, 변환의 속도를 따라잡는 기술과 전제는 독서와 행동 및 카피(자아의 복기)가 해결책이다.